나의 「소세키」와 「류노스케」

Watashi no "Souseki" to "Ryunosuke"
© Mino Ito

Originally published in Japan in 1993 by Chikumashobo Ltd., Tokyo.
Korean translation rights arranged with Chikumashobo Ltd., Tokyo through
Tohan Corporation, Tokyo, and Eric Yang Agency, Inc., Seoul.

우치다 햣켄

私の「漱石」と「龍之介」

나의 「소세키」와 「류노스케」

muʃintree
뮤진트리

차례

▪ 일러두기

- 이 책은 内田 百けん의 『私の「漱石」と「龍之介」』(ちくま文庫, 1993)를
  우리말로 옮긴 것이다.
- 본문에 나오는 도서의 제목은 원제목을 번역 표기하는 것을 원칙으로
  하되, 국내에 번역 출간 및 소개된 작품은 그 제목을 따랐다.
- 본문 하단의 각주는 모두 옮긴이의 것이다.

소개장

손님을 맞으러 나온 하녀에게 내 이름을 말하며 선생님 댁에 계시느냐고 물으니 잠깐 기다려주세요, 여쭤보고 오겠습니다, 하고는 안으로 들어가 버린다.

여쭤보지 않아도 선생님이 계신지 안 계신지 정도는 알게 아니냐고 여겨서는 안 된다고 나는 생각하고 있었다. 하녀가 모르는 사이에 외출하는 일이 없다고는 할 수 없다. 외출했다가 하녀가 심부름을 간 사이에 돌아와 있을 수도 있다. 여쭤보겠다는 말은 하녀가 직접 선생님의 서재를 들여다보고, 계신지 안 계신지를 살펴본다는 뜻이 아니라 우선 사모님께 손님이 왔음을 전하는 일일 거라고 생각했다. 그래서 사모님이 선생님께 그렇게 말씀드리라고 말하고, 그러면 선생님이 안내하라든가 다음에 다시 오라고 하라고 말하는 것이다.

하녀가 현관으로 돌아와 오늘은 안 된다고 해도, 집에 안 계신다고 해도 이쪽에서 기분이 상하는 일은 없었다. 선생님은 소세키 선생님을 말한다. 나는 소세키 선생님을 존경하고 있었고, 또 선생님 쪽에서 나 같은 사람에게 집에 있으면서 일부러 없는 것처럼 꾸민다거나 적당히 얼버무려 넘기거나 하는 일을 하실 리 없다고 믿고 있었다.

현관으로 나온 하녀와 낯익은 사이가 되어도 위의 절차는 변함이 없었다. 사람의 얼굴을 보면 정중하게 고개를 숙여 인사하고 그대로 안으로 들어갔다가 다시 나온 다음에야 선생님이 계신지 안 계신지를 알려주었다.

소세키 선생님은 집에 있으면서 일부러 없는 것처럼 꾸미는 일은 하지 않을 거라고 말했다. 하지만 그렇지도 않은 이야기 하나를 기억하고 있다. 현관으로 온 모 신문사 기자가 너무 귀찮게 해서 하녀가 다시 서재로 와서 아무리 안 계신다고 해도 돌아가지 않는다고 알렸다. 그랬더니 소세키 선생님이 화를 내며 직접 현관으로 나갔다. 그리고 우뚝 서서 상대의 면전에 대고 없다고 하면 없는 거야, 라고 했다는 것이다.

소세키 산방의 면회일은 목요일이다. 하지만 그런 사정을 몰랐으므로 내가 처음으로 찾아간 날은 목요일이 아니었다.

나의 「소세키」와 「류노스케」

아마 다자이 세몬[1]과 함께 갔을 것이다. 다행히 안내를 받아 들어가 보니 고미야 도요타카[2] 씨가 와 있었다. 그 자리에서 선생님은 앞으로는 목요일에 오라고 했다.

그래서 면회일이 목요일이라는 것을 기억하고 그대로 지키고 있었다. 그런데 나중에 나는 선생님의 책 여러 권을 교정했기 때문에 그 용건으로 목요일이 아니어도 선생님을 종종 찾아갔다. 현관의 하녀 이야기는 대개 그런 때의 일이다.

그러는 사이에 면회가 점점 까다로워져 선생님은 목요일이어도 처음 오는 사람은 만나지 않았다. 꼭 만나려면 몇 사람의 소개장을 받아오지 않으면 안 되었다. 그렇게 된 사정은 고미야 도요타카 씨의 『나쓰메 소세키』[3]에도 실려 있는데, 어쩔 수 없는 일이었다고는 여겨지지만 당시에는 상당히 옹색한 말을 꺼낸 거라고 생각했다.

어느 목요일 밤, 우리 대여섯 명이 선생님을 둘러싸고 있

---

1) 太宰施門(1889~1974). 프랑스 문학자. 1913년 도쿄제국대학 문학부 졸업. 소설가 다자이 오사무(太宰治)라는 필명이 이 사람의 이름에서 왔다는 이야기도 있으나 확실하지는 않다.
2) 小宮豊隆(1884~1966). 도쿄제국대학 독문학과 졸업. 나쓰메 소세키의 문하생으로서 1917년에 시작되는 『소세키 전집(漱石全集)』의 편찬에 관여하고 전기 등 많은 저작을 남겼다. 한편 소세키의 『산시로』에서 '산시로'의 모델로도 알려져 있다.
3) 『夏目漱石』, 岩波書店, 1938.

었다. 하녀가 그 자리로 와서 처음 찾아온 사람이 뵙고 싶어 한다고 알렸다. 소세키 선생님은 소개장을 가져왔느냐고 물어보고 갖고 있지 않으면 볼 수 없다며 거절하라고 명했다.

한참 지난 후 하녀가 다시 와서, 그렇게 말했지만 돌아가지 않는다, 시골에서 막 올라와 소개장을 받을 사람도 없다, 선생님을 꼭 뵙고 싶어 일부러 상경한 것이니 잠깐이라도 만나 뵙게 해달라고 부탁하며 말을 듣지 않는다, 고 했다.

모두 현관 쪽 일이 마음에 걸리기 시작했는지 아무도 말을 하지 않게 되었다. 괴괴한 가운데 소세키 선생님이 화를 내듯이 하녀에게 말했다. 소개장이 없으면 만나지 않아. 그래서 하녀는 다시 고개를 숙여 인사하고는 현관으로 갔다. 모두 입을 꾹 다물고 있는 가운데 나는 소세키 선생님이 참 밉살스러운 노인네라고 생각했다.

나의 「소세키」와 「류노스케」

소세키 산방의 설날

요즘은 귀찮아져 새해 인사를 하러 가는 일이 없지만 전에는 설날이면 상당히 바빴다. 지금 생각하면 남의 일처럼 여겨진다. 섣달그믐날은 대개 밤늦게까지 자지 않기 때문에 설날 아침에는 수면 부족인 채 잠자리에서 일어나 우선 관례에 따라 떡국을 먹는다. 그런데 우리 집은 옛날부터의 관습에 따라 초하루에는 된장국, 초이튿날에는 단팥죽, 초사흗날이 되어서야 비로소 맑은 장국을 먹는다. 된장을 넣고 끓인 떡국은 맛있었던 적이 없다.

설날부터 허둥지둥 시간에 쫓기며 프록코트를 입고 학교의 신년 인사회에 얼굴을 내민다. 대례복이 준비되지 않아서 참석할 수는 없었다. 그러고는 겸직하고 있는 사립대학의 명함교환회에 들르고, 때에 따라서는 그 자리에서 과음하여 슬슬 설다워지기도 한다.

옛날 선생님이나 선배 집에도 들러야 한다고 생각해서 나가기는 하지만 한 집 한 집 무턱대고 들어가서는 다 돌지 못한다. 당시의 일기를 보면, 남의 집 현관 입구를 들여다보며 걷는 것은 쓸데없는 일이라고 쓰여 있는데, 정말 그렇다고 생각한다. 교외의 오쿠보(大久保)라든가 메지로(目白) 같은 곳으로 가는 것은 난감한 일이어서 잘 닦아서 신은 구두가 아주 엉망이 된다. 다이쇼(大正)⁴⁾ 초 무렵의 일인데, 그 시절 오기쿠보(荻窪)라든가 세타가야(世田谷)는 여우나 너구리의 서식처가 아니었을까 싶다.

그리하여 여러 곳을 돌아도 저녁 너무 늦지 않은 시간 안에는 반드시 와세다미나미초(早稻田南町)에 있는 소세키 선생님 댁에 들르려고 유념했다. 당시에는 소세키 산방에서 새해 인사를 하지 않으면 해가 바뀌었다는 실감이 나지 않았던 것이다.

학생 시절을 떠올려보면 대학을 졸업한 사람이 곧바로 고등학교 교사로 부임해오는 일은 자주 있다. 다시 말해 3년이나 4년 선배가 선생이 되는 일이 드물지 않았다. 그런 점에서 말하자면 고미야 도요타카 씨나 아베 요시시게⁵⁾씨

---

4) 1912년에서 1926년까지의 연호.

나의 「소세키」와 「류노스케」

같은 사람은 우리의 선생이 되었을지도 몰랐다. 하지만 지금 쉰한 살이 넘은 내 나이에 그 사람들을 보면 나이가 많이 차이나게 보이지 않는다. 하지만 소세키 선생님께 새해 인사를 드리던 당시에는 역시 상당히 차이가 나는 것 같았다. 나이만이 아니라 소세키 선생님과의 관계에서 나보다 훨씬 선배였던 셈인데, 설날 모임에서도 그들은 느긋하게 지냈다. 나는 바짝 언 채 선생님 앞에서 신년 축사를 하는데, 소세키 선생님은 경사스러운 건지 귀찮은 건지 모르지만 건성으로 응응 하고 모호한 소리만 낼 뿐이어서 심히 불안하다. 그럭저럭 하는 사이에 도소주가 나오고 하녀가 밥상을 들여온다. 떡국에는 매년 오리고기가 들어 있었다. 무척 맛있다. 떡국을 그런 고기로 맛을 내는 것은 품위가 떨어지는 듯했으나 이쪽의 관습일 것으로 생각하며 늘 맛있게 먹었다.

매주 목요일에 선생님 댁에 모일 때와 그다지 다르지 않다. 하지만 평소에는 별로 보지 못하는 고명한 사람의 얼굴을 보는 일도 있었다. 다카하마 교시[6] 씨가 오셔서 소세키 선생님이나 그 밖의 사람들과 노(能)[7]며 우타이(謠)[8] 이야기

---

5) 安倍能成(1883~1966). 철학자, 교육자. 고미야 도요타카, 모리타 소헤이, 아베 지로, 스즈키 미에키치 등과 함께 대표적인 소세키의 문하생. 일고(一高)를 중퇴한 동기 이와나미 시게오(岩波茂雄, 이와나미쇼텐 창립자)와의 교류는 평생 이어졌다.

로 활기를 띠었다. 그런데 나는 우타이를 하는 사람의 마음이 싫었기 때문에 그만 옆에서 "우타이는 별스레 새침을 떨어서 싫습니다"라고 말을 했다. 그랬더니 다카하마 씨가 내 쪽으로 돌아앉으며 우타이가 별스럽다는 것은 무슨 뜻인가, 하고 반문해서 순식간에 말문이 막혀버린 적도 있다.

조금 전에 말한 고미야 씨와 아베 씨의 동년배인 스즈키 미에키치[9] 씨는 대개 늘 취해 있어 설날 밤부터 툭하면 울거나 이상하게 화를 내며 옆 사람에게 엉뚱한 화풀이를 했다. 그런 때에 소세키 선생님은 그것을 듣고만 있는데, 돌아가는 형편에 맡기고 모르는 체하고 있는 듯하다. 이른 손님은 정오 전부터 오는 사람도 있었을 것이다. 평소 그다지 얼굴을 보이지 않는 사람도 있고, 그런 사람들이 갈아들기도 하고 그중에는 그대로 밤까지 눌러앉아 있는 사람도 있다.

---

6) 高浜虚子(1874~1959). 마쓰야마 출신. 가와히가시 헤키고토(河東碧梧桐)의 소개로 저명한 마사오카 시키(正岡子規)를 알게 되면서 하이쿠를 쓰게 되었다. 1898년 시키가 마쓰야마에서 창간한 하이쿠 잡지 〈호토토기스(ホトトギス)〉를 이어받아 도쿄에서 편집하고 발행했으며 1905년부터는 나쓰메 소세키의 『나는 고양이로소이다』, 『도련님』 등을 게재하여 잡지의 지명도를 높였다.
7) 일본의 대표적인 가면 음악극.
8) 노(能)의 가사에 가락을 붙여 노래하는 것.
9) 鈴木三重吉(1882~1936). 소설가, 아동문학자. 도쿄제국대학 영문과 졸업. 직접 소세키의 강의를 들었고, 그의 문하생의 일원으로서 중심적인 활동을 했다. 1918년 아동문예지 〈아카이토리(赤い鳥)〉 창간.

그런 가운데 소세키 선생님은 용케 지치지도 않고 모든 손님을 상대할 수 있었구나 싶다.

소세키 선생님이 돌아가신 후에도 설날에는 여전히 똑같은 면면이 소세키 산방에 모였다. 하지만 좌중의 분위기가 상당히 달라진 것은 말할 것도 없다. 1919년 내 일기를 보면, 상당히 재미가 없었는지 그 자리에 소세키 선생님의 유령이 나타나면 좋을 것 같았다고 쓰여 있다. 그날은 "아침부터 하늘이 탁하고 이상한 날씨에 바람이 불었다. 소세키 선생님 댁에 있을 무렵부터 점점 심해져 돌아갈 때는 비가 내리기 시작했다. 걸어가다 보니 더욱 심해져 교회 옆으로 갔더니 가로등이 다 꺼져 있어 깜깜했다. 번개가 번쩍하고 빛났다. 한참 후에 먼 천둥이 울린 듯했다. 인력거집 앞까지 갔더니 전등이 확 켜졌다. 그리고 다시 번개가 번쩍였다. 집에 돌아왔을 무렵에는 폭풍우로 변했다"라고 쓰여 있다. 그런데 정말 그런 설날이 있었다는 것이 어렴풋이 생각났다.

선생님 생전에는 목요일에 모였지만, 돌아가시고 나서는 기일인 9일을 구일회로 하고 예전과 같은 멤버가 모였다. 정월에는 설날과 그 직후인 9일, 두 번 연속 소세키 산방에 가게 된다. 그중 어느 날의 일이었는지 확실히 기억하지는 못하지만 가구라자카(神楽坂)의 가와테쓰(川鉄)에서 주문한

오리 전골을 대접받았다. 그 자리의 인원은 열 명쯤이었는데 다들 들입다 먹은 듯했다. 나도 숨쉬기 힘들 만큼 처넣으며 좋은 설날을 보내고 돌아왔다. 며칠 뒤 용건이 있어 소세키 선생님 댁에 갔을 때 그날 밤의 오리 전골 가격이 백 엔[10]이었다는 이야기를 듣고 간이 떨어질 뻔했다.

---

[10] 당시의 교통비와 비교하면 지금의 26만 원 정도, 박물관 입장료와 비교하면 지금의 60만 원 정도, 목욕료와 비교하면 지금의 90만 원 정도로 추정할 수 있다.

나의 「소세키」와 「류노스케」

소세키 선생의 내방

소세키 선생님이 우리 집으로 찾아오셨다. 2층으로 올라와 내 방에 앉아 주위를 둘러보셨다. 상당히 오래전 일이라 확실한 것은 기억나지 않지만, 특별한 용무가 있어 찾아오신 것이 아니라 어딘가 가셨다가 돌아오는 길이었는지, 아니면 우리 집 근처에 사는 쓰다 세이후[11] 씨를 찾아온 김에 들르셨는지도 모른다. 처음으로 대선생님의 내방을 받았기에 나는 단정하게 앉아있었다. 선생님은 주변을 둘러보며 약간 구부러진 코언저리로 이상한 표정을 지었다.

선생님이 앉은 맞은편 벽에는 화선지 절반 크기의 서양 종이에 그린 화양절충식 그림이 걸려 있다. 그것은 선생님

---

11) 津田靑楓(1880~1978). 교토 출신의 화가, 서예가, 수필가. 친구로 나쓰메 소세키가 있으며 소세키에게 유화를 가르친 것 외에 그이 『한눈팔기』, 『명암』 등의 장정을 그렸다.

이 그림을 그리기 시작한 초기에 연습으로 그린 작품 중 하나다. 한가운데쯤에 큰 바위가 그려져 있는데, 부드러운 것 같은 그 바위는 큰 떡 같기도 해서 쓰다 씨는 여자의 엉덩이가 아닌가 하고 말했다는 이야기도 들은 적이 있다.

북쪽 창의 중인방 위에는 조래천지청(潮來天地青)[12]이라는 글씨의 액자가 걸려 있다. 그것도 선생님의 글씨여서 나는 같은 문구의 선생님 글씨를 두 장 갖고 있었는데 한 장은 고향 집에 걸어두었기 때문에 나중에 이야기할 화를 면했다.

선생님이 돌아보자 뒤의 도코노마[13]에는 "'이지만을 따지면 타인과 충돌한다. 타인에게만 마음을 쓰면 자신의 발목이 잡힌다. 자신의 의지만 주장하면 옹색해진다(智に働けば角が立つ. 情に棹させば流される. 意地を通せば窮屈だ.)' 하는 『풀베개』 첫머리 문구를 요청받고, 소세키"라고 쓴 선생님의 반절 족자가 걸려 있다.

그 밖에 한 기둥의 단자쿠[14] 걸이에는 선생님의 하이쿠

---

12) 조수 밀려오니 천지가 온통 푸르구나. 왕유(王維)의 시 「계주로 가는 형제를 보내며(送邢桂州)」의 한 구절이다.
13) 일본식 다다미방 한쪽 바닥을 한 층 높여 벽에는 족자를 걸고 바닥에는 꽃이나 장식물을 꾸며놓는 곳.
14) 단카(短歌)나 하이쿠(俳句)를 적는 데 쓰는 두껍고 조붓한 종이. 보통 세로 약 36센티미터, 가로 약 6센티미터.

나의 「소세키」와 「류노스케」

가 걸려 있고, 또 한 기둥에는 선생님이 역시 단자쿠에 작은 글씨로 써준 '익사자 찬가'[15]가 걸려 있다. 어디를 봐도 선생님의 필적뿐이다. 소세키 전람회장 같은 곳 한가운데에 본인인 선생님이 불쾌한 얼굴로 앉아 계시니 나는 조금 부끄러운 기분이 들었다.

선생님이 오신다는 걸 알았다면 넣어둘 걸 그랬다고 나중에서야 생각했다.

이삼일 지나자 선생님이 편지를 보내왔다. 그런 졸렬한 걸 걸어두면 기분 나쁘니 선생님 댁으로 가져와 찢어버리면 대신 새로운 것을 써주겠다고 쓰여 있었다.

새로운 것을 받는 것은 고맙지만 지금까지 내가 소중히 간직해온 것을 찢는다는 것은 달갑지 않았다. 나는 선생님 댁으로 가서 그냥 갖고 있게 해달라고 부탁했지만 선생님은 완고하게 내 부탁을 들어주시지 않았다.

"내가 싫어하는 걸 걸어두어 봤자 어쩔 도리가 없는 거잖나"라고 하셔서 나는 결국 포기했다.

이십몇 년이 지난 지금에 와서 생각해보면, 역시 선생님은 쓰다 씨를 방문했다가 돌아가는 길이었다. 그때 쓰다 씨

---

15) 나쓰메 소세키의 『풀베개』에 나오는 구절이다.

가 우치다의 집에는 온통 선생님의 졸렬한 글씨와 그림이 걸려 있다고 했기 때문에 선생님이 마음에 걸려 보러 오신 게 아닐까 하는 의심이 든다.

다음에 갈 때 나는 내 방에 걸려 있는 선생님의 글씨와 그림 중에서 선생님이 신경 쓰시던 것을 가져갔고, 선생님은 그것을 찢어버렸다.

그 대신 써주신 글씨는 굉장히 잘 쓰인 것으로 지금도 내게 남아 있다. 그러나 떡 같은 바위 그림이나 『풀베개』에 나오는 문구가 적힌 족자를 떠올리면 아쉽기만 하다.

그러나 다시 생각해보면 그 후 이십몇 년 동안 나는 여러 가지 일을 겪으며 몇 번이나 차압을 당하기도 하고, 몸을 에는 듯한 느낌이 드는 소중한 물건도 내놓아야 하는 처지에 빠졌다. 그래서 혹시 그 바위 그림이나 『풀베개』 족자가 있었다고 해도 오늘까지 내 손에 무사히 남아 있을까 싶기는 하다. 선생님이 다른 사람에게 보여주기 싫다고 생각하는 글씨나 그림이 내 불찰로 생판 모르는 사람의 손에 넘어갔다면 정말 죄송한 일이다. 지금은 역시 선생님이 말한 대로 선생님 손으로 찢게 해 다행이었다고 생각한다.

나의 「소세키」와 「류노스케」

호랑이 꼬리

    나쓰메 소세키 선생님은 신문에 글을 연재하기 시작하면, 처음에는 그 정도가 아니지만 날이 지날수록 점점 기분이 안 좋아진다.

    매주 목요일 밤, 우리가 선생님 서재에 모여 선생님의 이야기에 귀를 기울이고 또 선배들의 응수를 경청할 때는 일주일마다 선생님의 기분이 울적해지고 점차 말수가 적어짐을 알 수 있었다.

    다들 이런저런 이야기를 하고 있을 때 선생님은 그다지 말을 하지 않았다. 그중 몇 명이 선생님께 말을 걸어도 선생님은 대답을 하지 않는다. 그대로 입을 다물고 있는 일도 있고, 어쩌다가 한두 마디 대답을 하면 평소에 들어보지 못한 엄하고 격렬한 어조였다.

    현관으로 들어갈 때 만난 선배가,

"조심하게. 호랑이 꼬리를 밟으면 안 되니까"라고 말 한 적도 있다.

돌아올 때 문을 나서 걸어가며 한탄하는 사람도 있었다. "결국 호랑이 꼬리를 밟아버렸어. 살짝 닿았을 뿐이었지만 말이야."

좌중의 분위기가 팽팽해지고 선생님의 미간이 움직였다 싶으면 선생님의 입에서는 일찍이 들어본 적이 없는 험악한 말이 튀어나왔다.

"시건방진 말 하지 마. 넌 누구 덕분에 사회에 얼굴을 내밀 수 있게 되었다고 생각하는 거야?"

추궁당한 사람이 새파래진다.

우리는 숨이 막힐 것 같아 꼼짝도 할 수 없었다.

갑자기 맹장지 너머의 거실 가까운 데서 메밀국수를 후루룩거리는 듯한 둔하고 모호한 소리가 난다. '전화가 왔구나' 싶으면 우리까지 철렁해서 선생님의 안색을 살피게 된다.

선생님 댁의 전화는 걸려 와도 소리가 나지 않도록 좌우의 벨을 거즈나 붕대로 친친 감아두었다. 기분이 울적할 때는 전화벨 소리를 굉장히 시끄러워하기 때문에 처음에는 수화기를 내려놓았는데 교환국에서 너무 성가시게 하는 바람에 전화가 걸려 와도 울리지 않도록 해둔 것이다.

선생님은 또 툭하면 모두가 있는 앞에서 팔베개를 하고 드러누운 채 잠들어버렸다. 우리는 점점 목소리를 낮추다 잠시 후 자고 있는 선생님께 살짝 목례를 하고는 다같이 살며시 나왔다.

연재소설이 끝나면 우리까지 안도했다.

평소의 선생님은 변함없이 무섭긴 하지만, 주변에 호랑이 꼬리를 내놓고 있지 않아 특별히 까탈스럽지도 않고 여러 가지 이야기를 하신다. 어느 날 이런 이야기를 했다.

"교사를 하던 때의 일을 지금도 꿈을 꾸는 모양이야. 어젯밤에는 마나베인가 모리인가 하는 학생이 on Homer's side[16]라는 숙어를 물었는데 그걸 몰라서 난감해하는 꿈을 꿨다네."

선생님은 신소리 하는 걸 싫어했다. 하지만 오래 지내면서 선생님이 한두 번 신소리를 하신 걸 들은 적이 있다. 거실에서 저녁을 대접받았을 때 밥상에 새하얀 천이 깔려 있고 그 위에 소고기와 파가 놓여 있었다.

---

16) 여기에 나오는 마나베(眞鍋)는 마쓰야마(松山) 중학교에서 소세키가 가르쳤던 마나베 가이치로(眞鍋嘉一郎, 나중 소세키의 주치의)일 것이다. 소세키가 영어 신임 교사로 왔을 때 놀려주려고 난감한 질문을 했다는 이야기가 있는데 그때의 일을 말하는 것인지도 모른다.

선생님이 그 천의 끝을 잡고 "이건 시트야"[17]라고 말했다. 우리가 젓가락을 들고 익기를 기다리고 있자 선생님은 먼저 한입 먹고는 말했다. "자네들은 전골을 안 먹나?"[18]

제국극장 무대에서 고시로[19]가 로시[20]와 처음으로 서양 연극을 했을 때, 도대체 고시로가 그런 걸 할 수 있을까 하는 말이 나왔다.

"그야 로시가 괜찮으냐고 하면, 이렇게 하라(고시로, こうしろ)고 가르쳐주는 거지" 하고 선생님이 말했다.

"아무래도 그런 신소리 하면 고마조[21]인데" 하고 고미야 씨가 말했다.

그런 종잡을 수 없는 이야기에 흥겨워하던 어느 날 밤, 와세다미나미초의 선생님 댁에 처음으로 전화가 걸려왔을 때

---

17) 스튜와 발음이 비슷해서 한 신소리인 것으로 보인다.
18) 전골이라는 뜻의 나베(なべ)와 '왜'라는 뜻의 나제(なぜ)가 발음이 비슷해서 '왜 안 먹나'로 들릴 수도 있다.
19) 7대째(七代目) 마쓰모토 고시로(松本幸四郎, 1870~1949). 메이지에서 쇼와 전기에 활약한 가부키 배우.
20) Giovanni Vittorio Rosi(1867~?). 이탈리아의 연출가. 1912년 제국극장 가극부의 오페라 지도자로서 일본에 와 〈나비부인〉, 〈마적〉 등을 일본에서 처음으로 공연했다.
21) 8대째 이치카와 고마조(市川高麗蔵), 곧 7대째 마쓰모토 고시로를 말한다. '고마조'가 마쓰모토 고시로의 다른 이름이면서 고마룬다나(困るんだな, 곤란하지)와 발음이 비슷해서 한 신소리.

나의 「소세키」와 「류노스케」

의 일이다. 선생님이 "잠깐만, 잠깐만" 하며 모두의 이야기를 막았다. 선생님은 안쪽의 낌새에 귀를 기울였다. 모두가 입을 다물어 조용해졌을 때 멀리서 전화벨 소리가 울리고 있었다.

"전화가 걸려오는군"이라고 말한 선생님의 얼굴은, 아이가 진기한 장난감을 갖고 놀고 있는 듯했다.

소세키 축음기

나쓰메 소세키 선생님이 아직 살아 계시고 귀가 어두워지지 않았다고 해도 우리 소겐카이[22]의 거문고 연주를 들으러 오시지는 않을 거라고 생각한다. 왜냐하면 고미야 도요타카 씨의 『나쓰메 소세키』를 읽으면 군데군데 그림에 관한 이야기는 나와도 음악에 관한 이야기는 전혀 나오지 않기 때문이다. 또한 우리가 목요일 밤 소세키 선생님 댁에 모였던 당시의 화제를 떠올려 봐도, 요즘과 같은 전람회의 계절이 되면 매주 그림 이야기는 계속되었지만 음악회에 관한 비평 같은 이야기가 나온 적은 거의 없는 것 같다.

하지만 소세키 선생님이 음악회를 가지 않은 것은 아니

---

22) 1937년 거문고, 샤미센의 모임을 만든 것이 소겐카이(楚原会)로, 7월 2일 첫 번째 연주회를 열었다. 핫켄은 중학교 때부터 거문고를 배웠는데, 1919년 미야기 미치오(宮城道雄)의 연주를 듣고 감동하여 그 후 미야기의 가르침을 받았다.

다. 실제로 메이지 사십몇 년이었는지 다이쇼 시대가 되고 나서였는지는 분명히 기억하지 못하지만, 우에노에 있는 음악학교의 추계 연주회에 갔더니 소세키 선생님도 와 계셔서 끝나고 함께 돌아간 일이 있다. 야나카(谷中) 쪽으로 나가 네즈야에가키초(根津八重垣町)에서 일고(一高)[23]와 도쿄 대학 사이의 길로 빠지는 무코가오카야요이초(向ヶ丘弥生町) 근처까지 따라간 기억이 있는데 거기서부터는 어떻게 했는지 생각나지 않는다.

그다음 목요일 밤, 소세키 산방에서 나는 선생님께 저번 음악회의 감상을 물었다. 곡명은 잊었지만, 당일의 바이올린 협주곡이 재미있었던 같아서 내가 말을 꺼내자 선생님은 재미있다고 생각하지만 결국 악기만으로는 뭔가 부족하다, 악기의 묘미는 사람의 목소리에 미치지 못한다, 하고 말한 것이 기억난다.

이제 와 생각해보니 아무래도 소세키 선생님은 음악을 좋아하지 않았던 것 같다. 고미야 씨의 『나쓰메 소세키』에 음악 이야기가 나오지 않은 것도, 소세키 선생님이 우타이를 한 것도, 음악 방면에서 딱히 편벽한 취향이 없었기 때문

---

23) 구제 제일고등학교(第一高等學校), 지금의 도쿄대학 교양학부.

일 거라고 생각된다.

그런 소세키 선생님이 축음기를 산 까닭은, 어떤 것을 듣기 위해서였는지, 아니면 아이들을 위해서였는지는 알 수 없다. 하지만 선생님의 명성이 크게 올라 신변에 여유가 생겨 구매한 물건이라는 이야기만은 선생님 생전에 들었던 것 같다.

선생님이 돌아가신 후 장남인 준이치 씨에게서 그 축음기를 받았다. 내가 고이시카와(小石川) 조시가야(雜司ヶ谷)의 맹학교 앞에 살던 당시, 준이치 씨는 인력거의 발판에 축음기를 싣고 가져다주었다. 빅터 9호였고 물론 구형이었지만, 낡았기 때문에 굉장히 좋은 기계인 것처럼 보인다. 나는 축음기에 정통하지 않기 때문에 다른 기계와 비교할 수 없지만, 우리 집에서 들은 손님은 다들 입을 모아 훌륭한 기계라고 칭찬했다. 아마 앞에서 말한 유래 때문에 사람들이 감탄했을지도 모른다.

내가 받고 나서 15, 6년, 또는 더 많은 시간이 지났는지도 모른다. 그사이 내 신변의 변화에 따라 축음기에도 여러 가지 일이 있었다. 그러나 그런 이야기는 나의 옛 책 『학(鶴)』에 메모해두었기 때문에 여기서는 말하지 않을 것이다. 여러 가지 일은 있었지만 기계가 좋아서인지 어디에도 고장이

나의 「소세키」와 「류노스케」

나지 않았다. 다만 태엽이 이따금 끊어지는 것은 어쩔 수 없다고 생각한다. 하지만 그것도 내 손을 떠나고 나서 두세 번 끊어졌을 뿐이다. 올여름에 그 드문 고장이 일어났는데 한창 판이 돌고 있을 때 획, 획 하고 나무상자가 떠오르는 듯한 소리가 났다.

소세키 선생의 파지

소세키 선생님이 아사히신문에 『한눈팔기』를 연재할 당시의 일이다. 목요일 밤 소세키 산방에 가보니 마루방인 서재의 양탄자 위에 이쪽을 향하고 놓여 있는 흑단 책상 다리 바깥쪽에 뭔가 조금 쓴 원고지가 쌓여 있었다. 그런데 매주 볼 때마다 그것이 점차 높아지는 것 같았다. 그건 뭔가요, 하고 여쭤봤더니 파지를 쌓아둔 거라고 했다.

소세키 선생님은 지우거나 고치거나 해서 지저분해진 원고지는 그때마다 새 원고지에 처음부터 다시 써서 신문사로 보냈던 모양이다. 선생님의 전용 원고지는 하시구치 고요(橋口伍葉) 씨가 고안한, 목판에 인쇄한 것이었는데 여백에는 용무늬가 있었다. 판형은 컸지만 반으로 자른 것이어서 고쳐 써도 별것 아니었을 것이다.

하지만 그 파지가 점점 높아져 20~25센티미터쯤 되어 보이자 나는 그것이 신경 쓰이기 시작했다. 선생님은 한 장 한 장 찢어서 근처에 어지르는 것보다 그렇게 가지런히 쌓아두는 것이 깔끔하다고 생각하며 그렇게 하는 것임이 틀림없었다. 하지만 더 쌓여 방해가 되기 시작하면 어떻게 할까 하는 걱정이 들었다. 선생님이 버리기 전에 받아두고 싶었다. 그래서 나와 마찬가지로 소세키 산방에 출입하던 오카다 고조[24], 그리고 이름은 잊었지만 또 한 사람과 셋이서 그 파지를 받고 싶다고 주뼛주뼛 말씀드렸다. 그랬더니 필요하다면 얼마든지 가져가도 좋다고 해서 곧바로 셋이서 나눠 가졌다.

셋 중 지금 떠오르지 않는 한 사람은 스즈키 미에키치 씨였던 것 같기도 하고, 아니면 우리가 그것을 멋대로 가져왔다고 해서 스즈키 씨가 무척 화를 낸 것 같기도 하다. 아무튼 확실하지 않다.

선생님이 자신의 파지를 우리에게 가져가도 좋다고 말했다는 건 좀 이상했다. 선생님은 대체로 그런 것을 싫어한다.

---

24) 岡田耕三(1887~1975, 나중에 하야시바라 고조[林原耕三]로 성이 바뀜). 영문학자. 하이쿠 시인. 1918년 도쿄제국대학 영문학과 졸업. 재학 중에 나쓰메 소세키를 사사하고 아쿠타가와 류노스케를 소세키에게 소개했다. 연하의 아쿠타가와 등이 도쿄제국대학을 졸업하고 몇 년이 지나서도 여전히 대학에 있었다고 해서 '만년대학생'이라 불렸다.

우리가 보기에 선생님의 퇴고 흔적을 그대로 더듬어갈 수 있는 파지는 무엇과도 바꿀 수 없는 귀중한 것이다. 하지만 선생님이 보기에는 쓰레기통에 들어가기 직전의 휴지에 지나지 않는다. 그런 것을 옆에서 소중히 여기는 것은 그 사람 자유라고 해도, 선생님은 그런 마음에 편의를 봐주는 일을 하고 싶어 하지 않는 사람이었다. 그런데 그때는 무슨 바람이 불었는지 쉽게 허락을 하셨다.

톨스토이는 자신이 천재라는 사실을 알고 있었다, 그러나 도스토옙스키는 그런 생각이 조금도 없었고, 그저 자신의 생활을 위해 그만한 일을 했다, 괴테는 자신의 이름이 후세에 전해질 거라는 걸 살아 있을 때부터 알고 있었음이 틀림없다, 하지만 셰익스피어는 오늘날까지 자신의 작품이 읽힐 거라고는 꿈에도 생각하지 못했을 것이다, 하고 소세키 선생님이 말씀하시는 걸 들은 적이 있다. 괴테에 대해서는 학교에서 아오키 쇼키치[25] 선생으로부터 배웠는지, 아니면 나중에 그의 저서를 읽었는지는 확실하지 않다. 하지만 괴테는 자신이 남에게 쓴 편지가 후세에 남을 거라는 걸 알고 있

---

25)青木昌吉(1872~1939). 독일어학자. 도쿄제국대학 독문과 졸업. 도쿄제국대학 교수. 일본괴테협회 회장.

　　　　　　　　　　나의 「소세키」와 「류노스케」

었기 때문에 편지를 보낸 후 그 상대에게 자신의 편지를 정돈해두라고 부탁한다거나 비서에게 정리해두라고 시켰다는 이야기를 들었던 기억이 난다. 나 같은 사람이 생각해도 괴테는 불쾌한 사람으로 여겨지는데, 어쩌면 이런 사고도 어느새 소세키 선생님으로부터 배운 것일지도 모른다. 하지만 소세키 선생님이 위에서 하신 이야기로 보아 도스토옙스키나 셰익스피어를 더 높이 평가했다는 것은 말할 것도 없다. 무슨 일에서나 자신에게 집착하는 것을 싫어했던 모양으로, 만년 선생의 측천거사(則天去私)[26]도 그런 마음과 통했을 거라고 생각된다. 그러므로 선생님의 휴지조각을 우리가 소중히 받아왔다는 것은, 선생님이 언짢은 얼굴을 할 것 같은 일이었는데 신기하게도 그때는 아무 말도 하지 않았다.

그렇게 해서 받아온 휴지조각을 나는 소중히 보관해두었다. 하지만 오랫동안 그중 몇 장을 두세 명의 지기에게 나눠줬다. 최근에 고향 오카야마의 은사 기바타 다케사부로(木畑竹三郎) 선생님께도 두세 장을 드렸다. 그런데 무척 기뻐하

---

26) 하늘을 따르고 나를 버린다는 뜻. 나쓰메 소세키가 만년에 문학과 인생의 이상으로 삼았던 경지. 자아의 초극을 자연의 도리에 따라 사는 것에서 찾으려고 했던 것으로, 소세키 자신이 만든 말이다. 마지막 작품인 『명암』이 그것을 실천한 작품으로 여겨진다.

며 두루마리로 만들어 보존하고 싶으니 내게 그 경위를 써 달라고 해서 위의 사정을 적은 것이다.

소세키 선생이 남긴 코털

지난번 갓파기(河童忌)[27] 석상에서 사토 하루오[28] 씨가 소세키 선생님의 기념품을 갖고 있지 않느냐고 물었다. 올가을 작고 문인 기념 전람회가 개최된다는 것이다. 그래서 내가 선생님의 여러 가지 유품을 보관하고 있는 것을 떠올렸는데 그중에 오노토 G 만년필이 있다. 선생님이 1912년 5월경부터 1916년 11월경까지 사용했던 것으로『행인』,『마음』,『유리문 안에서』,『한눈팔기』,『명암』의 제170회 무렵까지는 이 만년필로 썼다. 선생님이 마루젠[29]의 독서잡지〈가쿠토(学

27) 아쿠타가와 류노스케의 기일. 7월 24일. 생전에 갓파(물속에 산다는 상상의 동물) 그림을 즐겨 그렸고 또 그의 작품에「갓파」가 있어 이런 이름을 붙였다.
28) 佐藤春夫(1892~1964). 시인, 소설가. 대표작으로「스페인 개가 있는 집」,「전원의 우울」등이 있다.
29) 1869년에 생긴 서점으로, 서적을 중심으로 수입 만년필 등의 문구나 잡화, 영국의 패션 브랜드 양품도 판매했다.

鐙)〉의 청탁을 받고 만년필 기사를 쓴 대가로 받았다고 한다. 『명암』 연재가 끝나갈 무렵, 그러니까 선생님이 돌아가시기 직전에 펜촉이 부러져 특별히 새것을 구입했다. 내가 갖고 있는 것은 새로 오노토의 펜촉을 끼운 그 낡은 만년필과 앞서 부러진 낡은 펜촉이다. 선생님이 오래 써서 낡은 펜대에 새로운 금 펜촉을 끼운 만년필은 오랫동안 나의 신성한 문구였는데 지금은 보관만 하고 쓰지는 않는다.

다이쇼 시대가 시작되고 메이지 천황의 장례식 직후의 상중에 소세키 선생님이 양복의 왼팔에 검은 천의 상장(喪章)을 두르고 찍은 사진이 지금 일반 사람들에게 널리 유포되어 있는 듯하다. 그 사진에 찍혀 있는 양복을 내가 받았는데, 육군사관학교나 해군기관학교의 교관을 하고 있던 시절에 자주 입었다. 점점 살이 쪄 솔기가 터지고 웃으면 바지 단추가 날아갔기 때문에 더이상 입을 수 없었다. 지금 생각하니, 그렇게 입어서 낡아빠지게 하지 말고 가만히 보관해 두었으면 좋았을 것 같다.

그 밖에 선생님이 고등사범학교 강사를 그만두었을 때 학생으로부터 기념으로 받은, 한두 송이 꽃을 꽂는 칠보 화병이나 마졸리카 펜 접시, 넥타이, 양복 깃, 와이셔츠 등이 있다. 오사카, 아카시(明石), 와카야마 등의 강연회에 입

나의 「소세키」와 「류노스케」

고 가신 하복도 받았는데 내가 너무 자주 입어 결국 너덜너덜해지고 말았다. 삼베 조끼만은 아직 남아 있다. 선생님은 1911년 8월 반슈(播州) 아카시의 공회당에 빈틈없이 꽉 들어찬 청중에게 그 조끼의 호주머니에서 니켈 시계를 꺼내 자랑하듯이 보여주며 "일류 예기(藝妓)가 되면 반지 하나를 사더라도 천 엔이나 5백 엔쯤 하는 고가의 물건을 골라 여유가 있음을 보여줍니다. 나는 지금 여기에 니켈 시계밖에 갖고 있지 않습니다"(「도락과 직업」)라고 말했다.

나도 선생님의 강연을 들으러 고향에서 기차를 타고 4, 50킬로미터 떨어진 아카시까지 갔다. 그때 선생님이 시계를 꺼내던 몸짓과 그것을 향한 청중의 박수가 젊은 숭배자인 내 마음에 들지 않았기 때문에 지금도 그 장면을 또렷이 기억하고 있다. 그 시계는 선생님의 시신과 함께 납관되어 태워졌다. 안경도 함께 태워졌기 때문에, 유골을 수습할 때 어쩐지 철사가 탄 듯한 것과 시계의 부속이 새까매져 뒤엉켜 있었던 듯한 느낌이 들었다. 내가 소장하고 있는 유품 중에는 소세키 선생님의 코털이 있다. 지금 이 원고를 쓰며 살짝 열어보니 굉장히 긴 것과 짧은 것을 합쳐 정확히 열 개다. 그중 두 개는 금발이다.

『나는 고양이로소이다』의 구샤미 선생은 이렇게 말한다.

"모자랄 리가 있나, 의사에게 약값도 다 치렀고, 책방에도 지난달에 다 지불했잖소. 이번 달엔 남아야 할 텐데"하고 점잔을 빼며 뽑아 든 코털을 천하에 신기한 것이라도 되는 양 바라보았다.

"그래도 당신이 밥은 안 드시고 빵을 드시는 데다 잼까지 발라 드시니까요."

"아니, 내가 잼을 몇 병이나 먹었다고 그래?"

"이번 달만 여덟 병이에요."

"여덟 병이라고? 그렇게 많이 먹은 기억은 없는데."

"당신만이 아니라 아이들도 먹잖아요."

"아무리 먹어봤자, 고작 5, 6엔 정도일 거 아니오."

주인은 태연한 표정으로 코털 하나하나를 정성껏 원고지 위에 심어놓았다. 코털에 모낭이 붙어 있는지 바늘을 세운 것처럼 똑바로 섰다. 주인은 뜻하지 않은 발견이 감탄스러운지 훅 불어보았다. 접착력이 강해 한 올도 날아가지 않는다.

"야 이거 굉장히 단단히 붙었는데."

주인은 열심히 불어댔다.

"잼만이 아니에요. 그것 말고도 사야 할 게 많단 말이에요."

아내는 몹시 불만스러운 기색을 양 볼에 잔뜩 드러냈다.

"있을지도 모르지."

주인은 다시 손가락을 쑤셔 넣어 코털을 쑥 뽑았다. 붉은 것, 검은 것 등이 뒤섞인 가운데 새하얀 것이 하나 있었다. 아주 놀란 모습으로 뚫어져라 들여다보던 주인은 코털을 손가락 끝으로 집은 채 아내의 얼굴 앞으로 쑥 내밀었다.

"아이, 더러워!"

아내는 얼굴을 찡그리며 주인의 손을 밀쳤다.

"이걸 좀 봐. 코털의 새치야."

주인은 무척 감동한 표정이었다.[30]

(『나는 고양이로소이다』 3장)

『나는 고양이로소이다』를 쓰던 시절의 습관이 10년 후까지 지속되었던 것으로 보인다.

내가 보관하는 코털은 『한눈팔기』를 쓰던 시절의 것이다. 나와 다른 두세 사람이 그동안 쌓인 『한눈팔기』의 파지를 받아 나눠 가졌다. 집으로 가지고 돌아와 그 초고를 한 장씩 넘기며 퇴고의 흔적을 살피다 보니 그중에는 쓰다 만 여백에 정성껏 직선만 그은 것도 있고 몇 가지 무늬 같은 것이나 잉크가 흩어져 더럽혀진 곳에 테두리를 그은 무늬 등이 있

---

30) 나쓰메 소세키, 송태욱 옮김, 『나는 고양이로소이다』, 현암사, 2013, pp. 117~118.

었다. 글이 잘 안 쓰여 괴로워하는 모습이 눈에 선했다.

그중에 이상한 것이 들러붙은 초고가 있어서 뭘까 하고 봤더니 정성껏 심어놓은 코털이었다. 접착력이 강한 모낭이 원고지에 말라붙어 그 위에 다른 종이를 겹쳐도 떨어지지 않은 것이다.

나는 앞에서 인용한 글을 떠올리고 또 선생님이 고심 끝에 그린 무늬를 상상하며 그 코털을 소중히 보관해두었다. 선생님의 코털은 내 손궤 밑바닥에서 20년 가까운 세월을 보냈다. 지금 꺼내보니 색도 변하지 않았고 팽팽하게 서 있는 기세도 옛날 그대로다. 세상에는 죽은 사람의 머리털이라는 유발(遺髪)이라는 말도 있으니 나는 이 코털을 소홀히 생각하지 않는다. 그러나 작고 문인 전람회에 출품할 만한 것은 아니라고 생각한다.

혹시 이 글을 읽는 사람 중에 속단하는 사람이 있어 내가 소세키 선생님의 코털을 뽑아 그 후 20년간이나 소중히 간직했다고 생각해서는 곤란하다. 선생님 자신이 뽑은 것이다. 원래 선생님께는 원고지에 코털을 심는 버릇이 있었다는 것을 분명히 해두기 위해 번거로움을 마다하지 않고 『나는 고양이로소이다』의 문장을 인용한 것이다.

아카시의 소세키 선생

1911년 여름, 나는 한여름 휴가로 고향 오카야마에 돌아가 있었다. 어느 날 신문에서 나쓰메 소세키 선생님이 반슈 아카시로 강연하러 오신다는 소식을 읽고 곧바로 도쿄 와세다미나미초에 계시는 선생님께 문의하는 편지를 보냈다.

아마 그해 2월이었던 것으로 기억하는데, 선생님은 위장이 안 좋아져 고지마치구(麴町区) 우치사이와이초(内幸町)의 나가요(長与) 위장병원에 입원해 있었다. 나는 그 병원에서 처음으로 선생님을 뵈었다.

그러고 나서 곧 선생님은 퇴원했던 것 같다. 나는 봄이 되고 나서도 몇 번인가 댁으로 선생님을 찾아뵈었고, 고미야 씨 등이 선생님과 여러 가지 이야기를 하는 것을 옆에서 주뼛주뼛 듣고 있었다.

시골에서 중학교와 고등학교를 마칠 때까지 몇 년간 나

는 선생님의 글로 선생님을 숭배하고 또 선생님을 그리워했다. 그런데 드디어 도쿄의 대학에 가게 되었고, 가까스로 선생님을 만나보니 어쩐지 두렵기도 하고 얼마간 까닭 없이 무서워 옛날부터 은밀히 마음속에서 그리고 있던 '선생님'께는 좀처럼 다가갈 수 없을 것 같았다.

그런 선생님이 내 고향에서 비교적 가까운 아카시까지 오신다는 것은, 뭔가가 갑자기 하늘에서 내려와 손이 닿을 것 같은 곳에 어른거리는 것 같은 기분이 들었다. 나는 무척 기뻐서 이 기회를 놓쳐서는 안 된다고 생각했다.

선생님의 강연을 듣고 싶은 것은 물론이고, 그 외에도 아카시로 가고 싶은 이유가 있었다. 나는 앞에서도 말한 것처럼 내심 주뼛주뼛 선생님 앞에 앉아 있으면서 실은 얼굴도 제대로 들 수 없을 것 같은 기분이었다. 그런데 그 선생님이 도쿄를 떠나 아카시까지 찾아오신다고 생각하니 갑자기 내가 선생님의 집안사람이나 된 듯한 기분이 들었다. 그래서 아카시 사람들이 우리 선생님 앞에서 어떤 얼굴을 할지 끝까지 확인하고, 그것으로 나는 마음속에 감춰두고 있던, 나쓰메 소세키를 선생님으로 모시고 있다는 자긍심에 빌붙고 싶은 마음도 있었던 것 같다.

도쿄의 선생님으로부터 곧바로 엽서 답장이 왔다. 거기

에는 며칠쯤에 강연하러 가기는 하는데 듣지 않았으면 하니 일부러 찾아올 것 없다는 내용이었다.

하지만 물론 나는 갔다.

선생님의 숙소는 쇼토칸(衝濤館)이라는 해변의 큼직한 여관이었다. 그 몇 해 전, 아마 내가 중학교 5학년 여름때였을 것으로 생각하는데, 지금은 오사카에 있는 동창 오카자키 신이치로(岡崎眞一郞)와 둘이서 여행하다가 쇼토칸에 묵을 생각으로 객실을 안내받은 적이 있다. 그런데 숙박비가 너무 비싸 묵는 것은 단념하고 온천에 들어갔다가 밥만 먹고 나왔다. 그러고는 모래사장을 걸어 스마(須磨)로 가서 정거장의 대합실에서 날이 새기를 기다린 적이 있다. 그래서 쇼토칸이 어디에 있는지는 알고 있었다.

그러나 선생님이 쇼토칸에 계신다는 것을 어떻게 알게 되었는지는 생각나지 않는다.

어쩌면 선생님이 도착하는 아카시역으로 마중 나간 것 같은 아주 막연한 기억도 있다. 그 기억에 따르면 선생님은 다른 강연자와 오사카아사히신문사의 사원들과 함께 인력거를 타고 거리를 달렸다. 그 인력거 뒤에는 시골을 순회하는 배우가 첫선을 보일 때처럼 길쭉한 종이 깃발이 세워져 있어 선생님 뒤에서 팔랑팔랑 나부꼈다. 하지만 이는 아마 내 꿈이 오래된 기억에 섞여든 것이리라.

아무튼 나는 쇼토칸으로 갔다. 선생님은 ㄱ자로 구부러지고 툇마루로 이어진 바다에 면한 2층 방에 계시는 듯했다. 잠시 이쪽으로, 하는 말을 들었는지 어땠는지는 기억나지 않지만, 나는 선생님이 계시는 방이 아닌 곳에 앉아있었다. 방에 사람들이 잔뜩 있었는데 모두 중년의 남자들이었다. 모두 내가 난생처음 만나는 낯선 사람들뿐이었다. 그리고 더운데도 다들 약속이나 한 듯이, 또 정말 약속을 한 것임이 틀림없겠지만 모두 가문의 문양을 넣은 하오리[31]와 하카마[32]를 입고 무슨 용무인지는 모르겠지만 일어났다 앉았다 하며 우물쭈물하고 있었다. 버릇없이 말하자면, 입관식을 하는 곳의 옆방처럼 어수선한 분위기였다. 그리고 어쩐지 공연히 바쁜 듯한 얼굴을 마주하고 이마의 땀을 훔치며 다들 눈을 빛내고 있었다. 소세키 선생님의 기세가 이 방에까지 미쳐 이 소동일 거라고 생각하며 내심 또 아주 득의양양했다. 그런가 하면 묘하게 방 구석진 곳에 앉아 부채를 살랑살랑 부치며 입을 다물고 있는, 이상하리만큼 눈매가 쌀

---

31) 일본옷 위에 걸치는 짧은 겉옷.
32) 기모노 위에 덧입는 주름 폭이 넓은 하의로, 허리에서 발목까지 덮으며 끈으로 묶는다.

나의 「소세키」와 「류노스케」

쌀한 남자도 있었다. 분명히 이 지방에 있는 소세키 선생님의 애독자일 거라고 생각했다.

그러다가 어떤 계기였는지 나는 ㄱ자 모양으로 꺾인 방으로 안내되었다.

거기에도 역시 하오리와 하카마를 입은 사람들이 바글거릴 정도로 많았다. 그러나 조금 전처럼 일어났다 앉았다 하고 있지는 않았다. 다들 털썩 주저앉아 같은 쪽을 향하고 있었다. 그들이 향하고 있는 한 점에 안정되지 못한 모습으로 앉아 계시는 이가 소세키 선생님이었다. 선생님은 혼자만 통소매 유카타[33]를 입고 아카시의 신사들에게 인사를 하고 있었다. 선생님 옆에 있는 사람이 그곳에 새롭게 들어온 사람을 소개하며 그 지역 의회 의원 누구누구 씨라든가 어디어디 학교장 누구 씨라고 하고는 선생님 쪽을 향해 고개를 숙여 인사를 했다. 그때마다 선생님은 유카타를 입은 두 손으로 다다미 바닥을 짚고 엉거주춤 일어나 안정되지 못한 자세로 인사를 했다. 나 자신은 선생님께 어떻게 인사를 했는지 잊어버렸지만 그때 선생님은 나에게, 이런 차림을 하고 있는데 이렇게 다들 인사를 하러 와서 정말 송구하다는

---

33) 가운 같은 모양의 무명 홑옷으로 주로 잠잘 때나 목욕한 뒤에 입는다.

뜻의 말을 했다.

그러고 나서 나는 쇼토칸을 뒤로 하고 강연회장인 공회당으로 갔다.

공회당은 전집 별책의 강연 기록에 있는 것처럼 석양이 쨍쨍 내리쬐어 정말 더웠다. 그러나 연단을 향해 오른쪽 바로 밑은 아카시 해협이어서 활짝 열어둔 홀의 천장에는 파도 색이 비치고 있었다. 바다 너머에는 초록색으로 이어진 아와지시마(淡路島)의 산들이 거울에 비친 풍경처럼 아름답게 하늘을 경계 짓고 있었다.

소세키 선생님이 연단에 섰을 때의 감격은 20년 후인 지금 생각해도 여전히 나의 가슴을 뛰게 한다. 제목은 '도락과 직업'이었다. 이야기가 점점 진행되었고, 선생님은 어린 시절에 이상한 남자가 깃발을 들고 거리를 걸으며 "장난꾸러기 어디 없나"하고 말했기 때문에 자신들을 사러 온 것이 아닐까 걱정했다는 이야기를 했다. 그 이야기도 물론 강연 기록에 실려 있다. 그때 선생님이 그럴싸한 어투로 "장난꾸러기 어디 없나"라고 말한 가락이 지금도 귓가에 남아 있는 것 같다. 그러고는 직업이란 남을 위해 하는 일이라는 것에서부터 남을 위한다는 말의 의미를 설명하고, 세상에는 도의상 상당히 수상쩍게 여겨지는 직업을 생업으로 삼고 있는 사람이 우리보다 더 나은 생활을 하고 있다, 그것은 어떤 면에서 괘씸하더라도 사실상 가장 남을 위한 일을 하기 때문이며, 다시 말해 지금 말하는 것은 도덕상의 문제가 아니다, 사실의 문제다, 그러므로 예기(藝妓) 같은 사람은 사소한 반지를 살 때도 천 엔이나 5백 엔이라는 고가의 반지 중에서 고르는 여유가 있다, 저는 지금 여기에, 하며 선생님은 조끼 호주머니에서 시곗줄이 달리지 않은 회중시계를 꺼냈다. 그것은 선생님의 서재에서 본 적이 있는 시계였다. 나는 선생님의 손가락 사이에 매달려 있는 그 시계를 보고 가슴이 철렁했다. 선생님은 그 시계를 치켜들며 제 시계는 니켈입니다, 하고 말했다. 어쩐지 선생님이 아카시가 시골이니까 수준을 낮춰 이야기하는 것으로 보였다.

강연이 끝났을 때는 정말 꿈에서 깨어난 듯한 기분이었다. 그리고 곧 이런 강연이 또 언제 열릴지 모른다는 생각에 쓸쓸한 기분이 들었다.

선생님은 강연회장에서 일단 쇼토칸으로 돌아가신 듯했다. 그러나 나는 선생님의 오사카행 기차 시간을 누군가에게 물어 알고 있었기 때문에 곧바로 아카시역으로 가서 선생님을 기다렸다.

선생님이 도착하기 전부터 구내에는 가문의 문양을 넣은

하오리와 하카마를 입은 사람들이 웅성거리고 있었다. 얼마 후 선생님은 다른 사람들과 함께 인력거를 타고 오셨다. 선생님 옆으로는 도저히 다가갈 수 없을 만큼 혼잡했다.

그럭저럭하는 사이에 기차가 왔다. 그렇게 생각한 것은 착각이고, 어쩌면 아카시에서 특별히 준비한 구간 열차였는지도 모른다. 아무튼 찻간은 옆으로 미는 문이 달린 고풍스러운 사륜식이었다. 마침 내가 서 있던 앞의 이등칸에는 예의 가문 문양이 들어간 하오리와 하카마를 입은 사람 몇 명이 이미 타고 있었다. 그리고 아직 플랫폼에 서 있는 선생님에게 안에서 자꾸만 "타십시오, 타십시오" 하고 부르고 있는 듯했다. 그러나 선생님은 좀처럼 타지 않았다. 머지않아 선생님은 혼자 성큼성큼 걸어가 두세 칸 앞의 일등칸으로 들어가 버렸다. 그리고 곧 기차가 움직이기 시작했다. 그 앞에서 고개를 숙이고 선생님을 배웅했을 때의 마음을 떠올리면, 선생님에 대한 추억은 말할 것도 없고 그와 함께 내 옛 시절이 무척이나 그립다.

나의 「소세키」와 「류노스케」

소세키 단편(斷片)

소세키 선생님은 술을 못했다. 잔을 핥기만 해도 얼굴이 시뻘게지는 모양이었다.

어느 여름날 오후, 선생님 댁에 가 있었는데 갑자기 사위가 어두워지고 천둥이 치기 시작했다. 나는 원래부터 천둥을 싫어했다. 싫다기보다 무서웠다. 쿵쾅거리는 소리를 들으면 배가 아파온다. 그때도 질려서 몸을 앞으로 구부리고 있으니 소세키 선생님이 걱정하며 그렇게 무서운가, 그러면 맥주라도 마시게, 하고 말해주었다.

하녀가 맥주를 쟁반에 받쳐 가져온 것을 고맙게 받았다. 나 외에도 누군가 있었던 것 같지만 확실한 것은 기억나지 않는다. 동석한 사람도 내 맥주를 마신 듯하다. 나는 맥주를 마시고 조금 힘이 났다. 하지만 몸을 앞으로 구부리고 있었던 것은 배가 아팠을 뿐만 아니라 창밖을 완전히 뒤덮은 대

낮의 번개가 번쩍거리는 것을 보는 게 싫어서 되도록 얼굴을 들지 않으려고 했기 때문이다. 머지않아 다시 컵을 채우려고 문득 눈을 들었더니 소세키 선생님의 얼굴이 시뻘겋게 달아올라 있었다. 어쩌다가 살짝 한 모금 마셔봤을 것이다. 선생님이 보여준 그때의 배려를 감사하게 생각함과 동시에 그 얼굴을 떠올리자 조금은 우습기도 하다. 『나는 고양이로소이다』의 구샤미 선생이 조미료로 쓰는 달콤한 맛술을 훔쳐 마셨을 때의 얼굴이 그랬을 것 같았다.

선생님의 책은 주로 순요도(春陽堂)[34]에서 나왔다. 어느 날 저녁 선생님을 찾아갔다. 서재로 안내되어 선생님의 흑단 책상 앞에 단정하게 앉았다. 책상 위 바로 내 코앞에 지폐가 10여 센티미터 높이로 쌓여 있었다.

"이건 순요도에서 가져온 거네" 하고 선생님이 말했다. 그리고 그중 한 장을 내게 주었다.

그것은 추울 때의 일이었다고 생각한다. 또 더운 여름날 선생님 댁에서 사이다를 마신 적이 있다. 그날은 아마 면회일인 목요일이었을 것이다. 나 외에도 몇 명이 더 있었던 것

---

34) 순요도에서 나온 소세키의 단행본 또는 단행본에 수록된 작품은 『도련님』(1906), 『태풍』(1907), 『우미인초』(1908), 『산시로』(1909), 『그 후』(1910), 『문』(1911), 『춘분 지나고까지』(1912) 등이다(괄호 안의 숫자는 순요도에서 간행된 해).

같은데, 선생님은 일동을 향해 이런 말을 했다.

"슌요도에서 백중날 샴페인을 보냈다고 해서 대단한 거려니 생각했더니 샴페인사이다였네."

그러나 당시의 샴페인사이다는 같은 사이다라 하더라도 지금보다 진기했던 것만은 분명하다.

책상

    나는 젊었을 때 소세키 선생님을 굉장히 숭배했기 때문에 선생님 흉내를 냈다. 흉내를 낸 것은 나뿐만이 아니었다. 선생님의 제자 중에는 선생님처럼 걷거나 선생님처럼 웃는 사람이 있었다. 선생님의 코는 조금 비뚤어졌는데 그렇게 비뚤어진 쪽을 살짝 찡그리며 웃었다. 코가 비뚤어지지 않아도 그런 기분으로 코 옆을 살짝 찡그리고 웃으면 비슷해진다. 하지만 그런 것은 일부러 흉내 내는 것이 아니라 늘 직접 뵈는 사이에 나도 모르게 들러붙을 수도 있다. 하지만 내가 낸 흉내는 그런 식으로 둘러댈 수 없다.

    와세다미나미초에 있던 소세키 선생님 댁의 서재에는 조그만 흑단 책상이 하나 있었다. 선생님은 거기서 원고를 썼다. 흉내를 내기에는 그 책상이 너무 작다. 그 서재의 창가에 엄청나게 큰 책상이 있다. 소세키 선생님은 그 책상에서

『나는 고양이로소이다』를 썼다고 한다. 내가 아직 선생님을 뵙기 전의 이야기다. 하지만 당시 잡지의 권두 그림 등에서 본 기억이 있다. 그 책상을 흉내 내려고 긴 끈을 가져가 치수를 쟀다. 선생님의 허락을 얻었는지 아니었는지는 잊어버렸지만 몰래 들어간 것은 아니다. 특별히 무례한 일도 아니었기 때문에 안 된다는 말을 들은 것 같지 않지만, 지금 상상해보면 소세키 선생님이 자못 씁쓸해했을 것 같다.

그 치수를 가져가 메지로의 여자대학교 앞에 있는 목공소에 책상을 주문했다. 완성해 가져다주기로 약속한 날에는 앉았다 일어났다 하며 책상이 오기를 기다리고 있었다. 하지만 결국 오지 않아서 저녁에 그 목공소로 따지러 갔다. 내가 굉장히 화가 났었다는 것을 지금도 기억하고 있고, 그때의 기분을 어렴풋하게나마 다시 떠올릴 수도 있다.

그 이튿날 책상이 왔다. 크다고 해도 소세키 선생님의 서재 창가에서는 그렇게까지 크다고 느끼지 못했다. 하지만 다다미 여섯 장이 깔린 내 서재 한가운데에 놓고 보니 정말 커서 다다미 한 장을 살짝 비어져 나왔다. 이제 소세키 선생님이 이전에 사용했던 책상과 폭도 길이도 높이도 같은 책상이 내 서재에도 있게 되었다. 25, 6년 전 아니면 더 전의 이야기라 지금과 비교할 수 없지만 그 책상 대금은 3엔 50

전이었다. 그 당시에도 쌌던 것 같다. 심술궂은 친구가 와서 그 책상을 손바닥으로 여기저기 만져보더니 뭐야, 너무 싸다고 생각했더니 이런 곳에 작은 나무가 끼워져 있군, 이 통판은 중고 판자야, 하고 말했다.

그로부터 몇 년쯤 후 높이만 큰 책상과 같게 한 빨래판 크기의 책상을 하나 더 주문했다. 평범한 나무를 까맣게 칠했을 뿐, 뒤집으면 아래는 하얗다. 작은 책상은 더운 날 통풍이 잘되는 곳으로 옮겨가기에 편리하다. 그 책상이 얼마였는지는 기억나지 않는다.

지금도 내 서재에는 위의 두 책상이 놓여 있다. 큰 책상이 한가운데에 있다. 작은 책상은 이리저리 가지고 다닐 수 있어서 때때로 위치가 변한다. 검게 칠해져 있으니 예전의 소세키 선생님 서재로 말하자면 조그만 흑단 책상에 해당할 것이다.

소세키 선생님의 추억 보충

　나는 소세키 선생님이 스모를 보러 가는 것과 우타이를 하는 걸 좋아하지 않았다.

　그러나 그만두시라고 말할 수 있는 성격이 아니었기 때문에 마음속으로 잠자코 내가 숭배하는 선생님답지 않다며 불만스럽게 생각했다.

　추운 날 우시고메야나기초(牛込柳町)에서 선생님 댁 쪽으로 걸어가다 길가에서 선생님을 맞닥뜨렸다. 모피 목도리가 달린 망토를 입고 어르신 같은 얼굴을 하고 있었다. 어디 가십니까, 하고 물으니 스모 보러 가네, 하고 말했다. 많은 말을 할 것 같지 않아 인사를 하고 헤어졌다.

　목요일 밤 소세키 산방에 다키타 조인[35] 이 오면 선생님과 둘이서 스모 이야기만 해서 짜증이 났다. 스모를 몹시 싫어한 이유는 그런 것에 반발했기 때문인 것 같기도 하다. 선생님이 돌아가시고 20년이 지난 요즘에는 신문에서 스모 이야기를 읽는 것을 싫어하지 않게 되었다.

젊었을 당시의 판단으로는, 우타이는 문학자가 관계할 일이 아니라고 믿었다. 20년 후인 지금도 여전히 그렇게 생각하고 있다. 언젠가 〈신초(新潮)〉의 좌담회 석상에서 호쇼 아라타[36] 씨를 만났을 때 소세키 선생님의 우타이 솜씨는 괜찮았습니까, 하고 물었더니 별로 능숙하지 않았다고 했다. 만약 등급을 매긴다면 몇 단이라든가 몇 급 정도는 되었다고 할 만한 수준은 되었습니까, 하고 물었더니 그런 수준도 아니었다고 해서 안심했다.

목요일이 아닌 날 낮에 선생님 댁에 갔을 때 대문에서 현관으로 다가가자 대나무 울타리 너머의 서재에서 우타이를 하는 소리가 들렸다. 미끈미끈하게 기름을 바른 듯한 목소리였다. 내가 초인종을 누르자마자 그 소리가 뚝 그쳤고, 그렇게 끊긴 채 쥐 죽은 듯 조용해졌다. 하녀가 들어오라고 해서 선생님 앞으로 가 고개를 숙여 인사를 하고 얼굴을 봤더니 여느 때와 같은 무서운 얼굴이었다.

---

35) 滝田樗蔭(1882~1925). 잡지편집자. 종합잡지 〈중앙공론(中央公論)〉의 편집장을 했다.
36) 宝生新(1870~1944). 노가쿠(能楽) 배우.

나의 「소세키」와 「류노스케」

홍차

옛날, 어느 목요일 밤 소세키 산방에 홍차가 나온 적이 있다. 아무 생각 없이 마시고 있으니 선생님이 어떠냐고 물었다. 맛도 냄새도 알지 못해서 어떤 대답을 했는지 기억나지 않는다. 아마 모호하게 대답했을 것이다. 나보다 먼저 두세 명이 그 자리에 있었는데 다들 그 홍차의 풍미를 크게 칭찬한 후였던 모양이다. 이런 선생님에게 걸려 어디어디산(産)의 이 홍차도 잡치고 말았군그래, 하는 말을 듣고 크게 망신을 당했다.

고이시카와의 도미사카(富坂)에 훈티켈이라는 스위스 사람이 있었는데 나는 가끔 그 집의 식사에 초대되었다. 치즈 위에 겨자씨 같은 것을 뿌린 훈티켈 씨가 독일어에 섞인 일본어로 "씨앗, 씨앗" 하고 말했다. 고향인 스위스에서 막 도착했다는 이야기였다. 무척 맛있었던 것은 기억하고 있지만

씨앗이 무슨 씨앗이었는지 잊어버린 건지 빠뜨리고 못 들었
는지 이름을 떠올릴 수가 없다. 그래도 맥주를 마셨을 때는
좋았다. 어느 날 밤 초대되어 가보니 진수성찬이 차려져 있
고 부인도 예쁜 옷을 입고 환대해주었다. 그런데 맛있는 음
식을 아무리 먹어도 맥주를 내오지 않았다. 컵 대신 홍차 잔
이 놓여 있고 홍차를 가득 따라주었다. 게다가 부인이 눈치
빠르게 그 안에 설탕을 넣었다. 음식을 한창 먹는 중에 단맛
이 나는 홍차를 마시는 것은 익숙하지 않아서 꽤 애를 먹었
다. 그래도 마시지 않으면 안 될 것 같아 마셨더니 곧바로
또 따라주었다. 그래서 식사가 다 끝난 후 정작 맥주를 마실
순서가 되었을 때는 홍차로 배가 출렁거렸다.

어떤 친구의 집을 방문했더니 부인이 먼저 홍차를 내왔
다. 목이 마르지도 않았지만 예의상 한 모금 마시려고 아무
렇지 않게 스푼을 집어 들었다. 스푼이 매우 무거워 이상한
기분이 들었다. 무겁다고 해도 뻔한 것인데, 이쪽에서 별생
각 없이 예상했던 스푼의 무게보다 배의 배나 무거웠다. 생
각보다 가벼우면 궁상스러울 것이다. 하지만 무거운 것에
익숙한 사람은 모르겠으나 나 같은 사람의 손에 닿으면 너
무 무거운 것도 부자연스러운 느낌이 든다. 결국은 입에 넣
는 것의 매개자가 되는 도구이기 때문에 그럴 때 스푼이 너

나의 「소세키」와 「류노스케」

무 무겁거나 너무 가벼우면 다음에 마실 홍차의 풍미에도 폐가 되는 것 같다.

　요즘 나는 저녁에 집으로 돌아오면 먼저 찬 홍차 한 잔을 마신다. 차가운 홍차가 묽으면 맛이 없다. 그래서 진하게 타라고 말해두었지만 너무 진한 것 역시 맛이 없는 것 같다. 진한 홍차는 묘한 단맛이 있어 목구멍 안쪽이 산뜻하지 않다. 요즘에는 그 농도가 적당해서 집에 돌아오면 홍차를 마시는 것이 하나의 낙이 되었다. 나는 홍차에 설탕을 넣지 않는 편이지만, 그렇다고 단것을 싫어하지는 않는다. 단맛은 홍차에 곁들여 먹는 과자에 맡긴다. 그렇게 따로따로 입에 넣는 것이 과자도 많이 먹을 수 있고 홍차의 풍미도 해치지 않는다.

13호실

1917년 소세키 전집 초판[37]의 교정을 맡게 된 것은 모리타 소헤이[38], 이시하라 겐세이(石原健生), 하야시바라 고조(林原耕三)[39], 그리고 나까지 네 명이다. 다만 제 십몇 권인 일기와 서간부터는 고미야 도요타카 씨가 다 떠맡았다.

우리가 그 일을 시작한 것이 몇 년 몇 월이었는지는 확실히 기억나지 않는다. 다만 매일 우리가 모이는 곳은 쓰키지 활판소의 제13호실이었다. 그러나 그곳으로 옮겨가 다 같이

---

37) 『소세키 전집』은 이와나미쇼텐(岩波書店)이 간행한 나쓰메 소세키의 저작집을 말한다. 제1차 전집은 1917~1919년에 걸쳐 전 14권으로 간행되었다. 활자 조판·인쇄 제본은 도쿄쓰키지활판제조소(東京築地活版製造所)에서 했다. 훗날 간행된 것으로 '보급판', '신편집 정판(新輯 定版)'이 있지만, 1935년 고미야 도요타카가 원고를 중시하여 편찬한 것이 '결정판'으로, 이후 소세키 전집의 기초가 되었다.
38) 森田草平(1881~1949). 작가, 번역가. 나쓰메 소세키의 문하생 중의 한 사람이다.
39) 앞에서 나온 오카다 고조를 말한다.

일을 시작하기 전에 인쇄소에 넘길 원고의 어미를 대략 다 듬어두기로 했고, 그 원고 정리를 내가 하게 되었다.

'恐しい'(오소로시이)인지 '恐ろしい'(오소로시이)인지, '聞える'(기코에루)인지 '聞こえる'(기코에루)인지에 따라 어미의 가나(仮名)가 달라진다. 그것을 상관하지 않고 먼저 조판을 해버리고 나중에 교정할 때 손을 보게 되면 그 수가 불어나 아주 귀찮아지기에 되도록 원고로 정리해두게 된 것이다.

그 일에 대해 졸저 『학(鶴)』에 수록된 「동사의 불변화(不變化) 어미에 대하여」의 한 구절을 발췌한다.

선생님이 아직 살아계실 당시, 이미 선생님의 새로운 저서 및 그 무렵 활발하게 번각된 축쇄판의 교정을 할 때 내가 손댄 것은 아마 열 권에 이르렀을 것이다.

교정할 때 가장 고생한 것은 어미를 어떻게 처리하느냐의 문제였다.

교정은 원작자의 원고대로 하는 것이 정상이다.

그러나 새로운 저서의 경우에도 그때 원고로 내게 주어진 것은 신문에서 오려낸 것이었다. 신문사의 토가 달린 활자로 적당히 식자된 어미는 전혀 신용할 수 없었다. 토가 달린 활자는 처음부터 달려 있는 토를 어간으로 하고 그 나머지를 멋대로 어미로 했다. 원작자의 원문 어미와는 아무런 관계도 없었다.

번각의 축쇄판을 교정할 때는 더욱 그러했다.

그런데 선생님은 그런 문제에 비교적 무관심했다.

자연히 이쪽에서 어떤 계기로 얻은 재료로, 예컨대 신문에서 오려낸 것에 쓰신 선생님의 글이라든가 파지의 글로 선생님의 문장 버릇을 관찰하는 수밖에 없었다.

그런 관찰로 알 수 있었던 선생님의 버릇은 대체로 '聞こえる(기코에루)', '恐ろしい(오소로시이)'라는 식으로 쓰는 방식이었다. 이 'こ'(코)나 'ろ'(로)를 바라보고 있는 동안, 또 여러 번 손을 대 어미를 교정하는 사이에 불변화 어미라는 것을 생각하기 시작했다, 운운.

그래서 대체로 불변화 어미는 어미로서 붙인다는 방침 아래 소세키 전집의 원고 정리에 임했다. 하지만 좀처럼 생각대로 정리되지 않았다. 또 내 일이라는 것이 그다지 진척되지 않는 편이어서 발행 기일이 다가오자 주위 사람들의 잔소리가 심해졌다. 열심히 하고 있다는 것을 유일한 변명으로 삼고 또 나 자신도 정말 그렇다고 생각했다. 하지만 전혀 효과가 보이지 않는 분발은 신용을 얻기에 부족해서 아베 요시시게로부터 "우치다의 분발은 분발이어도 믿을 수가 없다"는 잔소리를 들은 기억이 있다.

이와나미쇼텐은 주인이 학교의 선생을 그만두고 "남의 자식을 해치는 불안을 벗어나" 고서점을 시작한다는 전단지를 돌리고 나서 몇 년인가 후에 미사키초(三崎町)의 구세 군대본영에서 발화된 간다(神田) 대화재로 가게가 불에 탔다. 그 이후 신축한 건물이 지금의 소매부가 있는 곳이고 그 2층이 편집실이었다. 원고 정리가 순조롭게 진척되지 않은 멋쩍음을 감추려는 의도도 있었을 거라고 생각하지만, 나는 그 2층의 덥고 비좁은 곳으로 비집고 들어가 연신 땀을 닦으며 일을 했다. 점심에는 으레 장어덮밥 도시락이 나왔다. 더할 나위 없이 맛있기는 했지만, 더워서 견딜 수가 없는데 거기다 후우후우 불며 먹어야 하는 뜨거운 밥을 숨도 쉬지 않고 밀어 넣었기 때문에 가슴이 답답하고 심장이 벌떡거렸다. 아무튼 남이 보는 데서 일을 하고 어두워져 돌아오면 그 날은 그것으로 끝난 듯한 기분이 들었다.

그런 일로 이와나미쇼텐에 들락거렸기 때문에 『소세키 전집』을 간행한다는 신문광고 문구에도 말참견을 했다. '소세키 전집'이라는 액자 안의 글자 아래 조그맣게 나눈 몇 행이 7·5, 7·7조가 되도록, 여러 가지로 문구를 재배치한 일을 기억하고 있다. 그러나 지금 입속으로 중얼거려 봐도 생각나는 것은 두세 행밖에 안 된다.

용지 백능(白菱), 표지 마(麻)

디자인 뭐뭐, 고(故) 선생님

이가미 본코쓰[40], 목판에 색을 입혀 인쇄

5호 새로 주조, 뭐뭐

도쿄쓰키지활판소

초판의 표지는 마가 아니라 포플린이라고 한다. 내 착각일지도 모르지만, 어쩌면 처음에는 마로 할 예정이었으나 나중에 포플린으로 바뀐 것이 아닐까 하는 생각이 들기도 한다.

쓰키지의 13호실로 가게 되고 나서는 일손이 다 모였으니 일이 척척 순조롭게 진행되어야 했지만 좀처럼 그러지 못했다. 국판 800페이지 전후의 두툼한 책을 매월 한 권씩 차례로 간행하기란 초판 작업으로서는 무리한 면이 있었을지도 모른다. 이와나미쇼텐에서는 예약자에게 죄송하다고

---

40) 伊上凡骨(1875~1933). 메이지 시대부터 쇼와 시대에 걸쳐 활약한 일본의 판화가. 나쓰메 소세키의 책 장정도 했다.

나의 「소세키」와 「류노스케」

하며 조바심을 내고, 우리 쪽에서는 최대한 하는데도 늦어지는 것은 어쩔 수 없는 일 아니냐며 자주 언쟁을 벌였다.

초등학교 독본의 판권장에서 봐서 예전부터 이름을 알고 있는 쓰키지활판소의 노무라 사장이 이따금 13호실로 찾아왔다. 그는 굵은 금속제 사슬 한쪽 끝에 매달려 있는 돋보기를 조끼의 호주머니에서 꺼내 근방에 흩어져 있는 교정쇄를 들여다보며 글자 획이 빠져 있는 게 없나 하고 살펴보기도 했다. 그러고 나서 모두와 이야기에 열중했는데, 집이 쓰키지에 있고 이름이 노무라 소주로(野村宗十郎, 1857~1925)여서 가부키 배우인 사와무라 소주로(沢村宗十郎, 1875~1949)와 비슷한 데다 이웃이기도 하기 때문에 우편물이 자주 잘못 배달되기도 하고 방문객도 갈팡질팡한다는 이야기를 했다. 또 당시 부장인가 과장을 하고 있던 오쿠보 씨도 자주 13호실로 찾아왔다. 그는 직무상 우리 일을 재촉하는 말을 하면서도 이야기에 열중하기도 했다. 집이 스가모에 있고 전차가 붐비던 당시여서 종점까지 승객이 가득 차 있었다. 전차 안에서 두 차장이 양쪽 입구에서 표를 받으러 다니고 종점에 도착하면 한꺼번에 승객을 내리게 한다. 그때 한가운데에 있던 승객이 한쪽 차장에게 표를 건넨 후에 다른 쪽 차장이 와서 다시 표를 달라고 했고, 그 승객이 조금 전에 건넸다고 해도 차장은 말을 듣지 않는다. 결국 싸움이 벌어진 끝에 손님은 다시 요금을 냈다고 한다. 오쿠보 씨는 몹시 분개하며 기회를 엿보고 있었는데, 그날 돌아갈 때 오쿠보 씨와 차장 사이에 그와 똑같은 일이 일어났다. 요금을 이중으로 걷는 거냐. 아직 받지 않았으니 달라는 거다. 만약 받았다면 어떻게 할 거냐. 증거가 있냐. 증거가 있다면 승객 앞에서 무릎을 꿇고 용서를 빌 텐가. 이런 실랑이 끝에 오쿠보 씨는 양쪽 차장이 이미 모은 표를 한 장 한 장 살펴보게 했다. 자신은 표 오른쪽 위의 뒤쪽에 연필로 살짝 사인을 해두었다고 한다. 그리고 곧 그 표가 나왔고 결국 모든 승객 앞에서 사죄하게 했다는 이야기였다. 교정 일로 울적해 있던 우리는 환성을 지르며 그 이야기에 호응했다. 네 명이 모두 손을 놓고 이야기에 열중했기 때문에 그사이에 16~32페이지 정도는 교정을 보지 못했을지도 모른다.

대체로 저녁에는 일을 일단락 짓고 돌아갔다. 쓰키지의 전찻길에 있는 '이즈미'라는 서양요리점에서 회식을 하고 가끔은 자동차를 타고 돌아간 적도 있다. 아직 1엔 택시[41]가 없던 시절이라 쓰키지에서 우시고메까지 5엔이었다. 자동차의 종류는 몰랐지만 가부키자(歌舞伎座)[42]의 비스듬히 앞쪽에 있는 차고의 차로 '713번'이었던 것을 아직도 잊을

나의 「소세키」와 「류노스케」

수 없다. 그 차가 새까만 도랑가를 미끄러지듯이 달렸는데 이따금 울퉁불퉁한 길바닥 때문에 흔들리면 뭐라 말할 수 없이 기분 좋은 진동이 온몸으로 전해졌다.

노무라 사장이 우리를 쓰키지의 세이요켄(靜養軒)[43]이나 가부키자 앞의 나가사키 요리점으로 불러준 일도 떠오른다. 음식이 맛있었던 것은 20년 후인 지금도 잘 기억하고 있다. 일이 힘들었던 것, 화가 났던 것, 눈빛을 바꿔가며 주위 사람들과 했던 논의의 경위 등은 걷잡을 수 없을 만큼 기억이 희미해져 한두 가지 떠올려 봐도 마치 남의 일처럼 여겨질 뿐이다. 스페인 독감이 처음으로 크게 유행했을 때 한창 일을 진행하던 13호실에도 덮쳐왔다. 나도 며칠 사이에 40도 이상의 고열로 의식이 흐릿해지기도 했다. 그리고 요코스카

---

41) 줄여서 엔타쿠라고 한다. 시내 어디를 가건 균일하게 1엔을 받는 택시 요금 시스템이다. 1924년 오사카에서 시작되어 1926년에는 도쿄, 이어서 전국으로 확대되었다. 택시 대수의 증가와 불경기 때문에 교섭하기에 따라서는 50전, 30전까지 깎아주기도 했다. 그리고 1937년 무렵부터는 거리제 미터기가 채택되어 실제로 1엔 택시가 운행되던 기간은 짧았지만 엔타쿠라는 이름은 그 후에도 한동안 택시의 통칭으로 남았다.

42) 도쿄도 주오구 긴자 4초메에 있는 가부키 전용 극장. 화재나 전쟁 피해를 입는 등 다양한 변천이 있었지만 오늘에 이르기까지 명실공히 대표적인 가부키 극장으로 알려져 있다.

43) 정부 고관과 재계의 지원으로 1872년 쓰키지(현재의 긴자 5가)에 개업한 호텔 겸 레스토랑. 대표적인 고급 레스토랑으로, 대규모 회합이나 결혼 피로연 등에 자주 이용되었다. 1931년에 문을 닫았지만 우에노 지점은 지금까지 남아 있다.

해군기관학교의 취임식에 간 날에는 그곳에서 병이 들어 그 날 밤에 돌아올 수 없었다. 그 때문에 13호실에서 하다가 만 일을 이어서 하는 일에 애를 태웠다. 이튿날 신바시에 도착 하자마자 쓰키지로 돌아가 안심했던 일도 잊을 수 없다. 하 지만 하루의 일이 끝나고 먹었던 맛있는 음식만큼의 감명은 남아 있지 않다.

13호실은 본관에 이웃한 강가의 2층 벽돌 건물로, 교실 정도의 넓이였다. 그 계단 밑이 직공들의 통로였기 때문에 저녁에 줄줄 흐르는 듯이 돌아가는 직공들 사이에서 문득 노인의 얼굴을 찾아내기도 하고, 예쁘게 틀어 올린 머리를 한 안주인 풍의 여자에게 시선이 끌리기도 해서 왠지 모르 게 감회를 느끼는 일도 있었다. 1923년 간토대지진으로 13 호실 건물은 완전히 무너져 지금은 흔적도 없이 사라진 것 같다.

빈동기(貧凍記)

　10년 전 몹시 가난하여 먹고 입는 데 궁해 처자식을 부양할 수도 없었다. 집에는 전당 잡힐 물건도 없고 돈을 빌릴 데도 없었다. 무슨 일이 있어도 이것만은 내놓을 수 없다고 생각했던 소세키 선생님이 쓴 글씨 족자를 남에게 돈을 받고 넘기는 것 외에 다른 길이 없었다.

　이미 돌아가신 선생님께 죄송했다. 또 내 마음속에도 견딜 수 없는 기분이 들었다. 그러나 그것을 생활비로 하여 일가가 활로를 찾을 때까지 버틸 수 있다면, 바라건대 아마 선생님도 용서해주실 거라며 마음을 새로이 했다.

　되도록 연고 있는 사람에게 넘기고 싶었다. 나는 동문 선배를 찾아가 사정을 털어놓고 소개를 요청했다.

　미리 그쪽에 이야기해놓게 한 후 아내가 그 소개 편지와 함께 족자를 들고 그 집으로 갔다. 받아온 돈은 선배에게 의

논했을 때 일단 이 정도가 적당할 거라고 했던 금액의 절반에도 미치지 못했다.

비통한 마음에 더해 차가운 칼날을 맞은 것 같은 기분이 들었다.

그런데 잘 들어보니 더욱 견딜 수 없는 일이 있었다.

그쪽 주인은 족자를 펼치고 찬찬히 들여다보며 이렇게 말했다고 한다.

"소개장이 있어서 받아두긴 하겠지만 소세키 씨 물건에는 가짜가 많아서요."

그러고는 다시 감으며,

"아무래도 이상한 곳이 있네요. 실례지만 이것만 받아두시지요" 하며 그 돈을 내놓았다고 한다.

나는 그 집의 이름은 처음부터 알고 있었고 또 그 가게에 들어가 물건을 산 적도 있다. 주인을 만난 일은 없지만 그런 무례한 사람인 줄은 알지 못했다. 내가 소세키 선생님의 문하생이었다는 것은 소개했을 것이고 또 소개장을 쓴 사람은 주인의 지인이었다.

그런 관계를 무시하면서까지 자신의 감식안을 뽐내려고 한 것이다.

먹을 머금은 붓을 들고 있는 선생님 앞에 무릎을 꿇고 앉

나의 「소세키」와 「류노스케」

아 종이 끝을 누르고 있던 옛날의 내가 떠올라 나는 분해서 눈물을 흘렸다. 곧바로 되찾아오고 싶어도 그럴 수 없었다. 그럴 여유가 있다면 처음부터 소세키 선생님의 유묵을 끄집어내지 않았을 것이다. 나는 그런 돈에 손을 대서 쓰고 말았다.

그러고 나서 매일 그 일이 마음에 걸렸다. 한참 후 그때 받아온 만큼의 금액을 드디어 마련하게 되자 과일 바구니를 들려 아내를 그쪽으로 보냈다. 덕분에 위급한 상황을 넘길 수 있었다, 그때의 족자는 돌려주었으면 좋겠다, 하고 요청했더니 바로 돌려주었다고 한다.

이제 절대 남의 손에 넘기지 않겠다고 생각하며 그 족자를 다시 도코노마에 걸었다. 그러나 가난은 집요해서 내게는 그 족자 하나를 지키는 일조차 허락되지 않았다. 이번에는 나쓰메가로 가져갔고, 그것은 나쓰메가를 통해 선생님의 유묵을 열망하고 있던 사람의 집으로 넘어갔다고 한다.

공산불견인(空山不見人)

단문인어향(但聞人語響)

(텅 빈 산에 사람은 보이지 않는데

도란도란 말소리만 들려오네)[44]

이 글씨를 쓴 족자였다. 지금도 눈을 감으면 선생님의 필치가 생생하게 떠오른다.

---

44) 왕유(王維, 701~761)의 5언 절구 중 첫 부분.

나의 「소세키」와 「류노스케」

소양기(搔痒記)

대학을 졸업하고 1년 반쯤을 놀고먹었다.

이미 처자식이 있고 또 노모 외에 할머니도 건재했다. 친구와 산책을 나갔다가 헤어질 때는 자주 "그럼 잘 가게. 어머님, 할머님께 안부 전해주게" 하는 인사를 받았다. 어머님께 안부 전하는 것만으로 부족해서 할머님에게까지 안부를 전해달라고 한 것이다. 아이는 둘이고, 그 외에 아이 보는 일을 겸하는 하녀 한 명이 있다가 없다가 했다.

그런 대가족을 이끌고 놀고먹을 정도의 재산이 있었던 것도 아니고 또 전혀 없었던 것도 아니었다. 마침 없어지기 시작한 위태로운 상태였다.

어렸을 때는 부자였던 것을 기억하고 있다. 그 후 상황이 나빠져 조그만 집으로 이사했으나 학자금은 부족하지 않았다. 하지만 마지막에는 상당히 위태로워졌던 것 같기도 하다. 그 무렵이 내게는 잘 이해되지 않아서 의외로 아무렇지 않게 지냈던 것인지도 모른다.

덕분에 졸업한 후 1년 6개월을 편하고 한가하게 지내며 훗날의 큰 가난의 초석을 쌓았다.

부랴부랴 매일 취직 부탁을 하러 나갈 곳이 없었기 때문에 서양 책으로 장식한 서재에 앉아 신간을 펴서 읽었지만 공부가 부족해서 제대로 이해되지 않았다. 원고료를 벌기 위해 번역을 하려고 책상에 앉으면 시작도 하기 전에 하품이 나왔고, 끝내는 번역 일을 생각하기만 해도 하품이 멈추지 않게 되었다. 그래서 번역도 뜻대로 되지 않았고 꾸벅꾸벅 졸며 하루하루를 지냈다.

머리 여기저기가 몹시 가려워졌다.

놀고먹었던 1년 반 중 처음에는 고마고메아케보노초(駒込曙町)의 신축 셋집에서 살았다. 그 당시에는 아직 어머니, 할머니, 그리고 위의 남자아이가 고향에 있어 나와 아내, 아래 여자아이, 그리고 고향 동네에서 도쿄로 올라와 여학교에 진학했던 오사다(お貞) 씨와 하녀가 그 셋집으로 들어왔다. 키가 큰 노부인이 현관 앞의 뜰에 서서 뭔가를 만들고 뜰의 나무를 가꿨다. 그 집은 모리 오가이[45] 씨의 동생이 소유한 집이었는데, 그 사람은 교토에 살고 있어서 그의 어머니가

나의 「소세키」와 「류노스케」

도쿄의 집을 관리하고 있다는 이야기를 들은 것 같다. 그러므로 그 노부인은 모리 오가이 박사의 어머니인 것이다. 얼마간 경건한 마음으로 그 셋집에 들어가 2층에서 남쪽 하늘을 바라보면 긴 가을 구름 너머가 활짝 갠는데도 어딘지 모르게 어둡게 여겨져 고향의 일이나 앞으로 도쿄에서 살아갈 일이 마음에 걸렸다.

머리가 가려운 것은 신축이어서 벽이 마르지 않았기 때문이라는 사람이 있었다. 자고 있을 때도 꿈속에서 머리를 마구 긁어 아침에 일어나 보면 베개 주변에는 밤새 쥐어뜯은 머리카락이 그러모을 정도로 흩어져 있었다.

깨어 있을 때도 문득 머리 여기저기가 가려웠다. 가려운 곳은 무턱대고 가려워서 세게 긁어도, 두드려도 성에 차지 않았다. 짜증이 나고 뭔가 개운치 않은 마음을 해소할 데가 없었다. 그래서 자주 집안싸움이 일어났다.

이사를 부탁했던 소지마치(掃除町)의 이삿짐센터 사람은, 자리를 잡은 후에도 가끔 놀러 왔다. 옛날 관리풍의 팔자수염을 기르고 쑥 올라간 끝을 비틀며 내게,

---

45) 森鷗外(1862~1922). 일본 메이지, 다이쇼 시대의 소설가, 번역가, 극작가. 나쓰메 소세키와 함께 문호로 불리며 일본 근대문학의 창시자 가운데 한 사람이다.

"나리, 놀고 있어서는 안 됩니다. 그야 오늘 놀고 있을 수 있다는 것은 좋은 일이지만, 그래서는 해결되지 않습니다" 하고 말했다. 친절한 성격인 듯하여 때때로 이야기하러 와서는 나를 격려하는 한편으로 어쩌면 취직자리라도 소개해줄 심산인지도 몰랐다.

아직 고향에 있던 시절, 나는 중학교 2학년이나 3학년 무렵부터 고등학교 시절에 걸쳐 집에 있을 때면 늘 거문고만 탔다. 중학교를 졸업하기 전에 집이 가난해지고 술집 운영을 그만두어서 시내의 셋집으로 이사했다. 이웃의 초물전[46] 주인이 오래전에 우리 집에서 돈을 빌린 채 갚지 않았고, 우리가 가난해졌기 때문에 머지않아 매월 조금씩이라도 갚겠다는 이야기가 있었던 모양이다. 그러나 그것도 잘되지 않았던 듯하다. 초물전 주인은 가족이 모두 구세군이었는데, 어느 날 주인이 우리 집으로 와서 이런 말을 꺼냈다.

"앞으로 여러 가지로 곤란할 거라고 생각되는데 다행히 에이(榮)[47] 씨는 음악을 무척 좋아하는 것 같으니 차라리 학교를 그만두고 앞으로 음악을 직업으로 삼는 건 어떻겠습니

---

46) 돗자리, 광주리, 바구니 등을 팔던 가게.
47) 우치다 핫켄의 본명은 우치다 에이조(內田榮造)다.

나의 「소세키」와 「류노스케」

까? 소개해드리는 것도 보은의 일단이라고 생각하니, 에이씨가 구세군의 음악대에 들어갈 수 있도록 제 연줄로 부탁해볼까요?"

나는 깜짝 놀라 할머니에게 정중히 거절해달라고 했다. 이삿짐센터 사람도 넌지시 내 취직자리를 마음 써주고 있는 듯해서 나는 고맙게 생각하면서도 동시에 경계했다.

일기장 사이에서 이삿짐센터에서 나눠준 전단지가 나왔다. "이삿짐은 오와리야(尾張屋)가 제일입니다. 가격이 싸고 제일 친절합니다. 오와리야에는 목수가 있어서 이사할 때 열리지 않는 문짝이나 선반 널을 무료로 고쳐드립니다. 집주인에게 부탁해도 금방 고쳐주지 않습니다. 오와리야는 쌉니다. 이사가 늦어져 그날 밤 곤란하지 않도록 오와리야는 먼 곳이어도 오후 2시까지 짐을 날라드리니 이사 때문에 다음 날 쉬어야 하는 일이 없습니다. 오와리야는 정말 쌉니다. 꼭 한 번 맡겨주세요."

목수가 있어 열리지 않는 문짝을 고쳐주는 것이 아니라 콧수염을 기른 집주인이 직접 톱과 쇠망치를 들고 왔다.

아케보노초의 집은 가을 폭풍이 거칠게 불어대는 밤이면 2층이 흔들리기 때문에 겁쟁이인 나는 편안히 잘 수가 없었다. 밤중에 일어나 보면 또 머리 여기저기가 정신이 나갈 만큼 가려웠다. 긁으면 비듬 덩어리 같은 작은 딱지가 떨어지고 그 자리가 조금 젖어 있는 것 같았다. 친구가, 자네는 머리를 깨끗이 하지 않으니까 그렇게 되는 거네, 항상 머리를 감게, 라고 말해서 자주 머리를 감았지만 더욱 가려워지기만 하고 두피 여기저기에 작은 부스럼 같은 것이 퍼진 것 같았다. 누군가는 습진이라고 하며 습진은 씻어서는 안 된다, 씻으면 그때마다 퍼지니까 말리는 게 제일이라고 가르쳐주었다. 씻지 않는 양생법이 게으름뱅이에게는 적합하기에 이번에는 그대로 내버려 두었더니 머리의 가려움은 이루 말할 수 없게 되었다. 결국에는 내가 직접 긁어서는 아무리 긁어대도 진정되지 않았고, 남이 긁어주지 않으면 견딜 수 없게 되었다. 아내는 처음부터 달아나고 하녀에게는 말하기가 어렵고 아이는 아직 어려서 도움이 되지 않았다. 그런데 오사다 씨는 터무니없는 데가 있어 그 역할을 감연히 떠맡아주었다. 내가 신문지를 펴서 두 손으로 머리 앞에서 받치고 있으면 오사다 씨는 뒤로 돌아가 내 머리를 종횡무진 후려치며 긁어댔다. 내 머리가 삼각형이 되는 것 같아 나는 통쾌감을 견딜 수 없었다. 아무리 지나도 이제 됐다고 하지 않았기 때문에 늘 오사다 씨가 끝을 맺었다.

두피가 점점 부어올라 다른 사람도 알아챌 수 있게 되

나의 「소세키」와 「류노스케」

었다.

이삿짐센터 사람이 와서 내 머리를 보자마자 다 안다는 듯이 말을 꺼냈다.

"그래서 말하지 않았습니까. 아무 일도 하지 않고 빈둥빈둥하니까, 보세요, 따분하니까 그만 주색잡기를 하는 겁니다. 나리, 그건 놀고 있는 동안은 낫지 않을 겁니다."

그런 일 없다고 해도 이삿짐센터 사람은 믿어주지 않았다.

몸집이 큰 하녀가 밤늦은 시간에 어쩐지 부엌 쪽에서 덜그럭거리는 소리를 내고 있다 싶어 아내가 살짝 엿봤더니 매일 아침 세수를 하는 대야에 약을 넣고 무릎에 난 커다란 종기를 씻고 있었다고 해서 기분이 언짢아 곧 내보냈다.

집안이 온통 종기투성이가 된 듯한 불쾌한 기분이 들었다.

그다음에 온 하녀는 얼굴이 길고 살결이 예쁜 여자였다. 안색이 점점 안 좋아지고 때때로 방구석에서 상념에 잠겼다. 거친 비백 무늬의 옷을 입은 남자가 한두 번 찾아왔다. 그 후 하녀가 울었던 일이 있다. 밤중에 뜰을 걷고 있는 것을 아내가 봤다고 해서 기분이 언짢아지기 시작했다. 머지 않아 아이를 가졌다는 것을 알게 되어 내보냈다.

그 후 이즈(伊豆)의 이토(伊東)에서 귀여운 열네댓 살의 하녀가 왔다. 내가 귀가해도 모르는 체해서 아내가 다녀오셨어요, 하고 인사해야 한다고 가르쳐주었다. 어느 날 내가 귀가하여 2층 서재에 앉아있으니 그 하녀가 계단을 올라와 미닫이문을 열고 바닥에 손을 짚었다.

"나리, 다녀오셨습니까?"

내가 깜짝 놀라 무슨 일이냐고 물었더니,

"조금 전에 나리께서 돌아오셨을 때는 뒷간에 있었습니다"하고 말했다.

아케보노초의 집에는 변소가 하나밖에 없었는데 언젠가 내가 들어가려다 보니 잠겨 있어서 그대로 2층으로 올라가 앉아 있으니 잠시 후 그 하녀가 또 미닫이문 앞에 앉아 인사를 했다.

"나리, 방금 뒷간에서 나왔습니다."

그리고 그녀는 다시 한번 정중하게 고개를 숙여 인사를 했다.

모두가 귀여워했는데 그 하녀가 직접 그만두겠다고 말했다. 모두가 친절하게 대해주셔서 오랫동안 있고 싶지만 "보리밥과 돼지고기뿐이어서 먹으려고 해도 도저히 먹을 수가 없습니다. 매일 밥이 목을 넘어가지 않습니다"하고 울며 이별을 아쉬워했다. 돈가스를 싫어한다는 것을 우리는 전혀 몰랐던 것이다.

그때부터 아케보노초의 하녀는 끊기고 말았다. 목요일 밤, 와세다미나미초의 소세키 산방에서 쓰다 세이후 씨로부터 이번에 다카다오이마쓰초(高田老松町)의 집을 떠나니 그 집으로 들어오지 않겠느냐는 말을 듣고 이사하기로 했다. 머리에는 온통 부스럼을 얹은 채 소지마치의 이삿짐센터에 이삿짐을 옮겨달라고 하고 메지로다이(目白台)로 이사했다. 고향에서 어머니, 할머니, 아이를 데려와 놀고먹는 답답한 모습을 드러냈다. 짜증이 날 만큼 머리가 점점 더 가려워지는 것 같았다. 자신의 머리를 잣대로 때리고 문진으로 문질러도 짜증은 가시지 않았다.

머리카락이 너무 길어 더욱 견딜 수 없는 것 같아 이발을 하기로 했다. 그럴 생각으로 동네를 걸어갔지만 내 머리가 지저분한 것을 생각하자 이발소 앞에서 안으로 들어갈 용기가 나지 않았다.

에도가와바시(江戶川橋) 근처의 조그만 이발소로 눈 딱 감고 들어갔다. 내 순서가 되어 의자에 앉았을 때 이전부터 생각해두었던 말을 나는 암송하듯이 했다.

"머리에 종기가 났을지도 모르니까 좀 조심해서 해주게. 빗 같은 건 쓰지 말고 주의해서."

이발사는 "아, 예" 하고만 말하고 별로 마음에 두지 않는 것 같았다. 싹둑, 싹둑, 깎기 시작했고, 조금 있으니 갑자기 가위가 움직이지 않았다. 한쪽 빗을 든 손으로 살짝 덮인 머리를 쓸어 올리고 있었다. 그러고 나서 다시 깎기 시작했다. 그리고 깎고 있다고 생각하자 점점 가위를 작게 움직이다가 곧 그치고 말았다. 그리고 잠자코 저쪽으로 갔다.

나는 의자 위에 남겨졌고, 그 자리에 더이상 앉아 있을 수 없을 것 같았다. 그래서 미리 말해두었는데, 하고 생각했지만 그 말을 또다시 되풀이할 수도 없었다. 그러자 이번에는 주인 같은 사람이 내 뒤에 섰다. 어쩐지 보통이 아니라 눈에 띌 정도로 팔을 걷어붙이고 있는 듯했다. 그리고 가위를 움직이기 시작하나 싶더니 다시 조금 전의 이발사가 살짝 뒤로 와서 주인의 작업복을 끌어당기고 있는 모습이 안경을 벗어 몽롱한 눈에도 거울 속에 비친 것 같았다.

드디어 끝나 머리를 씻어주겠다는 것을 거절하고 서둘러 돈을 내고 밖으로 나와 휴우 하고 한숨을 내쉬었다.

집에 있으면서 뭘 해도 재미가 없고 무엇보다 뭘 어떻게 하겠다는 마음이 없었다. 이제 집에는 언제까지고 이렇게 빈둥거리며 살 수 있을 만한 돈이 없다는 것을 때때로 질병처럼 떠올렸다. 그러나 밖으로 나가 남의 집으로 취직자리를 부탁하러 가려고 하면 머리가 마음에 걸렸다. 당분간 사

나의 「소세키」와 「류노스케」

람들 앞에 나서고 싶지 않았다. 그리고 머리를 박박 긁고 여전히 꾸벅꾸벅 졸며 하루하루를 보냈다.

그 당시 휘갈긴 글 한 구절에 이런 게 있다. ―잠이 깨었더니 창은 조금 전보다 어두웠다. 해가 높아지고 양달이 바깥쪽으로 물러갔을 것이다. 옆방에서 누군가 이야기하는 소리가 들렸다. 그 목소리에 눈을 떴을지도 모른다. 처음에는 몇 명인지 잘 몰랐지만 점차 정신이 분명해짐에 따라 그 목소리를 금방 알 수 있었다. 이삿짐센터의 주인이다. 잠을 깼을 때는 이런 말을 하고 있었다.

"10년을 손해 봤습니다. 하지만 뭐 이렇게 된 이상, 부모는 아이를 위해 희생해야 하는 거지요."

나는 이삿짐센터 사람이 또 못마땅한 말을 하겠구나 싶어 듣고만 있었다. 하지만 그때까지 무슨 말을 하고 있었는지 조금도 듣지 못했기 때문에 이야기의 흐름을 알 수 없어 10년을 손해 봤다거나 아이를 위해 희생해야 한다는 것이 무슨 뜻인지 도무지 짐작할 수 없었다. 나는 아침이 되어 새로 가져다준 따뜻한 탕파를 발바닥에 대며 따끈따끈한 잠자리 안에서 머리만 내놓고 옆방의 이야기를 듣고 있었다.

할머니와 아내가 상대해주고 있는 듯했다. 때때로 거기에 아이의 목소리가 섞여 들렸다.

이삿짐센터 사람이 이런 말을 한다. "야박한 것 같지만 아내에게는 또 여벌이라는 게 있습니다. 아니, 전적으로 그렇습니다, 사모님. 정말 야박한 말을 하는 것 같지만 아내에게는 또 여벌이라는 게 있습니다. 그야 뭐 말 그대로입니다. 그런데."

여섯 살이 된 남자아이가 괴상한 목소리로 물었다.

"이삿짐센터 아저씨가 언젠가 준 금붕어는 수컷이에요, 암컷이에요?"

"글쎄, 아저씨는 까맣게 잊어버렸는데. 상당히 오래된 일이라."

"저기, 아저씨." 여동생이 말을 꺼냈다. "그 금붕어는 진작 어항 속에서 죽었어요."

아내가 둘에게 저리 가서 놀라고 말한 듯했다. 이삿짐센터 사람이 하하하 하고 웃었다.

잠시 후 할머니가 "아이고, 참 곤란하겠네" 하고 말했다.

"네, 정말 올여름에는 혼이 났어요. 사업장을 쉴 수는 없으니까 나가 있으면 뒤에서 아이가 아장아장 걸어와서요. 다섯 살이거든요. 녀석은 위험한 일도 전혀 상관하지 않으니까 철물 조각이나 못 같은 것이 흩어져 있는 데를 걸어옵니다. 한 번은 떼어낸 상자 덮개에 붙어 있는 못 위로 넘어져 다치기도 하고."

머리 상태가 점점 나빠지는 것 같아 결국 소개를 받아 대학병원의 피부과에 갔다. 연고 냄새가 코를 찌르고 복도에도 대기실에도 이상한 얼굴을 한 기분 나쁜 환자가 득실거렸다. 이런 데를 배회하는 것이 정말 싫었지만 사람들이 내 머리를 보면 똑같은 생각을 할 것 같아 한심하기도 했다. 하지만 어쨌든 지저분한 사람이 많이 모여 있는 것은 좋지 않은 일이라는 걸 실감했다.

진찰실로 들어가 가죽 의자에 앉았다. 주변의 물건이 조금씩 젖어 있는 듯했고, 더러워 몸이 움츠러드는 것 같았다. 간호사가 반짝반짝 빛나는 가위를 가져와 내 머리를 깎기 시작했다. 굉장히 거칠고 통렬하기 그지없는 방식이라서 머리카락을 자르는지 두피를 잘라내는지 알 수가 없었다. 그것이 무척 마음에 들어 두피를 좀 더 깊이 벗겨내 주었으면 좋겠다고 생각했다.

그 후 의사가 와서 뭔가 차가운 약을 발라대며 한마디도 하지 않고 다시 내 머리를 간호사에게 넘겼다.

간호사가 그 위로 붕대를 둘둘 감아서 흰 두건을 푹 뒤집어쓴 듯한 머리가 되었다. 세게 둘둘 감았는데, 특히 가장자리가 단단히 죄어졌기 때문에 어쩐지 머리 위쪽으로 끌어올

려진 것 같기도 했다. 또한 머리만 저절로 높이 올라가는 듯한 기분도 들어 흥분된 발걸음으로 집으로 돌아왔다.

머리가 깨끗이 싸여 있어 잘 때는 후련한 기분이었다. 그러나 베개에 닿는 느낌은 어쩐지 남의 머리를 떠맡고 있는 것 같기도 했다.

이튿날 정오 무렵이 되자 붕대 안쪽이 가려워 아무래도 처치 곤란하게 되었다. 위로 긁으면 더욱 가렵기만 했고, 그부분을 비틀거나 비벼대는 것도 간접적이어서 아무런 효과가 없었다. 주먹을 꼭 쥐고 붕대 위로 머리를 때렸다. 그래도 소용없어서 비트적거리며 일어나 장식 기둥의 모서리에 머리를 쿵쿵 부딪쳤다.

고향에서 아타라시(新) 씨라는 노인이 찾아와 머물렀다. 한동안 할머니의 말동무가 되어달라는 의도였지만, 실은 매일 밤 나와 술을 마시고 취했다. 아타라시 씨는 옛날에 동네에서 포장마차를 했고 그러고는 기름 장수도 했는데 작은 손수레를 끌고 다녔다. 또 인력거꾼도 되어 아버지를 여기저기 요릿집이나 요정으로 데려다주고 또 데려온 모양이었다. 아버지가 마음에 들어 해서 거의 고용한 것처럼 되었던 것 같다. 내가 대여섯 살 때 뻣뻣한 하카마를 입고 가문의 문양이 들어간 예복을 차려입고 아버지 대신 시내로 새

나의 「소세키」와 「류노스케」

해 인사를 다닌 적이 있었다고 한다. 인력거는 물론 아타라시 씨의 인력거였다. 행선지는 아타라시 씨가 다 알고 있어 그 집 앞에 멈추면 아타라시 씨가 나를 안아서 내리고, 내가 인사를 하고 나오면 또 아타라시 씨가 안아 올려 인력거에 태우고 다음 집으로 달렸다.

그 당시의 사진에 내가 화분에 심어진 국화꽃과 나란히 찍혀 있는 것이 있다. 머리는 정수리만 둥글게 남겨 두고 깎은 아이들 머리 모양인데 국화가 나보다 키가 크다. 그러나 하카마를 단정히 차려입고 입을 삐죽 내밀고 있다. 그럴듯한 그 모습이 내가 봐도 별로 귀엽지 않았다.

그런 인연을 가진 노인과 나는 매일 밤 술잔을 나누고 거의 매일 밤 취했다. 무슨 이야기를 했는지는 모르지만 이야기가 통했던 모양인지 짜증나는 머리를 붕대 위로 두드리며 이야기가 무르익어 잔을 거듭하고 밤새는 줄 몰랐다.

나와 함께 학교를 졸업한 친구는 센다이나 나고야의 고등학교 교사가 되어 부임했다. 나도 내가 나온 오카야마의 고등학교로 부임하게 될 것 같은 상황이었으나 결국 그대로 흐지부지되고 말았다. 학생이었던 당시 이쿠타류(生田流) 거문고와 하이쿠에 너무 열중하여 학교 수업을 게을리 한 나머지 3학년 때는 거의 매일 지각을 했다. 그런 악습이 방해가 되었을지도 모른다. 지각한 것은 우리 집이 학교와 너무 가까웠기 때문이다. 학교 구내에 있는 기숙사의 먼 방에서 교실로 가는 것보다 우리 집에서 가는 것이 더 가까울 정도였다. 그러므로 일단 늦어지면 서둘러 가서 그 시간을 만회할 수 없어서 매일 지각했다. 훗날 요코스카의 해군기관학교로 가르치러 갔을 당시 기차 안에서 해군 장교들이 이런 이야기를 했다.

"집이 한 채 비어 있는데 하필이면 역 근처네."

"어느 정도의 거리인가?"

"5분도 안 걸릴 거네."

"그러면 안 되지. 적어도 15분 정도의 거리가 아니면 만회할 수가 없으니까 항상 기차 시간에 늦게 될 거네."

나는 옆에서 그 이야기를 듣고 경험자가 아니면 알 수 없는 아주 지당한 말이라며 속으로 무척 감탄했다.

꽃이 지고 어린잎이 다 나올 무렵부터 점점 두피가 말라가는 것처럼 느껴지기 시작했다. 그걸 깨닫고 나서는 눈에 띄게 상태가 좋아졌고 곧 깨끗이 나았다. 나은 곳은 대머리도 되지 않았고 그저 군데군데 너무 긁어댄 곳이 약간 불그스름해져 있을 뿐이었다.

그래서 나는 반년 이상의 울분을 달래기 위해 목덜미가

아플 정도로 품을 들여 머리를 박박 감았다.

그 후 머리카락을 말리고 보니 산뜻했지만 아직도 뭔가 부족했다. 정말 다 나은 것 같은 기분이 들었으면 싶었다.

그래서 숙고한 끝에 일단 머리를 빡빡 밀기로 결심했다. 식구에게 이야기하면 뭐라고 할지도 모르기 때문에 아무 말도 하지 않고 이발소로 갔다.

머리가 이렇게 되기 전에는 혼고(本鄉)의 기타도코(喜多床) 이발소나 그 길에 있는 지점으로 정해놓고 다녔다. 하지만 이상하게 되고 나서는 한 번도 가지 않았다. 그러다가 아케보노초에서 메지로다이로 이사했기 때문에 일부러 다시 혼고까지 가는 것도 귀찮았다. 근처인 오이마쓰초의 거리에 있는 이발소로 들어가 차례가 되기를 기다리고 있었다.

"오래 기다리셨습니다." 거울 앞의 의자에 앉아 안경을 벗었다. 젊은 이발사가 목에 종이를 감고 나서 하얀 천을 씌우고 아래쪽을 쭉쭉 잡아당겨 주름을 폈다. 그러고는 한 발 떨어져 "어떻게 잘라드릴까요?"라고 말했다.

"빡빡 밀어주시오."

"왜 그러시죠?"

"머리카락을 면도로 밀어주시오."

이발사는 한 손을 내 머리 위에 얹듯이 하며 물었다.

소양기(搔痒記)   91

"미시는 겁니까?"

"그렇소."

이발사는 잠자코 내 옆에서 떨어져 한 자리 너머의 의자에서 일하고 있는 주인에게 갔다.

뭔가 소곤소곤 이야기를 하는 듯하다. 그러나 언젠가 에도가와바시역의 이발소에 갔을 때와 달리 내 머리에는 거리낄 만한 데가 하나도 없었다. 그러므로 특별히 두근두근하지도 않고 시치미를 떼고 있으니 이발사가 내 옆으로 돌아와 잠자코 하얀 천을 벗겨 옆 의자에 던져놓고 목에 둘렀던 천과 종이도 주의 깊게 떼고 나서 의자를 살짝 돌리며 고개를 숙여 인사했다.

"저희 가게에서는 빡빡 밀지 않습니다."

나는 갑자기 얼굴이 벌게지는 것 같아 서둘러 거리로 나왔다. 걸으며 마음을 가라앉히고 생각해보니 정말 괘씸한 이발소라는 생각이 들기 시작했다.

그날은 목요일로 다들 소세키 선생님 댁으로 가는 날이다. 답답했던 머리를 싹 밀고 산뜻한 기분으로 선생님 앞에 가서 '말끔히 다 나았습니다'라고 인사하고 싶은 마음도 있었을 것이다. 오이마쓰초의 거리에서 진잔소(椿山莊)[48] 앞을 지나 세키구치오타키(関口大滝)의 물소리를 들으며 경사가 급한 메지로자카(目白坂)를 내려갔다.

그러고는 야마부키초(山吹町)의 거리로 나가 야라이시타 (矢來下)에서 와세다미나미초의 선생님 댁으로 가는 동안 이 발소가 길 양쪽에 여기저기라고 할 정도로 많았다. 하지만 조금 전의 실패에 질려 어쩐지 들어가고 싶지 않았다.

결국 선생님 댁이 있는 와세다미나미초의 골목까지 오고 말았다. 선생님의 서재에서 이어진 뜰의 가파른 언덕 아래 를 흐르고 있는 깊은 도랑이 골목을 가로지르고 나무다리가 걸쳐져 있었다. 그 다리 앞의 도랑가에 있는 조그만 이발소 로 눈 딱 감고 들어갔다.

"머리를 깨끗이 밀고 싶은데 해주겠소?" 나는 앉기 전에 조심스럽게 확인했다.

"어서 오십시오. 알겠습니다."

주인은 건너편 선반에 있는 옛날식 면도기의 날을 세웠다.

"아깝겠네요." 주인이 길게 기른 머리카락을 잡아당겼다.

"아니, 뭐."

"괜찮으시겠습니까?"

---

48) 도쿄 분쿄구(文京区) 세키구치니초메(関口二丁目)의 높직한 언덕에 세워진 연회 시설·호텔을 거느리고 있는 정원.

"부탁하오."

눈 깜짝할 사이에 끝나 의자 위에서 윗몸을 일으켜보니 맞은편 거울에는 중대가리에 몸집이 큰 남자가 어렴풋이 비치고 있었다.

중대가리가 되면 시원할 거라고 생각했더니 그렇기는커녕 머리에 겨자를 바른 듯이 얼얼하니 뜨거웠다. 그런데도 두피에서 살짝 떨어진 곳이 매우 시원한 듯한, 뭔지 모를 기분이 들었다.

거리로 나오자 살랑살랑 불어오는 저녁 바람이 줄기처럼 되어 머리를 지나갔다. 눈이 껌벅거리는 것처럼 느껴졌다.

소세키 산방의 현관에 서서 벨을 눌렀다. 고미야 도요타카 씨와 함께 가면 스스로 격자문 사이로 손을 집어넣어 자물쇠를 풀고 들어가지만, 나는 조심스럽게 하녀가 안내하러 나오기를 기다렸다.

하녀가 나와 현관 마루에서 고개를 숙여 인사했다. 그리고 내 얼굴을 보고 나서 그대로 나를 격자문 밖에서 기다리게 해놓고 선생님의 서재로 전하러 갔다. 늘 그런 순서였다. 하녀가 내 얼굴을 보고 웃거나 하면 곤란할 것 같아 내심 걱정하고 있었지만 그런 기색은 안 보여서 일단 안심했다.

하녀가 돌아와 격자문의 자물쇠를 풀고 "들어오세요"라

고 말했다. 그래서 나는 현관에서 복도를 통해 선생님의 서재로 다가가자 집 안의 바람이 머리를 자극했다. 이미 두세 명이 와 있는 모양이었다.

나는 문을 열고 안으로 들어가 마루방의 문지방 옆에 앉았고, 정면에 있는 선생님에게 고개를 숙여 인사했다.

선생님이 내 머리를 봤다.

동석한 사람들도 이상한 눈으로 내 중대가리를 바라봤다.

"머리가 말끔히 나아서 빡빡 밀었습니다." 나는 인사하며 이렇게 말했다.

"으음." 소세키 선생님이 코 옆을 살짝 움직였다.

그러고 나서 잠시 선생님은 내 머리에서 시선을 옮겨 옆에 있는 고미야 씨 쪽을 향했다. 그 당시 고미야 씨는 긴 머리에 기름을 바르고 예쁘게 가르마를 타고 있었다.

"고미야는 저렇게 못하겠지." 선생님이 말했다. 그러고는 살짝 웃으면서 "머리를 빡빡 밀 수 있나?" 하고 고미야 씨에게 확인했다.

고미야 씨가 뭐라고 했는지는 기억나지 않는다. 이것으로 Ekzema(습진) 이야기는 끝이다. 대략 20년 전의 이야기다.

그 후 내 두피에는 이상이 없다. 최근 들어 출판사가 내 글을 출판해주는 일이 많아서 그때마다 나는 책을 고미야 씨에게 보내고 있다. 고미야 씨는 언제든 자상하고 빈틈없이 바로잡아준다. 얼마 전에 내 『속 햣키엔 수필(續百鬼園隨筆)』에 대해 써서 보낸 편지에, 나는 알몸이 되고 싶은데도 좀처럼 알몸이 될 수 없다, 자네는 이번 책으로 상당히 알몸이 되었다, 알몸이 된 유령이 나타나면 20세기의 가공할 만한 유령이다, 하는 식의 내용이 쓰여 있었다.

알몸과 중대가리는 사정이 다르고, 무엇보다 고미야 씨의 편지와 이 「소양기」는 아무런 관계도 없다. 다만 나는 그 편지를 받았을 때 갑자기 20년 전의 중대가리가 떠올랐다. 그러고는 고미야 씨의 얼굴이나 소세키 선생님의 얼굴이 내 눈앞에 어른거렸다.

나의 「소세키」와 「류노스케」

소세키 선생 임종기

1

　1916년 12월 9일 저녁 무렵 소세키 선생님이 돌아가셨고, 나는 장례식 며칠 째의 일이었는지도 생각나지 않는다. 20년의 세월이 고통을 견딜 수 없었던 감상을 치유하고, 동시에 어수선했던 그 당시 일의 선후도 순서도 연계도 없애고 말았다. 20년이라는 시간의 흐름은 나를 농락하기에 급했고, 내 신변을 돌아보면 갑자기 큰 파도가 일어 협공하여 흐름을 어지럽힌 일도 몇 번쯤 있었기 때문에 그 당시의 거친 파도가 중요한 기억이나 감상을 씻어낸 것 같다는 생각도 든다.

　아오야마 장례식장의 접수처에 서 있기도 하고 또 광장 너머에 있는 대기실 안으로 들어가기도 했다. 봉당 한가운

데에 이로리[49]가 있었는데 타오르는 숯불의 색이 새빨갰다. 그 주위에 사람이 서 있거나 쭈그리고 앉아 웅성거리고 있었다. 폭이 넓은 하얀 어깨띠를 하고 사람의 얼굴을 정면으로 응시하며 혼잡한 가운데를 서성거리는 남자가 있었다. 어깨띠의 하얀 바탕에 먹으로 길게 쓴 글자가 눈에 스며들 것처럼 선명했다. 그러나 어떤 문구가 쓰여 있었는지는 기억나지 않고, 무엇보다 그때는 읽어볼 생각도 하지 않았던 것 같다. 이따금 비스듬히 하늘을 올려다보는 자세를 취하며 손을 들고 큰소리로 외쳤다. 소세키 선생님이 돌아가신 일로 뭔가 계시를 하려는 것 같았다. 미친 사람인지, 행상인인지, 제정신인지 알 수 없었다.

나중에 늦게 오는 조문객도 끊겼을 때 앞 광장 땅바닥은 허옇게 바싹 말라 갑자기 배나 넓어진 것 같았다. 그 건너편에 있는 장례식장 안을 이렇게 멀리서 살펴보니 새까맣게 어두운 어중간한 곳에 촛불의 큰 불꽃이 윤곽 없는 얼룩이되어 벌겋게 흐릿한 색을 띠고 있었다. 오늘 여기서 이루어지는 일은 나와 아무런 관계도 없는 것 같은 기분이 들기 시

---

49) 일본의 전통적인 난방 장치. 방바닥의 일부를 네모나게 잘라내고 난방이나 취사를 위해 재를 깔아 불을 피웠다.

나의 「소세키」와 「류노스케」

작했다. 이따금 추운 바람이 세게 불어와 피우고 있는 내 담배 연기를 확 당기는 듯이 끌어갔다.

선생님이 돌아가신 저녁부터 깜짝 놀랄 만한 돌발적인 일과 아무리 해도 정리되지 않는 사소한 용무가 어수선한 집 안을 마구 휘저으며 한숨도 자지 않은 내 머릿속에서 뒤얽혔다. 데스마스크를 뜰 때 움직이지 않게 된 선생님의 얼굴에 기름을 바르고 석고를 뒤집어씌웠다고 한다. 나는 몰랐지만 봤던 사람의 이야기로는, 떼어낼 때 머리카락이 당겨져 보기에 딱했다고 한다. 그 한 가지 일로도 나는 평생 잊을 수 없는 이야기를 들었다고 생각했다. 대학병원에서 선생님을 해부했더니 배 속에 위가 찢어져 흘러넘친 피가 가득 고여 있었다는 이야기를 들었다. 옆에서 입회한 고미야 도요타카 씨는 두 번인가 세 번을 졸도했는데도 여전히 마지막까지 지켜보겠다며 그 자리를 떠나지 않았다는 이야기도 들었다. 그러자 문득 나는 별 관계가 없는데도 갑자기 눈물이 날 것 같은 기분이 들어 서둘러 바쁜 일을 하러 갔다. 와세다미나미초의 서재로 선생님의 시신이 돌아왔을 때도 어디론가 일이 있어 나갔던 건지 안쪽에서 뭔가 하고 있었는지 기억나지 않지만, 나는 모르고 있었다. 그래서 옆 사람에게 물었다.

"선생님은 이미 돌아오셨겠지?"

"그런 모양이네. 조금 전에 돌아오신 것 같았어."

어떤 모습으로 돌아오셨는지 나는 상상도 하지 못했다.

사람의 출입이 많아 누가 무슨 말을 하고 있는지 잘 알 수 없었다. 선생님은 위독해진 후 식염주사를 맞아서 일시적으로 좋아졌다. 곧 그 효과도 사라져 다시 원래처럼 위독해지기 전에 "괴롭다"라든가 "죽고 싶지 않다"고 말했다는 이야기가 어떤 신문의 기사에서 묘하게 취급되어 나쓰메 소세키도 평범한 인간이 아닌가 하는 말이 나왔다. 아무것도 아닌 그 당연한 말 때문에 실은 혼잡해서 그 신문을 직접 볼 여유도 없었다. 또 선생님이 실제로 뭐라고 하셨는지 확인하지도 않은 채 사람들로부터 얘기를 듣거나, 또는 사람들이 하는 이야기를 엿듣기만 해도 혼란스러웠다. 신문에서 그런 것을 쓰지 말았으면 하는 마음에 분해서 견딜 수가 없었다.

이와나미 시게오 씨는 선생님이 돌아가신 날 밤 뒷간에서 떨어졌다. 문에서 현관을 향해 왼쪽 뜰에 정원사가 살고 있던 별동의 작은 집이 있는데 그 안에도 사람들이 잔뜩 몰려들어 있었다. 밤이 이슥하여 사람들이 조금 줄었을 무렵, 이와나미 씨가 그 뒷간에서 발을 헛디뎌 떨어졌다가 기어오

나의 「소세키」와 「류노스케」

르는 장면을 노가미 도요이치로[50] 씨와 모리 겐키치[51] 씨에게 들켰다고 한다. 그래서 나중에 한턱낼 테니 이 일은 비밀로 해달라고 했는데 이와나미 씨가 좀처럼 한턱을 내지 않아 곧 널리 알려졌다. 나도 모두와 함께 배꼽을 잡고 웃었다. 그러나 너무 웃었더니 결국에는 그런 실수가 굉장히 감상적으로 생각되어 갑자기 눈물이 날 것 같았다.

묘지에 가거나 화장장에 가거나 하는 여러 가지 절차를 다 같이 분담해서 처리했다.

드디어 장례식을 치르게 되어 건너편 식장에서 징 소리가 들려왔다. 나는 담배를 바닥에 버리고 장례식장 쪽으로 갔다. 한가운데쯤에 빈자리가 있어 그곳에 앉았다. 어둑하고 따뜻하여 몸 여기저기가 느긋한 것 같고 연일의 피로로 긴장이 풀려 안도했다. 독경 소리를 들으며 얼핏 졸리나 싶었을 때 갑자기 그런 기분과는 아무런 관계도 없이 배 속 깊은 데서 뭔지 모르는 미적지근한 커다란 덩어리가 밀려 올라와 눈물이 한꺼번에 흘러내리고 목구멍 안쪽에서 이상한 소리가 튀어나와 사람들 사이에서 울부짖을 뻔했다.

---

50) 野上豊一郎(1883~1950). 1908년 도쿄제국대학 영문과를 졸업. 이와나미 시게오와 동급생으로 둘 다 나쓰메 소세키를 사사했다.
51) 森巻吉(1877~1939). 1904년 도쿄제국대학 영문과 졸업.

그래서 서둘러 장례식장 밖으로 나가 입구의 기둥에 기
댔다. 광장을 향한 채 입을 크게 벌리고 엉엉 울었다. 눈물
이 턱에서 가슴을 타고 흘러 다시 발밑으로 뚝뚝 떨어졌다.
색 바랜 광장이 연못처럼 빛났다.

지난 20년간 여러 가지 일을 겪었지만 다시는 그런 경험
을 한 적이 없다. 그리고 앞으로도 평생 그런 일은 없을 것
같다.

2

시골 중학교를 다닐 때 수업이 끝나고 교문을 나가면 양
쪽에 수로가 있었다. 그 가운데에 떠 있는 듯한 길을 걸으며
친구와 나쓰메 소세키를 논했다. 나는 처음부터 소세키라고
읽었지만 친구 중에는 세세키나 라이세키라고 읽은 사람이
있었다.

『양허집(漾虛集)』[52]이 나왔던 당시로, 나는 그 독후감을
써서 지역 신문에 기고했다. 신문이 또 그것을 채택하여 문

---

52) 1906년에 간행된, 7편의 단편을 수록한 나쓰메 소세키의 첫 번째 단편집.

예란에 실었으므로 갑자기 우쭐해져 어엿한 소세키 숭배자를 자임했다.

소세키가 만주로 여행을 떠났다는 신문기사를 읽었는데 동급생인 다자이 세몬과 의논하여 입장권을 사서 오카야마역으로 들어가 기차가 그 역에 정차할 때 차창으로 들여다보기로 했다. 그 당시 도쿄에서 시모노세키로 직행하는 급행열차는 하루에 한 번만 왕복했기 때문에 오카야마역을 통과하는 시각은 상행이 저녁 7시 22분, 하행은 오전 10시 3십몇 분이었다. 그래서 아침 10시경부터 오카야마역에 나가 2전이었던 입장권을 사서 플랫폼으로 나갔다. 그 때문에 학교를 쉬었다는 기억이 없는 것으로 보아 아마도 여름방학이었을 것이다. 이따금 신문이나 잡지에서 본 적이 있는 사진의 얼굴을 기준으로 그와 닮은 사람을 물색할 계획이었다.

하루에 한 번밖에 없는 급행열차가 들어올 때는 역내가 긴장한 듯한 기분이 들었다. 구내에서 벗어난 곳에 있는 건널목에는 이미 차단기가 내려져 있고 양쪽에 멈춰선 통행인이 빙 둘러싸 울타리를 이루고 있었다. 그 앞쪽의 커브에 기관차의 앞쪽이 보이나 싶더니 순식간에 땅울림이 전해지고 창으로 내민 사람의 얼굴이 어른어른 흐르다 기차가 멈췄다. 소세키는 아마 일등칸에 탔을 거라고 해서 다자이와

둘이서 조용한 일등칸 창으로 주뼛주뼛 안을 들여다보았다. 두세 명밖에 타고 있지 않았다. 다들 대단해 보이는 얼굴을 하고 있었는데 소세키와 비슷한 얼굴은 한 사람도 없었다.

어쩌면 이등칸일지도 모른다고 생각하여 이번에는 이등칸 안을 들여다보며 걸었다. 사람의 얼굴이 많이 움직이고 있어 일등칸처럼 분명히 확인할 수는 없었으나 확실히 없는 것 같았다.

그래서 그날은 실망하고 돌아왔다. 어쩌면 날짜를 하루쯤 연기했을지도 모르기 때문에 내일 다시 한번 와보기로 약속하고 다자이와 헤어졌다.

그리고 다음 날도 마찬가지로 맨 뒤에 연결된 일등칸부터 보아가며 이등칸도 대충 들여다봤지만 확실치 않았다. 그러나 일등칸에 아무래도 좀 수상쩍은 사람이 한 명 있었다. 콧수염을 기르고 어쩐지 그렇게 생각하면 어떤 사진과도 조금은 닮았다.

다시 한번 그 창 앞으로 가서 둘이 교대로 들여다보며 소곤소곤 이야기했다.

"저 사람인 것 같지 않냐?"

"그런 것 같다."

"틀림없이 저 사람일 거야."

"그래, 저 사람이라고 하자."

그리고 기차가 출발할 때까지 둘이서 나란히 창밖에 서서 전송했다.

소세키 선생님이 오사카에서 발병하여 그때의 만주·한국 여행은 중지되었다는 사실은 아주 나중에야 알았다.

3

1910년 시골 고등학교를 졸업하고 그해 가을 처음으로 도쿄로 올라갔다. 1911년 이른 봄 우치사이와이초(內幸町)의 위장 병원에 입원해 계시는 소세키 선생님을 찾아갔다.

히비야에서 우치사이와이초를 향해 걸어가는 도중 나는 화족회관(華族会館)[53] 앞에서 발길을 멈추고 길가에 쭈그리고 앉아 하카마 자락 밑으로 들여다보이는 속바지를 무릎 뒤쪽까지 걷어 올렸다. 발목에서 끈으로 묶는 구식 속바지여서 발목 부분이 찢어져 있었기 때문에 걷어 올린 주름이

---

53) 화족(華族)의 사교를 위한 집회소. 도쿄 지요다구(千代田区) 나가타초(永田町)에 있었다. 1874년에 창립되었다.

장딴지를 미끄러지지 않도록 무릎 부분에서 끈을 돌려 꼭 묶어두었다. 왜냐하면 처음으로 소세키 선생님을 뵙는데 속바지가 하카마 밑으로 보이는 단정치 못한 모습을 보여서는 안 된다고 생각했기 때문이다.

선생님의 병실은 2층의 일본식 방으로, 잠자리가 깔려 있었던 것 같기도 하고 선생님은 다른 곳에 서 계셨던 것 같기도 하다. 도코노마에는 족자가 걸려 있어 병원 같다는 생각이 들지 않았다. 고향에 있을 때부터 가끔 편지를 보내고 또 답장도 받은 적이 있지만 소세키 선생님의 얼굴을 보는 것은 처음이어서 무릎을 꿇고 딱딱하게 앉아 이야기를 들었다.

먼저 내 고향에 대해 묻고 선생님은 자신도 1892년인가 1893년인가에 오카야마에 갔다가 미증유의 홍수를 만났다는 이야기를 했다. 그때는 2년 연속 홍수가 났기 때문에 나도 우리 집 2층에서 어머니에게 안겨 너벅선이 거리를 지나가는 것을 본 기억이 있다. 소세키 선생님이 당시 머물던 집은 단층집이어서 집이 물에 잠겨 피난을 했는데, 지금 그곳은 우오미네(魚峯)인가 하는 요리점의 객실이 되어 있다고 한다. 올가을 오카야마가 그 이후로 40년 만의 대홍수에 휩쓸린 후, 옛날 중학교 은사인 기하타 다케사부로(木畑竹三郎) 선생님이 보내온 소식에 그때의 일이 쓰여 있었다. 이따

금 모임이 있을 때 그 객실로 올라가면 금석지감을 금할 수 없다는 소회였다. 기하타 선생은 제일고등학교가 히토쓰바시(一ッ橋) 외곽에 있으면서 고등중학교라고 했던 당시, 소세키 선생님과 동창이었다. 기하타 선생이 병을 얻어 일찌감치 고향으로 돌아왔기 때문에 소세키 선생님과 서로 아는 사이가 되지는 못했다. 나에게 미묘한 인연은 거기서 끊어졌다.

내가 너무 굳어 있었기 때문에 소세키 선생님 쪽에서 여러 가지로 말을 걸어주셨던 것 같다. 그러나 나는 제대로 말을 할 수 없었고, 시골에서 올라온 지 얼마 안 된 때라서 이제 돌아가고 싶었으나 말을 꺼낼 적당한 기회를 찾을 수도 없었다. 머지않아 다리가 저리기 시작했고 조금 전에 화족회관 앞에서 엄청난 일을 하고 왔다는 사실을 깨달았다. 일부러 무릎 아래에 질러 넣은 커다란 주름을 발 사이에 끼우고 그 위에 똑바로 앉아 있었던 것이다. 그러므로 가만히 앉아 있어도 그대로 옆으로 쓰러질 것만 같았다.

이 병원에는 몸이 그렇게 나쁘지 않은데도 손님을 피하려고 입원해 있는 사람도 있었다. 하루 종일 밖을 나다니며 술을 마시고 돌아오는 환자도 있다며 선생님은 웃으셨던 듯하다. 나는 그럴 만한 계제도 아니었고, 이제 더이상 한시도 몸을 지탱할 수 없다고 생각했다. 그래서 갑자기 인사를 드리고 드디어 일어나 비틀거리며 미닫이문을 열고 옆의 대기실로 한 발을 내디뎠고, 그와 동시에 무릎을 찧으며 앞으로 고꾸라졌다. 그 방의 화로 앞에 앉아 있던 간호사와 부딪칠 뻔했으므로 분명히 간호사가 뭐라고 했을 텐데 그것은 기억나지 않는다. 다리를 문지르기도 하고 비틀기도 하며 빨리 다리 저림이 풀리기만을 빌었다. 속바지의 주름이 무릎 뒤로 파고들어 있었다. 그것을 내려 원래대로 하면 편해질 거라고 생각하고 하카마의 자락을 걷어 올리고 있을 때, 뒤에서 "저린 건가?"하는 소리가 들려 깜짝 놀라 돌아보니 소세키 선생님이 내 뒤를 따라와 거기에 서 있었다.

거리로 나가 나는 혼잣말을 하며 공연히 잰걸음으로 걸었다.

4

그러고 나서 몇 년 후 나는 앞에서 쓴 것과 같은 이유로 생활이 어려워졌다. 하지만 아직 세상일을 잘 몰랐기 때문에 여러 가지로 신경을 써야 했다. 친구들 아무도 모르게 전

　　　　　　　　　　　나의 「소세키」와 「류노스케」

당포에 물건을 맡겼고 기한이 다가왔을 때 치를 돈이 없어서 어떻게 해야 좋을지 몰랐다. 유질流質시키기에 곤란한 물건뿐이었다. 비밀 이야기를 들어달라는 전제를 깔고 소세키 선생님께 그 일을 호소했다. 부디 돈을 내고 물건을 찾을 수 있게 해달라고 부탁했는데 선생님은 그 정도의 일도 모르나, 이자를 내면 되는 거네, 하며 웃으셨다. 집으로 돌아가 이자가 얼마인지 알아 오라고 하셔서 그렇게 했더니 이자만큼의 돈을 내주셨다.

그러고 나서 또 몇 년 후 더욱 가난해져 생계를 유지할 수 없게 되었다. 많은 가족을 짊어진 터라 번민 끝에 소세키 선생님께 돈을 빌리려고 생각했으나 꾸중을 들을 것 같기도 했다. 주뼛주뼛 와세다미나미초로 가봤더니 선생님은 유가와라(湯河原) 온천의 아마노야(天野屋)에 가셨다고 했다. 그래서 일단 집으로 돌아와서 있는 돈을 다 끌어모아 나도 뒤따라 유가와라로 가기로 했다.

처음 가는 곳이라 사정도 모르고, 여비는 간신히 그곳까지 갈 수 있을지 어떨지 미심쩍은 정도밖에 갖고 있지 않았다. 불안하기는 했으나 이제 그것밖에 다른 길이 없다고 생각했기에 힘을 내서 기차에 올랐다. 고우즈(国府津)에서 내려 오다와라까지는 전차를 타고 갔던 것 같다. 오다와라에서 조그만 경편 열차를 탔는데 만원이어서 앉을 수가 없었다. 서 있기에는 천장이 낮아 머리가 닿는 바람에 엉거주춤한 자세로 흔들리고 있었더니 선로가 구부러진 곳에서 비틀거리다가 뒤쪽에 앉아 있는 사람 위에 앉고 말았다. 그런데 바로 일어날 수가 없었다. 깔린 사람도 불평하지는 않았다. 작은 기관차는 삐익삐익 소리만 낼 뿐 느렸고, 비탈길을 오를 때는 뒤로 밀릴 것만 같았다. 비탈길을 내려갈 때 한쪽을 봤더니 깎아지른 듯한 벼랑이고, 그 바로 아래로 다가온 바다는 무서운 남빛을 띠고 있었다. 잡목 사이를 달리다 갑자기 멈추나 싶더니 기관사가 내려 선로 위에 흩어져 있는 낙엽을 치웠다. 차내에 있던 어떤 사람이 기차가 낙엽 위를 달리다 미끄러진 일이 있다는 이야기를 했다. 점점 어두워졌고 돈은 이제 20전짜리 은화 하나밖에 남아 있지 않았기 때문에 유가와라에 도착하고 나서 숙소가 멀다면 어떻게 할지를 생각했다. 만약 서로 엇갈려 소세키 선생님이 도쿄로 돌아가신 후에 내가 도착한다면 오늘 밤에는 어떻게 해야 좋을지, 그런 것이 무척 걱정되었으나 되도록 그런 생각은 하지 않으려고 했다.

유가와라역은 깜깜했고, 역사에는 초롱불 대여섯 개가 어중간한 곳에서 흔들거리고 있었다. 그것은 모두 손님을 끄는 사람이나 마중 나온 사람의 초롱이었다. 아마노야는 여기서 얼마나 가야 하는지, 어느 방향으로 가야 하는지 물어보려고 했다. 그런데 갑자기 눈앞에 말 머리가 나타났나 싶더니 말 한 마리가 끄는 포장을 씌운 마차가 있었다. 마부자리에는 아마노야의 초롱이 켜져 있었다. 내가 길을 묻고 있는 것을 옆에서 듣고는 그 마차에 타라고 했다. 나는 초롱의 옥호를 보고 갑자기 매달리고 싶기도 하고 또 그쪽이 정중한 말로 자꾸 타라고 해서 그만 마차의 발판에 발을 걸치고 올라타고 말았다.

어둠 속으로 말발굽 소리가 흩어지고 때때로 움푹 팬 길에서는 말이 비틀거리는 것 같았다. 왼쪽의 어두운 바닥에서 강물 소리가 들리고 오른쪽의 벼랑 위에서는 바람이 나무숲을 지나가며 술렁거렸다. 나는 그 소리를 들으며 어두운 마차 위에서 20전짜리 은화를 슬쩍 꺼내 깔쭉깔쭉한 테두리를 손톱으로 긁어보았다. 이 마차 운임으로 부족하지나 않을지 걱정하며 어딘지 모르는 곳에서 불어오는 밤바람에 진저리를 쳤다.

마차가 아마노야 앞에 멈추고 나서 요금을 물어보려고 했더니 마차는 기차가 역에 도착할 때마다 숙소의 손님을 태우러 나가는 것이어서 공짜라고 했다. 환한 현관에 서서 기다리고 있었더니 소세키 선생님에게 손님이 왔음을 전하러 갔던 하녀가 돌아와 들어오라고 했을 때의 기쁨은 지금도 잊을 수가 없다.

소세키 선생님은 비교적 작은 방에 계시는 것 같았다. 갑작스럽게 찾아온 것에 대한 사죄를 드리고 내 부탁을 말씀드렸더니 꾸중도 하지 않고, 빌려주겠지만 지금 여기에는 없으니 도쿄로 돌아가 자신이 그렇게 말했다고 전하고 돈을 받아가라고 했다. 돈은 백 엔이었는지 2백 엔이었는지는 정확히 기억나지 않지만 거금이었다. 나는 온천에 들어갔고 맥주와 함께 식사를 대접받은 후 ㄱ자 모양의 넓은 방에서 느긋한 기분으로 잤다.

이튿날 아침 느지막하게 일어나 준비를 끝내고 선생님 방으로 가보았다. 미닫이문 가득히 아침해가 비쳐 눈이 부실 듯한 방 안에서 선생님이 탕에서 막 나온 듯한 살빛의 맨몸으로 발을 쭉 뻗고 있어서 깜짝 놀라 돌아갈까 생각하고 있으니, 소세키 선생님은 태연한 얼굴로 내 쪽을 보며 "괜찮네" 하며 여기저기를 문지르기 시작했다. 잠깐 무슨 말을 하셨지만 나는 그때의 이야기가 한마디도 기억나지 않는다. 돌아오는 여비나 용돈을 50전짜리 은화만으로 몇 엔을 받았고, 현관까지 불러준 인력거를 타고 여종업원과 지배인의 전송을 받으며 돌아왔다. 그런 용무로 간 손님이어도 숙박부에는 일반적인 온천 손님과 다름없이 올라가기 때문에 그 여관에서는 매년 연하장을 보내온다.

5

몇 년이 지나도 나는 소세키 선생님에게 무람없이 대할 수 없었다. 옛날에 학교에서 소세키 선생님께 배운 사람들은 물론이고, 나보다 늦게 선생님 댁을 들락거리기 시작한 사람들 중에서도 선생님과 가볍게 이야기를 나누고 또 목요일 밤에 다들 모일 때는 그 자리의 담화를 흥겨워하며 농담을 주고받는 사람이 있었다. 그래도 평소에는 다변이지만 선생님 앞에만 가면 나는 늘 교장선생님 앞에라도 앉아 있는 것처럼 거북한 마음을 금할 수 없었다.

어느 여름날 저녁, 근처에 살던 쓰다 세이후[54] 씨를 꾀어 함께 소세키 선생님을 찾아가 야나기야 고센[55]의 라쿠고[56]

---

54) 津田靑楓(1880~1978). 교토 출신의 화가. 나쓰메 소세키에게 유화를 가르쳤으며 『한눈팔기』와 『명암』의 장정을 맡았다.
55) 柳家小さん(1883~1919). 라쿠고가(落語家).

를 들으러 가시지 않겠습니까, 하고 권했더니 선생님은 가볍게 따라나섰다. 가구라자카(神楽坂)의 요세[57]로 가서 맹인인 고센의 이야기를 대여섯 개나 연달아 들었는데도 부족하다 싶을 만큼 재미있었다.

그러나 오랜 세월 동안 그런 일은 내게 단 한 번의 경험이었고, 그것도 쓰다 씨가 함께였으므로 선생님을 꾀어낼 수 있었던 것이다. 선생님과 단둘이었다면 그 사실에 마음을 빼앗겨 숨이 막힌 나머지 고센을 들어도 재미있지 않았을 것이다.

선생님이 또 병으로 누워 있다는 이야기를 들었기에 병문안을 갔다. 병상으로 안내되어 갔더니 선생님 외에 아무도 없었다. 그러나 선생님이 이불속에 누워 있었기 때문에 얼마간 마음이 편했다.

"어떠십니까?" 하고 물었더니,

"점점 좋아지고 있네" 하고 말했다.

그것으로 이야기가 끊겨도 별로 힘들지 않고 신경 쓰이지도 않았을뿐더러 또 이야기를 나눠도 재미있을 것 같지도

---

56) 한 명의 연기자가 익살스러운 이야기를, 등장인물들이 주고받는 대화식으로 연기하며 그 끝에 이야기의 반전, 즉 오치(落) 넣어 청중을 즐겁게 하는 만담.
57) 사람을 모아 돈을 받고 재담·만담·야담 등을 들려주는 대중적인 연예장.

나의 「소세키」와 「류노스케」

않았다. 세상 돌아가는 이야기를 할 소재도 없고 병세를 미주알고주알 듣는 것도 시시하고 또 듣지 않아도 대체로 알고 있었다.

무료해서 그만 돌아가려고 생각했더니 이번에는 선생님이 잠자코 드러누워 있어서 말을 붙일 기회가 없었다. 드디어 기회를 잡아 "실례하겠습니다" 하며 일어섰을 때 문득 조금 전 대문 앞에서 아이들이 술래잡기를 하고 있었다는 것을 떠올렸다. 나는 도쿄 아이들이 놀며 하는 말을 잘 알아들을 수 없어 신기한 생각이 들었으므로 선생님께 물어보았다.

"여러 아이가 전봇대를 붙잡고 왁자지껄하게 놀고 있었습니다만, 뭐라고 하면서 놀고 있는 거죠?"

"한 사람도 남지 않고, 모두 나왔다, 남은 게 술래, 이러는 거네" 하고 선생님이 베개 위에서 가락을 넣어 말했다.

다시 한번 "실례하겠습니다" 하고 병실을 나온 후 복도를 걸어가며 나는 입안에서 되풀이했다. 병상에 누워 혼자 천장을 바라보고 있는 선생님도 조금 전의 입버릇으로 다시 한번 '한 사람도 남지 않고, 모두 나왔다, 남은 게 술래'라고 말하고 계실 것 같았다.

6

1916년 겨울, 12월에 접어들고 나서 선생님의 병세가 위급하다는 소식이 들려왔다. 문하생들이 교대로 당번을 정해 댁에 묵으며 선생님을 간병하기로 했다. 내게도 몇 번 순서가 돌아와 8일 밤에는 병실 옆방의 난롯가에서 불면의 밤을 보냈다.

한밤중에 딱딱한 소리를 내며 지나가는 소나기가 집 주위를 에워싸더니 곧 한바탕 부는 밤바람 소리와 함께 어딘가로 지나갔다.

발소리를 죽이며 복도에서 다가오는 기색은 멀리서도 확실히 알 수 있었다. 늙은 간호사가 미닫이문을 열고, 난롯가에서 팔꿈치를 구부려 베개로 삼고 있는 당번 의사에게 맥박은 백사십 얼마라고 보고했다.

의사는 다시 일어나 무언으로 묻기도 했고, 간호사와 함께 병실로 가기도 했다.

돌아와서는 잠자코 부젓가락을 집어 난로의 재를 고르고 있었다.

"어떻습니까?" 하고 물으니,

"흐음" 하고만 말하고 다시 팔베개를 하고는 안경을 낀 채 눈을 감았다.

그리고 미닫이문 뒤의 유리문 너머로 묵직한 새벽빛이
비쳐들었다.

정오가 지나 병실에서 분주하게 달려오는 발소리가 들리
더니 "빨리 따님을, 인력거를 보내, 그래, 여학교로 보내서
데려오게 해"하고 말했다.

오후에는 의사 서너 명이 병실로 들어가더니 아무도 나
오지 않았다.

목요일 밤, 얼굴을 볼 사람은 모두 모인 것 같았다. 다른
방 여기저기에 모여 있었는데, 평소에 별로 보지 못한 사람
들도 앉아 있었다.

집 안으로 들어오는 사람이 점점 늘어남에 따라 주변 소
리가 점차 사라지고 사람이 일어나는 옷자락 소리만 나도
깜짝 놀라게 되었다.

"지금 괴로우신 모양이야"하고 누군가가 말했다.

병실의 상황을 전해준 사람이 있었다.

다들 잠자코 있었다.

어느새 주변이 어둑해지기 시작했다.

"자, 다들 들어오세요."입구에 서서 말하는 목소리가 들
렸다.

덜컥, 하는 긴장도 없었다. 말없이 조용히 서재로 들어갔다. 창 가까이에 병상이 있었다.

아직 서 있을 때 선생님의 얼굴이 보였다. 창백하고 심하게 움직인 흔적이 사라지지 않고 남은 채 그대로 가라앉은 얼굴이 병풍 뒤에 있었다.

선생님과 같은 병을 앓고 계시던 데라다 도라히코[58] 씨가 선생님 옆에 앉아 붓을 들어 선생님의 입술을 적시고 있었다. 그리고 고개를 숙여 인사하고 일어났다.

다들 조용히 똑같이 했다.

나도 붓을 적셨다. 선생님의 얼굴을 이렇게 가까이서 본 적이 없었다. 입이 평소와 조금 달라져 있었다. 붓끝을 입술에 댄 후 잠깐 주변을 알 수 없는 듯한 기분이 들었지만 고개를 숙여 인사하고 일어났다.

울고 있는 사람은 한 사람도 없었다. 나도 그런 기분이 아니었다. 다만 내가 앉아 있는 자리 주변이 굉장히 멀게 느껴졌다.

---

58) 寺田寅彦(1878~1935). 물리학자. 현재의 구마모토대학인 제5고등학교 재학 시절 나쓰메 소세키에게 영어와 하이쿠를 배웠다. 소세키의 문하생 중 최고참에 해당한다. 또한 『나는 고양이로소이다』에 나오는 간게쓰, 『산시로』에 나오는 노노미야의 모델이라고도 한다.

나의 「소세키」와 「류노스케」

갑자기 쓰다 세이후 씨가 큰 소리로 울기 시작했다. 선생님의 머리맡을 떠나지 않았다.

누군가 달래어 이쪽으로 왔다. 그러고는 다시 조용해졌고 다들 가만히 있었다.

의사가 선생님 옆으로 가서 앉았다.

어느 정도의 시간이 흘렀는지 알 수 없었다. 옆에 있는 부인의 얼굴이 긴장되었고, 잠깐 술렁거리는 것 같기도 했다. 다들 앉은 채 움직이지 않았다. 임종하셨습니다, 하고 의사가 말했는지, 내게 그 말이 들렸는지 어땠는지 알 수 없었다. 그러고 나서는 아무것도 기억나지 않는다. 며칠 후 아오야마에서 장례식이 열릴 때까지 나는 눈물도 나오지 않았던 것 같다.

소세키 산방, 밤의 문조

　목요일 밤 소세키 산방에서 작은 새 이야기가 나온 적이 있다. 작은 새를 좋아하는 스즈키 미에키치 씨가 있었는지도 모른다. 그 자리의 조무래기여서 위축되어 있는 내게도 선생님이 말을 걸어주셨다. 무슨 이야기였는지는 잘 기억나지 않지만, 작은 새를 길들일 수 있는가, 길들일 수 없으면 시시할 거라는 말을 들었던 것 같다.

　나는 그 얼마 전에 혼고 고마고메(駒込)의 아케보노초에서 고이시카와의 다카다오이마쓰초(高田老松町)로 이사했다. 아케보노초의 집은 신축 이층집으로, 셋집을 찾으러 다니던 중 우연히 알게 되어 갔는데, 처음에 현관 앞의 뜰에 서 있던 키가 큰 노부인과 이야기하여 빌리게 되었다. 앞에서 이야기한 대로, 그 노부인은 교토에 사는 모리 오가이 씨의 어머니였다.

아케보노초의 셋집은 24엔이었는데 이번에 이사한 다카다오이마쓰초의 셋집은 17엔이었고 이전 집보다 좁지도 않았다. 그렇게 좋은 집으로 이사할 수 있었던 까닭은 소세키 산방에 모이는 날 밤 그 자리에 있던 쓰다 세이후 씨가 알려주었기 때문이다.

그 시절 이사는 짐수레로 짐을 옮기는 방식이었는데 그중 한 대는 새장을 사십몇 개쯤 쌓아 올리고 왔기 때문에 오이마쓰초 근처의 사람들은 새장수가 이사를 온 것으로 생각했다고 한다.

학교는 졸업했어도 아직 직장을 얻지 못한 중요한 시기에 작은 새만 키우고 있었고 변변한 일이 없었다. 정말이지 새를 키우는 바보 같은 사람이었다. 자연히 소세키 선생님의 귀에도 들어갔을 것이다.

그러나 작은 새를 길들일 수 있는가 없는가 하는 이야기는 재미없다. 사실 새장의 작은 새는 너무 길들여서는 안 된다. 왜 안 되는지 설명하기란 어렵다. 무엇보다 나 자신이 새를 기르는 일의 깊은 뜻을 알고 있는 것은 아니지만, 어렸을 때부터 할머니와 함께 작은 새를 키워온 경험과 판단으로 새장 안의 작은 새가 어떠해야 하는가에 관한 느낌은 갖고 있다. 너무 잘 따르게 해서는 안 된다. 그리고 새털 색깔이 예쁘면 금방 싫증난다. 보금자리를 짓고 새끼를 키우겠다며 알을 낳게 하여 번식하는 것은 언어도단으로, 새 키우기의 외도라고 할 수밖에 없다.

그 자리에서 이런 이야기를 얼마간 했을 것이다. 아무튼 조무래기 후배였으므로 거침없이 지껄여댈 수는 없었을 것이다. 그런데 나는 문조를 키우고 있었다. 문조나 십자매는 작은 새들 가운데 깔끔하지 못한 축에 들었는데, 키워봤자 별 재미도 없다. 하지만 그렇게 생각하면서도 새 키우는 사람은 바보같이 새 파는 집 앞에서 아차 하는 순간 그만 또 사고 만다. 일단 자기 집의 새장에 넣으면 결국 그 새를 평생 돌보게 된다. 나는 그때 새 파는 집의 큰 새장 안에 들어 있는, 아직 회색을 띤 작은 문조 새끼가 많이 있는 것을 보고 걷잡을 수 없이 갖고 싶어 그만 사고 말았다. 곧 잘 따르게 되어 손에 올라와 놀게 되었다.

처음에는 작은 새가 그런 식으로 길든 것은 내 공로라고 생각했다. 하지만 그게 아니었다. 많은 새끼 중에 태어날 때부터 금방 길드는 성격의 새가 있는 것이다. 특히 나고야에 문조를 키우는 사람이 많은데, 한때는 많이 부화해서 도쿄나 그 밖의 지역에 팔았다. 그중에 금방 길들어 손에 올라오는 새끼가 있고, 그런 새를 '사람 손에 올라앉는 문조'라고

나의 「소세키」와 「류노스케」

불렀다. 울새에 '손을 흔들면 우는 울새'라는 표현이 있는데 새장 앞에서 손을 흔들면 그것에 따라 운다고 해서 옛날부터 그렇게 불렀다. 그것을 본떠 '사람 손에 올라앉는 문조'라고 했을 것이다.

내가 키우는 '사람 손에 올라앉는 문조'는 소세키 산방의 그 이야기가 나온 당시에 이미 어엿한 어미 새가 되어 있었다. 길든 것이 내 공로가 아니라는 것은 그 당시에는 아직 생각하지 못했던 것 같다. 선생님 앞에서 작은 새는 길들여서는 안 된다, 하지만 나는 잘 길든 문조를 키우고 있다고 말했다. 길들여서는 안 된다는 말은 아무도 상대해주지 않았지만, 길든 새가 있다는 데는 흥미가 있었는지 어떤 식인가 하고 선생님이 물으셨다. 새장 문을 열어두면 스스로 나와서 그 근방을 멋대로 날아다니며 논다, 그런 때 문조가 깜짝 놀랄 만한 소리가 나면 휙 날아올라 곧 내 어깨에 앉는다, 무서울 때는 인간에게 붙잡히면 된다고 생각하는 듯하다, 하고 이야기했다. 그러나 선생님을 비롯하여 다들 아무도 믿어주지 않았다. 그래서 다음에 올 때 문조를 데려오겠다고 했더니 새장을 들고 올 건가, 하고 선생님이 물었다. 아뇨, 새장 같은 건 필요하지 않습니다, 새장에서 꺼내 데려오겠습니다, 하고 말하자 선생님은 수상쩍다는 듯한 표정을 지어서 나는 내심 득의양양했다.

소세키 선생님의 「문조」가 아사히신문에 실린 것은 내가 고등학교 1학년 무렵이었다. 뭐든지 탐하듯이 읽었는데 글은 별도로 하고, 기술된 내용을 보면 문조의 모이는 좁쌀이라고 했는데 수수가 더 낫다. 모이통에 물 접시 놓는 곳도 이상하고, 낟알 모이를 먹는 새를 통에 넣고 물뿌리개로 물을 잔뜩 끼얹는 등 상당히 난폭한 방식으로 키웠던 것 같다.

다음 목요일 밤 나는 집의 문조를 데려갔다. 다카다오이마쓰초에서 와세다미나미초의 선생님 댁으로 가기 위해서는 메지로자카의 새 언덕길을 내려가 오토와(音羽) 거리에서 야마부키초로 나가 야라이(矢來)의 고개를 올라간 곳에서 오른쪽으로 꺾는다. 걸어서 30분쯤 걸렸던 것 같다. 보통 일본옷에 하카마를 입고 갔다. 왼쪽 소매에 손을 넣고 그 손가락 끝에 문조가 앉아 있었다. 걸을 때마다 손끝이 흔들리기 때문에 소매 안에서 문조는 평소보다 세게 내 손가락을 붙잡고 있었다. 그러나 별로 불안해하지 않고 있다는 걸 알 수 있었다. 소매 안의 어두운 곳에서 언제까지고 흔들리며 상황이 다르다는 것은 느꼈을지도 모르지만, 아무튼 이 손가락을 꽉 붙잡고 있으면 안심이라고 생각하고 있을 것이

　　　　　　　나의 「소세키」와 「류노스케」

다. 훼나 작은 나뭇가지에 앉아 있는 것과 사람의 손가락에 앉아 있는 것 중 어느 쪽이 더 쾌적할지는 알 수 없지만, 길든 문조는 그 계절이 되면 사람 손가락에 앉아 발정하는 일이 있는 모양이다. 손가락의 온기로 인해 그런 기분이 되는 듯하다. 손가락 위에서 배를 낮게 하고 이상한 자세를 취한다. 그럴 때 수컷이라면 손가락에 앉은 채 높은 소리로 지저귀기 시작한다.

선생님 앞에는 이미 두세 명이 있었던 것 같은데 누구였는지는 기억나지 않는다. 선생님께 한 손을 짚고 인사를 하고는 문조를 데리고 왔습니다, 하고 말했다. 소매에서 왼손을 꺼내 문조를 거기에 놓아주었다. 양탄자 위에 놓았는데 주위의 모습이 낯설었는지 경계하며 곧 내 어깨 위로 날아왔다. 양탄자에 탁한 붉은빛을 띠는 곳이 있었는데 갑자기 거기에 내려놓아 놀랐을지도 모른다. 내 어깨에서 편하게 쉬며 날개를 가다듬기 시작했다. 나도 왼손을 갑갑하게 하고 있었으므로 쭉 뻗어 편하게 했다.

선생님은 신기하게 보고 계신 것 같았는데 뭐라고 했는지는 기억나지 않는다. 그 자리에 있던 사람들도 뭐라고 말했을 텐데, 오래된 일이라 기억나지 않는다기보다는 나 자신이 문조에게 정신이 팔려 남의 소리가 귀에 잘 들어오지 않았던 것 같다. 그럭저럭하는 동안 문조는 주변 상황에 익숙해졌는지 내 소매를 따라 무릎으로 내려왔다. 그러고는 조금 전에 깜짝 놀랐던 양탄자 위를 신기한 듯이 걷기 시작했다. 양탄자의 털은 문조의 발바닥에 그다지 좋은 느낌은 아니었을 것이다. 이따금 휙 날아오르고 그 틈에 통통 뛰어 선생님의 무릎 가까이에 가기도 했다. 그리고 양탄자 위에 작은 똥을 싸서 내가 휴지로 집어 치웠다.

「문조」 때는 남포등이었던 것 같으나 지금은 전깃불이다. 환한 전등불 밑에서 문조는 재미있다는 듯이 그 근방을 부리 끝으로 쪼기도 하고 끌어당기기도 하며 놀기 시작했다. 그러나 휘파람새처럼 밤에 먹이를 주는 일[59]은 별도로 하고 또 야시장의 새 파는 집이나 구경거리인 곤줄박이의 곡예는 어쩔 수 없다고 해도, 대체 키우는 새를 밤까지 자지 못하게 하는 것은 가여운 일이다. 배도 고플 게 뻔하니 종이에 싸 온 수수를 조금 꺼내 먹였다. 또 컵에 물을 받아 그 안에 내 새끼손가락을 담갔다가 살짝 긴 손톱 사이에 고인 물을 문조에게 먹였다. 집에 있을 때도 그렇게 하면 얼마든지

---

59) 휘파람새가 빨리 울게 하려고 겨울 후반부터 야간에 불을 켜거나 먹이를 주며 키우는 일.

나의 「소세키」와 「류노스케」

물을 먹는다. 이제 됐겠지, 해도 내가 그만두지 않으면 언제까지고 먹는다. 문조의 배려인지도 모른다. 문조뿐만 아니라 작은 새에게는 그런 면이 있는 것 같다. 아무튼 늘 해오던 일이었으므로 나와 문조가 하는 일에는 아무런 막힘이 없었다. 선생님의 「문조」에서는 미에키치 씨가 문조는 길들면 손가락 끝에서 모이를 먹는다고 했기 때문에 선생님이 해봤지만 "내 손가락에서 직접 모이를 쪼아 먹는 일은 물론 없었다. 가끔 기분이 좋을 때는 빵 부스러기를 검지 끝에 놓고 대나무 살 사이로 살짝 넣어본 일이 있지만 문조는 결코 다가오지 않는다. 그냥 멋대로 들이밀면 문조는 굵은 손가락에 놀라 하얀 날개를 퍼덕이며 새장 안을 소란스럽게 돌아다닐 뿐이다. 두세 번 해보고 나는 가엾어져 그 재주만은 영원히 단념하고 말았다. 요즘 세상에 이런 일을 할 수 있는 사람이 있을지는 심히 의심스럽다. 아마 고대의 성도(聖徒)나 할 수 있을 것이다. 미에키치는 거짓말을 한 것이 틀림없다"라고 쓰여 있는 마지막 부분을 떠올리고, 그 자리에서 선생님을 향해 고대의 성도가 아니라도 지금 세상의 나도 할 수 있다며 자랑했다. 선생님이 뭐라고 했는지를 다 기억하지 못하는 것이 안타깝다.

돌아올 때는 또 손가락에 앉게 하고 그 손을 소매 속에

넣은 채, 면목을 세웠다는 기분으로 어둑한 메지로신자카

(目白新坂)를 올라갔다.

소세키 잡담

– 강연 기록

　오늘은 소세키 선생님 이야기를 한다는 약속을 하고 왔습니다. 제가 소세키 선생님을 사사하던 당시를 떠올리며 이야기할 생각입니다만, 이렇게 이미 이야기를 시작한 이상 그 이야기를 어떤 식으로 시작할까 하는 것은 이미 해결된 셈입니다. 하지만 마지막에 어디서 이야기를 맺고 끝낼까에 대해서는 아직 생각하지 못했습니다. 문학상의 연구 같은 것을 말씀드릴 마음은 없기 때문에 그저 생각나는 것을 단편적으로 이야기하며 오늘의 책임을 다하고자 합니다. 마지막에는 그때의 형편에 따라 어떻게든 끝내기로 하겠습니다.

　요즘은 나쓰메 소세키라는 이름이 아주 유명해서 독서인 중 그 이름을 모르는 사람은 아마 없을 겁니다. 그러므로 漱石(소세키)라는 글자를 읽을 줄 모르는 사람은 없을 거라고 생각합니다. 옛날에는 그렇지 않았습니다. 요즘에도 漱石라는 두 글자가 이어서 있으면 읽을 수 있지만, 漱라는 글자는 우리 눈에 그다지 흔히 쓰이는 한자가 아닌 것 같습니다. 삼수변의 漱가 아니라 입구변의 嗽(수)라는 한자도 있습니다. 옛날에는 입구변의 嗽石(소세키)라는 글자도 가끔 봤습니다. 소세키 선생님 자신이 그렇게 쓴 일이 있었던 것 같습니다. 당시 저는 중학생이어서 초기의 일은 잘 모릅니다만, 『나는 고양이로소이다』가 나올 무렵에는 입구변의 嗽자도 썼던 것 같습니다. 입구변의 嗽자는 다케다약품회사 등에서 사용하고 있는 함수제(含嗽劑)의 嗽자입니다. '입을 헹구다'라는 의미인데, 그러고 보니 삼수변의 漱자도 같은 뜻이네요. 그래서 '漱石'은 돌로 양치질을 한다는 뜻입니다. 漱石이라는 말의 의미는 침류수석(枕流漱石), 즉 흐르는 물을 베개로 삼고 돌로 양치질한다는 말의 일부분입니다. 그런데 흐르는 물을 베개로 삼고 돌로 양치질을 한다는 건 틀린 게 아닐까, 돌을 베개로 하고 눕는다, 흐르는 물에 양치질을 한다는 것이 아닌가, 하고 반문한 사람이 있었습니다. 말이 뒤엉켜 틀린 것입니다. 침석수류(枕石漱流)라는 말을 거꾸로 조합해서 그런 말을 만든 것입니다. 침류수석. 그래서 반문한 사람이 흐르는 물에 양치질을 하고 돌을 베개로 삼는 것일 겁니다. 침석수류일 거라고 하면 아니, 그렇지 않다, 흐르는 물을 베개로 삼고 귀를 씻는 것이다, 돌로 양치질을 하는 것은 이를 닦기 위해서라고 우겼다는 이야기가 있습니다. 그런 것으로 보아 침류수석은 억지 의미로 쓰게 된 말입니다. 소세키라는 이름에 의미는 없을지 모르지만 사전에 있는 그 말에는 끝까지 억지를 부린다는 의미가 있습니다.

지금은 삼척동자도 소세키라고 하면 대개 알고 있을 만큼 아주 유명합니다만, 옛날에는 그렇지 않았습니다. 소세키라는 이름 없는 문사의 글이 나온 것은 내가 중학교를 졸업할 무렵인 1905, 6년경이었습니다. 나는 소세키의 수(漱) 자를 읽을 수 있었지만 동급생 중에는 읽을 수 없는 사람도 많았습니다. 가와세(川瀨)의 뢰(瀨)와 착각하여 세세키라고 한다거나 라이세키라고 읽었습니다.

소세키가 세상에 등장한 것은 러일전쟁 후입니다. 하이쿠 잡지 〈호토토기스〉에 『나는 고양이로소이다』를 연재하고 나서 유명해졌습니다. 그 후 『나는 고양이로소이다』는 단행본으로 나왔습니다.

처음에 나온 책을 오늘 여기에 가져왔습니다. 이 책은 신기하게 공습에도 불타지 않고 남았습니다. 작년 초여름, 당시 제가 근무하고 있던 우선(郵船)회사의 내 방 책장에 놓아두어서 무사했던 것입니다. 오늘 여기에 가져왔으니 보세요. 상권은 1905년 판입니다. 이 책이 나오기 전에 소세키라는 이름은 이미 유명했습니다. 당시의 인기는 오늘날 젊은 사람들이 상상도 할 수 없을 정도였습니다. 『나는 고양이로소이다』가 유머 소설이니 그 작자인 소세키라는 사람은 어떤 아저씨일까 하고 소세키를 미행하는 사람도 있었던 모양입니다. 당시 선생님은 혼고 센다기초(千駄木町)에 살고 계셨습니다. 선생님을 미행해서 소세키가 무엇을 하는지를 조사하여 잡지 등에 투서를 합니다. 그런 일이 유행했습니다. 선생님이 목욕탕에 가면 함께 들어가 욕조에 몸을 담급니다. 선생이 욕조에서 나와 엉덩이를 세 번 두드렸다, 저울에 올라가 몸무게를 쟀다, 돌아가는 길에 근처 문방구에서 한 첩인지 백 매가 6전인 종이를 샀다, 하는 것까지 보고했습니다. 인기가 있어서 뿐만 아니라 왠지 궁금한 작자여서 존경도 받고 또 호기심 어린 눈으로 봤던 것 같습니다.

제가 중학교에서 고등학교에 들어간 당시, 소세키 선생님은 욱일승천의 기세였고 저도 소세키 숭배자의 말단에 가세했습니다. 젊은 시절 소세키라는 사람에게 관심을 기울였고, 그로부터 수십 년이 지났지만 그 마음이 오늘까지 계속 이어져 지금도 신문에 나쓰메라는 글자가 있으면 금방 눈에 띕니다. 나쓰메 소세키가 아니라 다른 사람 이름이어도 나쓰메라고 되어 있으면 눈이 놓치지 않습니다. 신문 가득 채워져 있는 활자 중에서 그 글자만 떠오릅니다. 그런 일은 젊을 때의 감격이 습관이 되어 남아 있는 것이겠지요.

제 고향은 오카야마의 비젠(備前)입니다. 중학교도 고등학교도 오카야마에서 마쳤기 때문에 그동안은 도쿄에 올라올 일도 없어 소세키 선생님을 뵐 기회가 없었습니다. 당시 소세키 선생님은 대학과 일고(一高)의 선생이었습니다. 하지만 2, 3년 후에 그만두고 아사히신문사에 입사했습니다. 대학 선생이 신문사에 들어가는 일은 정말 생각지도 못한 일이었습니다. 나중에 소세키 선생님으로부터 들은 이야기입니다만, 당시 아사히신문사에서 받은 연봉이 3천 엔이었다고 하는데 이게 또 대단한 것이었습니다. 학교 선생 중에서 외국인 교사는 그 정도 받는 것이 보통이었지만 일본인으로는 드문 일이었습니다. 일고나 대학에서 소세키 선생님이 받은 봉급은 얼마 안 되었을 것으로 생각합니다. 그런데 일약 3천 엔이어서 저처럼 세상 물정을 모르는 젊은 사람은 말할 것도 없고, 아마 세상에서도 깜짝 놀랐을 것으로 생각합니다. 선생님은 나중에 와세다미나미초로 이사했습니다. 처음에 와세다미나미초의 집은 셋집이었는데 집세가 35엔이었다고 합니다.

소세키 선생님이 그곳으로 이사하고 나서 저는 처음으로 선생님을 찾아뵙고 인사할 기회를 얻었습니다. 미행 기사가 나오던 시절에서 몇 년 뒤의 일입니다. 센다기초에서 니시 카타초(西片町)로 옮기고 나서 와세다미나미초로 갔습니다. 와세다미나미초 댁은 서양식 건물로 마루방을 서재로 삼아 한가운데에 양탄자를 깔았는데 양탄자가 작아 마루가 비어 져 나와 있었습니다. 주위에는 책장이 있고 양탄자 한가운 데에 책상과 방석이 놓여 있습니다. 옆방은 다다미가 깔린 방이고 그 경계인 미닫이문은 늘 활짝 열려 있어 우리가 가면 그쪽 다다미방에서 뵈었습니다. 목요일이 소세키 선생님을 만나기 위해 문하생들이 모이는 면회일이었습니다. 그때의 소세키 선생님은 붙임성도 없지만 특별히 화가 난 것은 아니었습니다. 처음부터 귀찮은 얼굴을 하고 있으면서도 그다지 신경도 쓰지 않았던 것 같습니다. 대체로 소세키 선생님은 까다로운 사람으로, 특히 장편소설을 쓰고 있을 때는 기분이 안 좋았던 것 같습니다. 목요일에 가도 선생님이 소설을 쓰는 동안은 위험한 상태였습니다. 선생님은 마루방 위의 책상 앞에 앉은 채 그곳으로 밥상을 가져오게 해서 식사를 합니다. 일을 시작하면 식구와도 밥을 같이 먹지 않았던 것 같습니다. 찌무룩한 채 밥을 먹습니다. 그런 신경질적

나의 「소세키」와 「류노스케」

인 면도 있었는데, 아이들은 위로는 모두 여자아이이고 아래 둘은 남자아이였습니다. 작은 사내아이 둘은 이따금 장난을 쳤던 것 같습니다. 선생님의 신발 안에 물을 넣어 금붕어를 키웠다는 이야기는 선생님으로부터 들었습니다. 또 어느 사내아이인지는 모르겠지만 목요일 밤에 모두가 선생님을 에워싸고 있으면 안에서 잠깐 얼굴을 내밀며 "나쓰메 소세키. 나는 고양이로소이다" 하고 도망쳤습니다.

소세키 선생님은 영국풍의 신사이고 하이칼라[60]이며 멋쟁이였습니다. 항상 흐트러진 데가 없었습니다. 전집의 권두에 실려 있는 사진 중 새로운 것으로, 시인이 명상하고 있는 듯한 사진과 보통 자세의 사진이 있는데 둘 다 왼팔에 검은 상장(喪章)을 두르고 있습니다. 그 이유는 메이지 천황이 붕어한 후이기 때문입니다. 그 사진에서 입고 있는 양복을 나중에 제가 받았습니다. 오랫동안 아까워서 벗기도 하고 또 꺼내 입기도 하는 사이에 너덜너덜해졌지만, 소세키 전람회 등에 몇 번이나 냈습니다. 애석하게도 작년 5월 25일

---

60) 문명개화의 시대인 메이지 시대에 유행한 말이다. 서양에서 귀국한 사람 또는 서양풍의 문화를 좋아하는 사람이 주로 옷깃을 높이 세운(high collar) 셔츠를 입은 데서 유래한 말이다. 서양 물이 들었다는 의미의 속어로 탄생했다가 나중에는 새롭고 세련된 것이라는 일반적인 의미로 쓰였다.

에 태워버렸습니다만, 그 옷이 있어서 오늘 이 자리에 입고 왔으면 좋았을 거라고 생각합니다. 넥타이 등도 상당히 세련된 것을 맸습니다. 넥타이도 받았는데 다행히 태우지 않고 남은 것이 있어서 오늘 이렇게 매고 왔습니다.

1916년이 저물 무렵 소세키 선생님이 돌아가셨습니다. 그 다음 날 오야마 원수[61]가 돌아가셨지요. 신문기사는 오야마 원수보다 소세키 선생님이 더 크게 나왔습니다.[62] 어떤 면에서 신기한 느낌도 들었습니다. 소세키 선생님보다는 오야마 원수의 지위가 더 높았지만, 하루 사이에 일어난 두 가지 일 중 결국 소세키 선생님의 죽음이 더 세상에 화제를 불렀다는 이야기가 되겠지요.

소세키 선생님이 돌아가신 뒤의 일은 소세키 전집과 관련되기 때문에 생략하기로 하고, 장례식 날의 일 한 가지를 더 말씀드리겠습니다. 선생님이 12월 9일 돌아가시고 그 이틀인가 사흘 후에 아오야마 장례식장에서 장례식이 거행되

---

61) 오야마 이와오(大山巌, 1842~1916). 육군 군인, 정치가. 사이고 다카모리의 사촌 동생이며 일본 최초의 원수. 메이지 유신에 참여했고 러일 전쟁에서는 일본 육군을 지휘했으며 공작 작위를 받았다. 제2대 경시총감(교육감), 육군 장관(1, 2, 3, 4, 6, 7대), 육군참모총장(제4, 6대), 문교부 장관, 내대신부 원로, 귀족원 의원을 역임했다.
62) 신문들 대부분은 문호의 죽음을 애도하며 많은 지면을 할애했기 때문에 이튿날 오야마의 부고는 다른 원로의 부고와는 비교가 안 될 정도로 수수했다.

었습니다. 그때 장례식장 앞에서 어깨띠를 두르고 머리띠를 한 남자가 있었는데 미치광이거나 예언자를 자처하는 사람인지, 뭐가 뭔지 알 수 없는 말을 큰소리로 외쳤습니다. 소세키의 죽음에 대해 뭐라고 말한 것 같습니다. 제대로 듣지도 못했고 어떤 말을 했는지 모릅니다만, 그 자리의 분위기와 저희의 혼란스러운 마음에 큰일이라고 생각했던 것은 지금도 잊을 수가 없습니다. 그때로부터 이제 30년이나 되는 세월이 흘렀습니다.

설날의 번개

소세키 선생님이 아직 건강했던 무렵, 설날이 되면 무슨 일이 있더라도 소세키 산방에 가서 선생님의 얼굴을 보고 오지 않으면 새해가 되었다는 실감이 들지 않았다. 나뿐만 아니라 평소 선생님 댁에 들락거리는 사람은 모두 그랬을 것이다. 그래서 설날에는 얼굴을 아는 사람들이 거의 다 모였다.

낮부터 가서 왁자지껄하게 있다 보면 어두워지고 술이 돌아 밤이 깊어도 좀처럼 일어서지 않는다. 어느 해 설날에는 눈이 왔는데 밤까지 계속 내려 밖으로 나갔더니 어두운 밤하늘 밑의 길거리도 지붕도 온통 새하얬다.

고이시카와의 다카다오이마쓰초에 살던 때였으므로 와세다미나미초의 선생님 댁에서 나와 야라이시타에서 오토와 거리에 이르렀다. 거기서 메지로신자카로 꺾어 널찍한

138   나의 「소세키」와 「류노스케」

언덕길의 눈을 밟으며 올라가니 느닷없이 불그스름한 번개가 언덕 일대의 눈 위에 내리쳤고, 계절에 걸맞지 않은 천둥소리가 머리 위에서 울리기 시작했다.

서둘러 돌아가려고 해도 눈이 많이 쌓여 생각처럼 걸어갈 수가 없었다. 자꾸만 붉은 번개가 쳐서 설날의 눈을 물들이고 있었다. 엄청나게 큰 천둥소리가 계속해서 울려 퍼져 언덕 양쪽 숲의 나무 우듬지에 쌓여 있는 눈을 흔들어 떨어뜨렸다.

손님이 다 돌아가고 소세키 선생님은 그때 이미 주무셨는지도 모른다. 술을 전혀 마시지 못하는 선생님이 젊은이의 축하주 상대를 했다. 그중에는 아침부터 찾아온 손님도 있었다고 한다. 우리는 오후부터 저녁 가까운 시간이 아니면 가지 않았지만, 세배가 사흘간 이어졌으므로 위장병을 앓고 있어 마음이 무거운 선생님에게는 늘 아주 힘든 자리였을 것이다.

설이 되어 옛일을 생각해보면 나 같은 젊은 사람의 상대가 되어준 선생님이 고맙게 생각된다. 그러나 당시의 선생님은 지금 설날에 우리 집으로 찾아오는 사람들 중 연로한 몇몇 사람들보다 훨씬 젊은 나이였다.

우리 집에 오는 사람들은 대체로 내가 옛날에 가르쳤던

학생들인데 아무튼 사회에 나가고 나서 어떻게든 체면을 세우고 있다. 그런데 옛날에 내가 학교에서 까다롭게 말한 것에 앙심을 품고 설날을 좋은 기회로 삼아 완전히 딴판이 되어 우리 집에 나타난다.

나는 소세키 선생님처럼 훌륭하지 않다. 그러고 보면 찾아오는 사람들도 그렇게 훌륭하지는 않을 것이다. 그러므로 옛날 흉내를 낼 상황도 아니고, 무엇보다 나는 짜증을 잘 내는 성격이라 소세키 선생님처럼 젊은이들에게 표정을 감추고 있을 수가 없다. 그래서 나는 올해 새해인사를 하러 올 사람에게 일정을 통고하고 그 밖의 날에 와서는 안 된다, 당일에 올 수 없는 사정이 있다면 전후로의 변경은 불가능하니 내년 설에 다시 오라고 말했다.

다시 말해 내 멋대로 새해 손님의 출석부를 만들었던 것인데, 올 수 없다고 하고 찾아온 사람은 한 사람밖에 없었기 때문에 결국 며칠간 계속해서 찾아오는 사람마다 그 앞에서 똑같은 표정을 지어야 하는 처지가 되었다. 이 원고가 신문에 실릴 때는 아직 그런 행사를 진행 중일 것이다. 그러나 순조롭게 끝까지 계속될지 어떨지 그것은 보증할 수 없다.

나의 「소세키」와 「류노스케」

앞치마와 소세키 선생

나는 장사하는 집안에서 태어났으므로 어렸을 때 앞치마를 했다. 뭐라고 하든 마찬가지겠지만 우리 고향에서는 앞치마를 마에가케라고 하지 않고 마에타레라고 했다. 마에타레 안에 도토리나 쇠고둥팽이(베이고마)[63]를 넣고 놀았다. 우리 동네에서는 베이고마를 바이고마라고 한다.

조금 크고 나서는 앞치마를 하는 게 싫었지만 좀처럼 그만두게 하지 않았다. 심상소학교에 들어가고 나서도 저학년 때는 학교에도 앞치마를 하고 간 것 같다.

나는 어려서 침을 흘리지 않는 편이었다. 성장할 때까지 할머니가 곁에 있었기 때문일 것이다. 그렇게 습관이 되어 어렸을 때부터 침을 흘리는 것을 좋아하지 않았다. 그러나

---

63) 쇠고둥의 조가비에 납을 채워 만든 팽이.

친구들은 대체로 침을 흘리고 침이 떨어질 것 같으면 앞치마로 닦았다. 사람이 지저분한 일을 하는 걸 보면서도 앞치마라는 것은 마음에 들지 않았다. 같은 아이라도 강 건너 월급쟁이들의 아이들은 앞치마를 하지 않았다.

그리고 성장하여 스무 살이 되어 도쿄로 올라왔다. 소세키 선생님을 처음으로 뵌 것은 우치사이와이초의 위장병원에서였다. 그런데 선생님이 퇴원한 후 와세다미나미초의 댁으로 찾아가 보니 놀랍게도 몇 해 전부터 숭배하고 있는, 콧수염을 기른 대단한 선생님이 앞치마를 하고 앉아 계셨다. 이상한 기분이 들었다. 그 후에도 이따금 찾아뵐 때마다 선생님은 늘 앞치마를 하고 있었다.

숭배하는 선생님이 하는 것은 뭐든지 흉내내고 싶었다. 나만 그런 것이 아니었다. 선생님이 아사히 담배를 피웠으므로 다들 아사히를 피웠다. 선생님은 웃을 때 조금 구부러진 코 옆에 주름을 만든다. 흉내를 내어 코를 구부리는 일은 어렵지만 웃을 때 코 옆으로 살짝 주름을 만드는 친구가 있었다. 선생님이 세피아 색 잉크를 썼기 때문에 고미야 도요타카 씨는 세피아 색 잉크를 썼다. 그런데 전쟁 중 센다이에 있었을 때 받은 엽서는 그런 색의 잉크를 구하기 힘들었던지 물로 엷게 한 듯한 어설픈 색으로 쓰여 있었다. 그래도

나의 「소세키」와 「류노스케」

세피아 색이었다. 지금도 계속 사용하고 있지만 요즘에는 색이 상당히 진해졌다.

그래서 나는 앞치마 흉내를 냈다. 나 말고도 앞치마를 한 제자가 있었던 것 같다. 그 후 어떻게 되었는지 그 사람의 일은 모르지만, 나는 그때 이래 수십 년간 여전히 앞치마를 하고 있다. 이제 소세키 선생님의 흉내를 내려는 마음은 완전히 없어졌다. 또한 지금 나는 소세키 선생님보다 10년 이상이나 연상이기 때문에 연하의 젊은이 흉내를 내는 것도 이상하다. 그러나 수십 년이 지나도 애초에 흉내로 시작했다는 데는 변함이 없다.

집에서 일을 하는 사람에게 앞치마는 정말 편리하다. 어렸을 때 싫어했던 것은 어렸으니까 싫어했던 것에 지나지 않는다. 흉내를 내기 시작한 당시부터 이번 공습의 화재로 불타버릴 때까지 집에서는 일본옷을 입고 있었기 때문에 옷 위에 앞치마를 맸지만 그 후에는 바지 앞에 앞치마를 하고 있다. 바지라고 해도 외지에서 돌아온 젊은이의 군복을 입고 있는데, 이제 너덜너덜해져 바지에는 바대가 덧대져 있다. 그 바대의 경계가 또 너덜너덜해지고 있지만 앞치마 덕분에 남에게는 보이지 않는다. 바지에 앞치마를 했을 당시는 바지 무릎이 지저분해지는 것을 막는 역할도 했다. 그런데 패전 후의 앞치마는 반대로 바지 자체가 너덜너덜해지는 것을 감추는 역할을 한다. 그리고 앞으로 여름이 되면 알몸에 앞치마를 두를 것이다. 앞에서 보면 반바지를 대신하는 모습이라고 생각한다. 요상한 모습을 보고 싶지 않다면 우리 집에는 오지 않는 게 좋다.

신간

새로 나온 책은 신폰(신간) 또는 아라혼(새 책)이라고도 한다. 신간 서적을 파는 서점 앞에 진열되어 있는 것이 신간이다. 그것은 말할 필요도 없지만 이봐, 이건 헌책 아닌가, 아뇨, 신간입니다, 하고 말하는 것과 아뇨, 새 책입니다, 하고 말하는 것은 정취가 좀 다르다.

요즘은 새 책이라는 말을 신간과 동의어로 사용하고 있는 게 아닌가 싶다. 그 업계의 깊숙한 일은 모르지만, 우연히 들은 두세 가지 예에서 추측하자면 신간 서적을 파는 서점이 새 책을 팔고 있다는 말을 한다.

내가 배운 바로는, 그리고 몇 해 전부터 생각하는 것은, 새 책은 헌책방에 있는 헌책이 아닌 책이다. 헌책방이 신간을 팔아서는 이상하다. 헌책방에 새 책이 있다면 그것은 신간이나 마찬가지인 새 책이다. 왜 그렇게 되는가 하면, 대수

롭지 않은 수순으로 신간 서적을 파는 서점에서 신간을 사 왔지만 읽을 마음이 들지 않거나 용돈이 필요해서 그대로 헌책방에 팔아버리면 헌책방에 다름 아닌 새 책이 생기는 것이다.

옛날에 소세키 선생님 서재의 천장까지 닿을 정도로 높은 책장 밑 마루에는 직접 놓은 신간 문학서가 쭈욱 늘어서 있었다. ㄱ자 모양으로 구부러지고 또 그 앞으로도 늘어서 점점 뻗어갔다. 대체로 일주일마다 한 번씩 갔지만, 선생님 책의 교정을 할 때는 그사이에도 갔는데 그때마다 마루 위에 진열된 책들은 점차 길어졌다. 이제 ㄱ자로 구부러진 곳 앞으로도 늘어놓을 수 없게 되었다. 그래서 다시 원래 자리로 돌아와 지금까지 일렬로 늘어놓은 것이 2열이 되고, 그 앞의 열이 다시 뻗어 나갔다. 여기저기 저자들이 서명해서 보내오는 책이 쌓이고 쌓여 선생님의 서재를 점점 좁게 만든 것이다. 매일 아침 하녀가 청소할 때 젖은 걸레로 마루를 닦는지 늘어선 책의 등이 젖어 걸레가 닿는 높이에 줄이 생겨 더러워져 있었다.

소세키 선생님이 책의 처리가 곤란하다고 해서, 내가 달라고 했다. 호의로 보내온 책이어서 헌책방 같은 곳에 처분할 수는 없지만 자네가 가져간다면 좋겠지, 하며 허락했다.

나는 근처의 인력거꾼을 불러 모두 받아왔다. 서재의 다다미 위에 소세키 선생님의 서재에 있던 대로 쭈욱 늘어놓았다. 그랬더니 방 안이 갑자기 활기차지기는 했지만 나도 그 책들을 닥치는 대로 읽을 마음은 들지 않았다. 그래서 우리 집으로 옮겨도 여전히 다 새 책이었다.

모리 오가이의 사인이 있고 나쓰메 긴노스케[64]에게 보낸다고 쓰인 책이 있었는데 책 제목은 잊었다. 그 시절에는 신진이었으나 지금은 당당한 대가가 된 사람들의 서명이 들어간 책이 여러 권 있었다.

다시 우리 집에서 후배가 가져간 것이 몇 권쯤 된다. 어쩌면 그런 책은 지금도 어딘가에 남아 있을지 모른다. 내 서재에 늘어놓은 책은 그 후 사정이 좋지 못해 몇 차례 내쫓기는 듯한 이사를 할 때마다 아주 성가신 물건이 되었다. 그런데 그러는 사이에 가난이 심해져 내일 먹을 쌀을 살 돈도 없는 처지에 빠졌다. 당시 재주가 뛰어난 사람이 성심을 담아 소세키 선생님에게 보낸 저서가 우리 집 아이들을 부양할 밑천이 되기 위해, 서명이 들어간 새 책이 되어 헌책방이 늘어선 거리로 차례로 사라졌다.

---

64) 夏目金之助. 나쓰메 소세키의 본명.

「털머위 꽃」에서

해달 목도리

소세키 선생님이 돌아가시고 며칠 지나 법회가 있던 날, 당시 남만주철도주식회사의 총재인 나카무라 제코 씨가 우리가 모여 있는 곳에 왔다.

나카무라 제코 씨는 소세키 선생님의 친구로, 「만주·한국 여기저기」를 읽은 사람이라면 누구나 알 만한 사람이다. 친구 소세키를 먼저 보낸 나카무라 제코 씨의 심정은 능히 짐작할 수 있다. 한쪽 눈이 무서운 얼굴로, 우리 사이에 섞여 앉아 젊은이들을 상대로 잠시 잡담을 나눈 후 자리에서 일어나 돌아갔다.

두세 명이 일어나 현관까지 따라갔다. 그중에 나도 있었다. 키가 큰 아마기(甘木)가 거기에 걸려 있는 외투를 집어

나의 「소세키」와 「류노스케」

뒤에서 입혀드렸다. 그때 보인 나카무라 씨의 외투 안감은 쥐 정도의 작은 짐승 모피가 어깨에서 옷자락까지 빈틈없이 차 있었다. 아마 소매 안에도 붙어 있을 것이다. 그 수가 수십 마리인지 수백 마리인지는 모르겠지만 모두 머리가 있고, 각 줄에서 머리가 모두 같은 쪽을 향하고 있었다.

그 외투를 슬쩍 걸친 나카무라 씨가 돌아가는 것을 지켜본 후 외투를 입혀준 아마기가 말했다. 겉으로 보기에 두툼해서 그 무게를 예상하고 손에 들었는데 깜짝 놀랄 만큼 가벼웠다며, 손에 들고 있지 않은 것보다 더 가벼운 듯한 착각이 들었다고 했다.

밍크라는 고가의 작은 동물 모피를 잇댄 거라는 이야기를 나중에 다른 사람에게서 듣고 남만주철도회사의 총재는 대단한 사람이구나 하고 감탄했다.

소세키 선생님의 인버네스[65] 옷깃에는 해달 모피가 달려 있었다. 해달이라고 생각했을 뿐 생전의 선생님께 확인한 것은 아니다.

지금에 와서 나카무라 씨의 외투와 비교하는 것은 아무 의미가 없지만 해달도 비싸기는 할 것이다. 그런데 그 해달

---

65) inverness. 메이지, 다이쇼 시대에 흔히 입던 남자용 외투.

옷깃의 인버네스는 소세키 선생님에게 어울리지 않았다. 본
인은 좋다고 여겨 입고 다녔겠지만, 그 모습은 어쩐지 수염
을 기른 고리대금업자 같은 분위기였다.

이다바시(飯田橋)에서 와카마쓰초(若松町)로 가는 시내 전
차가 우시고메사카나마치(牛込肴町)의 가구라자카우에(神楽
坂上)를 지났고, 다음 정류장은 기타초(北ちょう) 구청(구야쿠
쇼) 앞이다. 지금은 대체로 기타마치라고 하는 것 같은데 그
시절의 정류장 이름은 기타초였다. 그러므로 차장이 "다음
은 기타초 구청 앞"이라고 한다. 그래서 그 근처에 살던 미
야기 미치오[66]의 집으로 갔을 때 "오늘은 저쪽에서 와서 구
야초 기타쿠쇼 앞에서 내렸네"라고 한다. 그래도 시각장애
인인 그 친구에게는 금방 통했다. 철근(뎃킨)콘크리트를 곳
킨텐크리트, 멘델스존의 콘체르토를 콘델스존의 멘체르토,
그 친구와 이야기할 때는 늘 이런 식으로 뒤바꾸어 말한다.

그 구야초 기타쿠쇼 앞을 지나 다음은 야키모치자카우에
(燒き餅坂上), 그리고 언덕을 내려가 우시고메야나기초(牛込
柳町). 야나기초에서 전차를 내린 나는 오른쪽으로 와세다미

---

66) 宮城道雄(1894~1956). 작곡가. 우치다 햣켄의 친구. 어렸을 때 눈병을 앓아 시각
장애인이 되었고 실명을 계기로 음악의 길을 걸었다.

나미초 쪽으로 걸어갔다.

길 오른쪽의 약간 높은 곳에 가와이(河合) 유치원이 있다. "기적 일성 신바시를(汽笛一声新橋を)"[67]이라고 시작하는 노래의 작사자 오와다 다케키(大和田建樹) 씨의 부인이 경영한다고 들은 적이 있다.

가와이 유치원 앞에서 맞은편에서 걸어오는 소세키 선생님을 만났다. 해달 옷깃 안에서 무시무시한 표정을 지은 채, 그 앞에서 고개를 숙여 인사하는 나를 보고 있다.

"어디 가십니까?"

"스모 보러 가네."

그 시절에는 택시가 없었다. 친친 소리를 내며 달리는 전차에 흔들리며 료고쿠(両国)의 국기관(国技館)까지 가려면 상당한 시간이 걸렸을 것이다.

나는 선생님의 신간 단행본의 교정을 하고 있었으므로 떠오른 의문 몇 가지를 물어보러 소세키 산방으로 찾아가는 길이었다. 하지만 외출하시는 길이어서 어쩔 수 없었다. 그대로 돌아왔지만, 원래 가려던 곳으로 걸어갔는지 그때의 일은 잘 기억나지 않는다. 하지만 교정에 대한 질문은 다음

---

67) 「철도창가(鉄道唱歌)」(1900)의 첫 부분.

에 하기로 했다. 대체로 나는 우리 소세키 선생님이 스모를
보러 간다는 것이 조금 마음에 들지 않았다.

나는 스모를 좋아하지 않는다. 특별히 싫은 것도 아니지
만, 요컨대 그다지 흥미가 없어서 도쿄 생활 50년 동안 단
한 번도 스모를 보러 간 적이 없다.

도쿄에 막 올라왔을 때는 아직 료고쿠의 에코인(回向院)
에서 열흘간 흥행을 하지 않았을까 싶지만 정확히 알 수는
없다. 그러고 나서 국기관이 생겨 이름이 발표되었을 때 국
기관(コクギカン)은 전부 50음도의 가(カ)행으로만 이루어져
딱딱하게 들리기 때문에 관명으로는 무척 안 좋다는 비난이
있었던 일을 기억하고 있다.

스모를 보러 가지 않으니 알고 있는 스모 선수도 없었다.
그런데 1923년 간토대지진이 일어나기 전에는 당시 요코스
카의 해군기관학교에서 겸무 교관을 하고 있었으므로 일주
일에 하루 요코스카로 출장을 갔다. 어느 날 요코스카역 개
찰구에서 엄청난 몸집에 키도 큰 남자가 자신보다 훨씬 작
은 개찰원에게 표를 보여주고 있었다. 머리 모양으로 스모
선수라는 사실은 금방 알았지만, 너무나도 어처구니없는 덩
치여서 왠지 모를 부조화감 때문에 그쪽을 보고 있는 것이
싫어져 눈을 돌린 일이 있다.

전쟁으로 일본의 상황이 점점 나빠져 먹을 것도 없어졌다. 나는 이전부터 혈압이 높다는 말을 듣고 먼저 음식으로 양생할 마음을 먹고 있었는데 좀처럼 효과가 없었다. 또 효과가 있을 정도의 양생도 하기 힘들어 자연스러운 추세에 맡기고 있었는데 전쟁으로 궁지에 몰려 먹을 것도 궁한 처지가 되었다. 그랬더니 다년간의 고혈압 증세가 호전돼 대체로 정상 수치까지 내려간 것 같았다. 그래서 건강 상태가 좋아졌나 싶었더니 그것도 아닌 모양이었다. 도통 힘이 나지 않고 무력한 느낌이 들었다. 내가 다니던 근처의 요쓰야역 계단을 오르는 데도 애를 먹었다. 그래서 계단 중간에서 한두 번 쉬지 않으면 안 되었다.

그러던 어느 날 내가 비트적거리며 요쓰야역 플랫폼으로 나가 일단 한숨 돌리려고 벤치로 다가갔더니 나보다 먼저 엄청나게 큰 남자가 앉아 있었다. 한눈에 스모 선수라는 것을 알았지만, 크기만 하지 완전히 마르고 찌그러들어 목 뒤의 두 뼈 사이에 깊은 골이 나 있었다. 볼은 홀쭉하고 귀도 쭈글쭈글하게 마른 채 간신히 얼굴 옆에 붙어 있는 식이었다. 플랫폼 벤치에서 패전 그 자체의 모습을 본 것 같은 느낌이 들었다.

세키토리 오나루토

스모 선수는 왜 저렇게 큰 것일까. 자양분이 많은 음식을 먹고 몸을 써서 힘껏 연습한다고 누구나 저렇게 커지지는 않을 것이다. 스모 선수가 씨름판에서 내려와 거리에서 일반 사람들과 섞이면 인간 사이의 균형이 깨져 이상한 모양이 된다.

얼마 전 우리 동네에 은퇴한 요코즈나[68] 시오노야마(塩ノ山)가 이사를 왔다. 우리 집에서 네다섯 채 앞의 이웃이다. 구청의 청소과(淸掃課)[69] 과장이라고 하면 분뇨 수거인의 회계나 경리를 총괄하는 책임자가 아닐까 싶은데, 잘은 모르지만 그 사람이 있던 자리를 매수한 모양이었다.

어떤 사람이 와서 이번에 시오노야마가 근처로 이사를 왔는데 인사를 하러 가고 싶으니 나중에 같이 찾아가도 되겠느냐고 했다.

안 되는 일도 아니고 또 정중하고 예의 바르게 의논을 해 와서 송구하긴 했으나 나는 아직 씨름판 위에 있는 스모 선

---

68) 橫綱. 스모 선수의 등급 중 하나인 오제키(大關) 중에서 기량과 역량이 가장 뛰어난 선수를 말한다.
69) 주로 분뇨를 처리하는 부서다.

수를 본 적도 없었다. 상당히 뛰어난 스모 선수이니 물론 몸집이 클 것이다. 일부러 찾아가 가까이서 마주 앉으면 주위가 굉장히 답답해질 것 같아 가기 전부터 희미한 열등감이 들었다.

적절한 말을 골라 공손하게, 실례지만 그만두게 해달라고 부탁했다. 뜻밖의 말을 들은 당사자인 나뿐만 아니라 집 안의 모든 물건이 본래의 균형을 잃고, 찻주전자도 주전자도 잉크병도 안정을 잃고 동요할 것이다.

하지만 옛날에 어렸을 때 나는 큰 스모 선수에게 안긴 적이 있는 모양이다. 내가 그때의 일을 기억하고 있는 것은 아니지만 사진이 남아 있다. 아버지의 필적으로 사진 뒤에 스모 선수의 이름과 날짜가 적혀 있다. 공습으로 인한 화재로 신변의 물건이 모두 불에 탔지만 그 사진은 집에 두지 않아서 남았다.

사진을 찍을 당시에는 아직 도쿄 스모 외에도 오사카 스모가 있었다. 오사카 스모가 내 고향인 비젠 오카야마에 자주 순회 경기를 하러 온 모양으로, 나를 안아준 선수는 오사카 스모의 오나루토(大鳴門)라는 세키토리(関取)[70]였다. 어느 정도 지위의 선수였는지는 모르지만, 아버지가 후원하던 스모 선수였던 모양이다. 열광하면 관람석에서 방석을 던진다거나 입고 있던 하오리를 벗어 던지는 등 시골에서도 그렇게 했던 것 같다. 나중에 그 선수는 자신에게 던져진 물건을 들고 인사하러 온다. 그러면 엄청난 행하(行下)[71]를 주어야 했다고 한다. 그 무렵에는 우리 집이 아직 가난하지 않았기 때문에 아버지는 그 정도의 사치가 가능했을 것이다. 세키토리 오나루토에게 안겨 있던 나는 아직 갓난아기여서 나를 안았던 그는 이제 세상에 없을 것이다.

도쿄 스모도 가끔 순회 경기를 하러 왔다. 나는 도쿄로 올라가고 나서 스모를 보러 간 적이 없다고 말했지만, 그 이전에 고향 오카야마에서는 본 적이 있다. 요코즈나 고니시키[72] 시대였는데, 그 뒤로 히타치야마 다니에몬[73]과 우메가타니 도타로[74]가 있었다. 우메노타니(梅ノ谷)가 나중에 우메가타니가 되었고, 히타치야마와 나란히 요코즈나가 된 시절부터 스모의 전성기가 시작되었을 것이다. 오즈쓰 만에

---

70) 스모의 계급으로 주료(十両) 이상의 선수를 가리킨다. 그 위로 마에가시라(前頭), 고무스비(小結), 세키와케(關脇), 오제키(大關), 그리고 최고위인 요코즈나가 있다. 그 아래를 마쿠시타(幕下)라고 한다.
71) 원래는 주인이 일정한 보수 외에 경사가 있을 때 하인에게 상여로 준 금품을 뜻하는 말이다.
72) 고니시키 야소키치(小錦八十吉, 1866~1914). 제17대 요코즈나.
73) 常陸山谷右エ門(1874~1922). 제19대 요코즈나.
74) 梅ヶ谷藤太郎(1878~1927). 제20대 요코즈나.

몬[75]이라는 요코즈나도 있었다. 옛날부터 다이호로 읽는지 오즈쓰로 읽는지 확실하지 않은 채 사라지고 말았지만, 껑충한 키[76]에 못생긴 선수였다는 것은 기억하고 있다.

히타치야마의 전성기 이후 다치야마 미네에몬[77]이 독주하게 되고 나서 소세키 선생님이 스모를 보러 가는 시대가 되었다.

해달 목도리의 인버네스를 걸치고 전차에 흔들리며 료고쿠라는 변두리까지 가서 어떤 경기를 보고 왔는지는 모른다. 하지만 선생님이 내가 가와이 유치원 앞에서 만났을 때만 스모 구경을 가신 것은 아니었을 것이다. 그러나 선생님은 매주 목요일 면회일에 소세키 산방에 모인 우리에게 스모 이야기는 별로 하지 않았다. 선생님은 우리가 이야기 상대가 되지 않고, 논하기에 부족하다고 생각했을지도 모른다.

다만 〈중앙공론(中央公論)〉의 다키타 조인(滝田樗陰) 씨와는 스모 이야기를 많이 나누고 스모의 기술을 논하며 흥이 가시지 않는 것 같았다. 다키타 씨는 자주 선생님 댁으로 와

---

75) 大砲万右エ門(1869~1918). 제18대 요코즈나.
76) 198센티미터, 134킬로그램이었다.(참고로 고니시키는 168센티미터 130킬로그램, 히타치야마는 175센티미터 146킬로그램, 우메가타니는 168센티미터, 158킬로그램이었다)
77) 太刀山峯右エ門(1877~1941). 제22대 요코즈나. 188센티미터, 150킬로그램.

서 글씨나 그림을 받아간 모양인데, 그런 목적으로 왔으므로 우리 모두가 모이는 목요일은 피했을 것이다. 면회일이 아닌 날 찾아오는 데 선생님의 양해를 얻었다기보다는 선생님께서 그렇게 하라고 지시했는지도 모른다.

선생님이 다키타 씨의 요구에 응해 화선지에 붓을 휘갈기는 것을 몇 번인가 본 적이 있다. 선생님은 별로 귀찮아하는 것 같지 않았다. 몇 장이든 차례로, 말하는 대로 썼다. 그 앞에 주저앉은 다키타 씨를 옆에서 보고 있으면 그는 탐욕이 그칠 줄 모르는 사람 같았다. 적당히 하면 좋을 거라는 생각에 초조해졌다. 하지만 선생님이 다른 사람에게 뭔가 써주어도 대개는 그 자리에서의 일일 뿐이다. 집으로 가져가 소중히 여기는지 어떤지는 모르지만 써준 것이 다시 선생님의 눈에 띄는 일은 거의 없다. 그런데 다키타 씨는 받은 것을 곧바로 아주 근사한 표구로 만들어 선생님 댁으로 가져와 보여준다. 표구하면 돋보인다. 자신이 쓴 것이 몰라볼 정도로 근사해진 것을 보면 기분 나쁘지는 않았을 것이다. 선생님이 다키타 씨가 말하는 대로 써서 주었기에 다키타가의 소장품은 대단한 것이 된 것 같다. 그런데 나중에 다키타 씨에게 사정이 생겨 전부 팔아치웠다는 이야기를 들었다.

다키타 씨는 늘 인력거를 타고 왔다. 인력거에는 세 종류가 있다. 쓰지구루마, 야도구루마, 가카에구루마다. 쓰지구루마는 길거리에 인력거를 두고 손님을 기다리기 때문에 전차 종점 등에 서 있다. 지금의 택시에 해당할 것이다. 야도구루마는 카운터가 있으며 인력거가 세워져 있다. 지금의 콜택시에 해당한다. 가카에구루마는 곧 자가용차에 해당한다. 하지만 타는 주인이 꼭 인력거 그 자체를 소유하고 있다고는 말할 수 없다. 인력거꾼이 인력거를 지닌 채 어떤 사람에게 전속되는 일도 있기 때문이다.

다키타 씨는 자가용인 가카에구루마를 타고 여기저기로 다닌다. 면회일인 목요일 밤 소세키 산방에 다가가면 문 앞의 어둑한 곳에 인력거가 보인다. 그러면 오늘은 다키타 씨가 왔나 보군, 하고 생각한다. 그러므로 즐겁겠다거나 재미있을 거라고 기대하지는 않는다. 어쩐지 귀찮은 듯한, 성가신 듯한 기분이 든다. 다키타 씨는 콧소리에 사투리가 심하다. 그런데도 굉장히 수다스러워 무슨 말을 시작하면 끝낼 줄을 모르고 계속 지껄인다. 나처럼 서쪽 지방에서 태어난 사람은 전혀 알아들을 수가 없다. 도쿄 토박이인 소세키 선생님은 지리적으로 상당히 그쪽에 가까워서 북쪽 야만인의 말을 알아듣고 이야기를 나눌 수 있을 것이다.

들어가면 이미 몇 명이 모여 있는 가운데 두 사람은 자주 다치야마의 스모 기술에 대해 활기차게 논하고 있기도 했다.

실익이 없다

소세키 선생님과 다키타 조인 씨가 다치야마의 무엇을, 어떤 점을 이야기했는지는 그 자리에 있었으면서도 전혀 기억나지 않는다. 잊어버린 것이 아니라 처음부터 제대로 듣지 않았기 때문일 것이다. 또 들을 마음이 있어도 다키타 씨가 하는 말은 입술 안쪽에서 꼬여 잘 알아들을 수가 없다. 목소리는 들려도 무슨 말을 하는지는 알아듣기 힘들다. 다키타 씨는 그렇게 알아듣기 힘든 유창한 말솜씨를 뽐내며 앉음새가 안 좋은 무릎을 앞으로 내밀었다.

그러고는 얼마 후 늘 이기던 다치야마가 누군가에게 졌다. 소세키 선생님이 그것을 아주 중대한 의미가 있는 일로 보고, 세상이나 사람의 마음에 큰 변화가 있을 것을 암시하는 징조처럼 말했던 것을 기억하고 있다.

나는 다키타 씨라는 사람을 소세키 산방에서 불과 두세 번 만났을 뿐이다. 하지만 역시 특이한 풍격 때문에 그 인상은 비교적 선명하게 남아 있다. 그 근방에 좀처럼 없는 못생

긴 남자이자 키가 작다. 땅딸보라고 할 정도는 아니지만 어딘지 위에서 짓누른 듯한 느낌의 몸집이어서 원래의 신장보다 작아 보였는지도 모른다. 굵은 자라목 위에 올라붙은 얼굴은 주독 때문인지 검붉고 지저분하다. 특히 두 눈 밑은 자기 눈으로도 보일 만큼 부풀어 올라 그 부분만 선명한 붉은 빛이고 반들반들하다. 얼핏 보면 아저씨인지 아주머니인지 알 수 없는 얼굴이다.

그런 다키타 씨가 〈중앙공론〉의 편집장으로서 인력거를 타고 와 원고 의뢰를 한다. 신진 또는 무명 문사가 다키타 씨의 내방을 받으면 곧 문단에 등단하는 길이 열리게 되는 셈이다.

그런 의미에서 다키타 조인 씨의 위세는 대단했던 모양이다.

그 시절 나는 마음속 깊은 곳에 분명치 않은 게 있었던 듯하지만 형태를 갖추는 데까지 이르지는 못했다. 따라서 그런 분야의 권위와는 아무런 관계가 없었다.

소세키 선생님이 돌아가시고 다키타 조인 씨의 시대도 지난 몇 년쯤 후에 간토대지진이 일어났다. 그때를 전후하여 내 신변에 여러 가지로 색다른 일이 잇따라 일어났다.

집을 나와 당시의 시내 전차 와세다 종점에서 가까운 자갈밭의 하숙집에 틀어박혀 숨을 죽이고 있었던 시절이 있다.

틀림없이 누군가의 소개가 있었을 텐데 송구하게도 그 사람의 이름을 잊어버렸지만 내 단편 두세 편이 〈중앙공론〉에 실리게 되었다. 초기의 『명도(冥途)』나 『뤼순 입성식(旅順入城式)』에 수록된 단편이 틀림없지만, 그때 〈중앙공론〉의 편집부에 어떤 작품을 보냈는지 내가 한 일인데도 잊고 말았다. 너무 화를 냈기 때문에 시간이 지나 그때의 불쾌함이 엷어져 망각한 김에 불쾌함의 원인이 된 사실도 무의식 안에서 기억 밖으로 내치고 말았을 것이다.

아무튼 자신의 작품이 〈중앙공론〉에 실리게 되었다는 것은 기쁜 일이다. 작품이 실리면 모두가 감탄할 거라고 생각하여 우쭐해진다. 어느 날 밤 하숙집 방에서 동박새가 소금을 핥은 것처럼 뾰로통해져 있던 내게 〈중앙공론〉의 편집부에서 교정쇄를 보내왔다. 그 당시 무명의 나 같은 사람에게 싣기 전에 교정쇄를 보여주는 것은 고마운 친절이었다. 그렇게 생각하며 봉투를 뜯고 내용물을 꺼냈다.

얼핏 보고 나는 눈앞이 깜깜해질 만큼 화가 났다. 내 작품이 2단 구성으로 조판되어 있었기 때문이다.

일반 사람들은 무엇 때문에 분개했는지 이해할 수 없을지도 모른다. 하지만 그때까지 이따금 어딘가에 발표한 내

나의 「소세키」와 「류노스케」

작품을 읽고 사람들이 감탄했는지 어떤지 반응 같은 게 아무것도 없었던 주제에 나 혼자 꽤 훌륭하다고 생각했던 모양이다. 그 작품을 2단 구성으로 조판한 것을 작가에 대한 모욕이라고 생각했던 것이다.

어쩌면 편집할 때 내 작품을 창작이라고 생각하지 않았던 게 아닐까. 물론 나는 어엿한 창작이라고 생각하며 이 작품으로 세상에 물어볼 자신감이 있었기에 그 원고를 맡겼던 것이다.

어쩌면 처음부터 창작으로 취급할 생각이 아니라 단순한 읽을거리 원고로서 받은 게 아닐까. 그래서 무명인 내 작품이 〈중앙공론〉이라는 당시 영광스러운 무대에 실리게 된 것일까.

아무튼 마음에 들지 않았다.

잠자코 그쪽이 하는 대로 내버려둘 수는 없었다.

게재를 거절하자. 원고를 돌려달라고 하자.

혼자 이렇게 결정하고 나서 갑자기 바빠졌다.

아직 한밤중이 지나지는 않았지만 이미 밤이 깊었다. 하지만 편집부 사람은 아직 회사에 있을지도 모른다. 담당자가 없어도 숙직은 있을 것이다. 용건은 간단하다. 게재를 취소해달라, 거절하겠다, 하는 전언만으로 충분하다. 내일이 되고 나면 늦어버린다. 만약 때를 놓쳐 잡지가 나온다면 이 울분은 어쩔 도리가 없게 된다.

하숙집의 카운터에 전화가 있다. 곧바로 전화를 걸어 그렇게 말하려고 생각했다. 그런데 중앙공론사의 전화번호를 몰랐다. 교정쇄를 보내온 봉투에도 전화번호가 쓰여 있지 않았을 것이다. 번호부도 없었을 것이다. 카운터에 물어본들 알 리가 없다.

화가 난 김에 나는 경찰청에 전화를 걸었다. 검열 담당자를 찾아 중앙공론사의 번호를 물었더니 금방 가르쳐주었다.

가르쳐준 그 번호로 전화를 걸었다. 그것으로 내 화는 가라앉았다.

아주 오래된 이야기지만 그렇게 화를 내지 않아도, 가령 2단 조판으로 잡지에 실렸다고 해도 『명도』나 『뤼순 입성식』에 수록된 작품이라면 아무도 실용적인 읽을거리로는 생각하지 않았을 것이다.

이미 세상을 떠났지만 심상소학교 이래의 내 옛 친구는 고베와 시애틀에 가게를 내고 오랫동안 아주 광범위하게 무역을 하고 있었다.

내 책이 나오게 되고 나서 그때마다 그에게도 증정했다. 그는 남에게 독후감을 이렇게 말했다고 한다.

"에이 씨가 쓴 책은 읽을 수 있지만 아무리 읽어도 실익이 없다."

마음의 귀를 씻다

소세키 선생님이 스모를 보러 가지 않으면 좋을 텐데, 하고 안타깝게 생각했고, 스모뿐만 아니라 선생님이 우타이를 하는 것도 마음에 들지 않았다는 이야기는 앞에서도 했다.

우타이의 어디가 어때서 해서는 안 된다는 것인지 이유는 없다. 요컨대 근거 없는 반감이다. 또 반감에 근거 따위는 필요 없는 것일지도 모른다.

어느 해 설날이었던 것 같다. 소세키 산방으로 새해 인사를 가서 눌러앉아 있는 우리 사이에 다카하마 교시[78] 씨가 들어와 그 자리에 가세했다.

노(能) 이야기인가 요쿄쿠(謠曲) 이야기가 나와 활기를 띠

---

78) 高浜虚子(1874~1959). 하이쿠 시인. 하이쿠 잡지 〈호토토기스〉를 주재했고 그곳에 나쓰메 소세키의 『나는 고양이로소이다』와 『도련님』을 연재했다.

었던 것 같다. 소세키 선생님뿐만 아니라 거기에 모여 있던 문하생이나 선배들 중에서도 우타이를 배우고 있는 사람이 두세 명 있었다. 이야기에 흥미가 없었고, 애초에 그 자리에서 가장 어렸던 나는 그저 잠자코 모두의 이야기를 듣고 있을 뿐이었다.

몇 살쯤이었는지는 잘 모르겠지만 아직 서른 살이 되려면 몇 년 있어야 되는 때였던 것은 분명하다. 풋내기는 잠자코 있으면 될 것을, 누구였는지, 아마 스즈키 미에키치 씨였을지도 모르는데 우타이에 대한 험담을 하는 바람에 나도 덩달아 말석에서 "우타이는 별스레 새침을 떨어서 싫습니다" 하고 말했다.

순식간에 다카하마 교시 씨가 이쪽으로 몸을 돌리고,

"우타이가 별스레 새침을 떤다는 건 무슨 뜻인가?" 하고 따지고 들었다.

우타이가 별스레 새침을 떤다고 한 것이 아니라 우타이를 하는 사람이 위엄이 있는 듯하고 그럴듯하고 오만한 듯이 구는 태도가 마음에 들지 않는다고 말하려고 했다. 하지만 주위를 의식하여 그렇게 말하지 못하고 모호하게 말해서 곧바로 다카하마 씨에게 붙잡혀 단단히 혼나고 말았다.

다카하마 씨의 추궁에 어떻게 대답했는지는 생각나지 않

나의 「소세키」와 「류노스케」

는다. 횡설수설 도망치기 바빴을 것이다. 또 그쪽도 왜 그렇게 정색을 했을까. 기분이 언짢았을까, 아니면 내 표현이 시건방졌을까. 어쩐지 신성해야 할 요쿄쿠에 내가 불경죄를 범한 듯한 꼴이었다.

나도 어렸을 때 아버지로부터 우타이를 배우라는 말을 들은 적이 있다. 아버지의 위세가 등등하던 때로, 외아들인 내게 관록을 붙여주려고 그랬을 것이다.

그 당시 아버지는 나를 게이오기주쿠(慶応義塾)의 유치원에 넣으려고 생각하기도 했던 모양이었다. 아마 아버지의 교제 상대 중 누군가가 권했을 텐데, 오카야마에서 도쿄로 어린 나를 혼자 보낼 수는 없었을 것이다. 그렇게 되면 분명히 할머니가 따라오고 도쿄에 집을 마련해야 했을 것이다. 그런데 정작 중요한 할머니가 그다지 내켜하지 않았다. 그 이야기는 아마 할머니의 반대로 흐지부지되고 말았던 모양이다.

그러고는 꽃꽂이도 하라는 말을 들었다. 꽃꽂이에도 스승으로부터 예명을 받는다는 표현이 있는지 어떤지 모르겠지만, 아버지는 어쩐 일인지 낙인이 찍힌 나무 표찰도 갖고 있고 꽃꽂이가 자랑이었던 듯하다. 예민한 성격이어서 어쩌면 뛰어났을지도 모른다. 꽃을 꽂을 때 아버지가 사용한 작은 전정가위가 지금도 내게 남아 있다. 아버지는 내가 열일곱 살 때 돌아가셨기 때문에 이 가위가 내 손에 들어온 지도 어언 50년이 넘었다.

다도도 배우지 않으면 안 된다고 했다. 여러 가지 말을 들었던 것 같은데 나는 다 싫었기 때문에 도망치고 말았다.

그리고 그럭저럭하는 사이에 집이 가난해지고 아버지가 돌아가신 후에 나는 스스로 이쿠타류의 거문고를 배우기 시작했다. 거문고 이야기는 또 다른 기회에 하기로 한다.

그러고는 작은 새를 키우기도 하고 가을벌레를 키우기도 했다. 내 본가는 시내에 있지만 도시 외곽에서 가까웠기 때문에 조금만 나가면 제방 중턱의 풀숲에서 방울벌레나 귀뚜라미가 울고 있었다.

곤충을 잡을 때는 감색 각반을 차고 가지 않으면 위험하다. 살무사가 있을지도 모른다. 그리고 귀뚤귀뚤, 찌르르르 하고 우는 소리에 의지하여 살금살금 다가간다. 어지간히 조심하지 않으면 곤충은 약간의 기미만 있어도 울음을 그친다.

교정 때문에 면회일이 아닌 날 소세키 선생님 댁으로 찾아가 쪽문으로 들어가면, 오른쪽의 뜰 너머의 서재에서 선

나의 「소세키」와 「류노스케」

생님이 우타이를 하는 소리가 들린다. 잘하는지 못하는지는 알 수 없었다. 애초에 다른 재주처럼 우타이에도 잘하고 못하고가 있는지조차 몰랐다. 다만 죽은 친구가 언젠가 내게 그 감회를 말했다. 자네, 신앙에도 잘하고 못하고가 있는 거네, 난 아무래도 얼뜨기인 듯싶어, 나 정도의 신앙에도 미치지 못한다고 여겨지는 사람이 솜씨 좋게 신에게 다가가 있지, 하고 그리스도교 신자인 그가 말했던 것이다.

소세키 산방의 문에서 현관까지는 그다지 멀지 않다. 선생님의 우타이를 방해하지 않으려고 살금살금 다가간 것은 아니지만, 현관의 격자문 앞에 설 때까지는 우타이 소리가 계속되었다. 그리고 초인종을 눌렀다. 서재와는 반대쪽에 있는 먼 부엌 옆의 하녀 방에서 희미한 소리가 들린 것 같았다. 그 순간 선생님의 우타이는 어중간한 데서 그치고 말았다.

서재로 안내되어 들어가 선생님 앞에서 고개를 숙이고 인사했다.

선생님은 시치미를 떼고 태연한 얼굴로 앉아 있었다.

방울벌레와 귀뚜라미를 잡으러 갔던 때의 일이 떠올랐다.

얼마 전의 밤이었다. 이렇게 말해도 생각해보면 벌써 3, 4년 전의 일이지만, 고미야 도요타카 씨가 다카하시 요시타카[79]를 데리고 좀 늦은 시각에 다다미 석 장이 깔린 내 방에 들렀다.

다카하시 씨는 규슈대학의 교수다. 그런 다카하시 교수를 '데리고 왔다'고 하면 실례가 되겠지만, 두 사람 다 저주받을 그 제국대학 학벌의 독일문학과 출신이었다. 나도 그 한패다. 고미야 씨는 학교에서 나를 가르쳐도 이상하지 않을 정도의 선배이고, 다카하시 씨는 나보다 스무 살쯤 어리다. 장유유서로 말하자면 데리고 간다고 해도, 따라간다고 해도 상관없는 듯하다.

어떤 악마가 두 사람을 이끌었나 생각했더니 고미야 씨가 말하기를, 우치다는 우타이를 싫어하기만 하니 괘씸하다, 지금부터 둘이서 찾아가 녀석이 싫어하는 우타이를 지겹도록 들려주자, 라고 해서 온 거네, 자, 다카하시, 시작하세.

다카하시 씨는 습자 연습장 같은 꾸깃꾸깃한 책을 꺼내 둘이서 입 가장자리를 구부리거나 목구멍을 불룩하게 하거나 오물 수거인이 통을 메는 듯한 소리를 내며 뭐라고 하는 비전의 악곡을 불러주었다.

덕분에 요쿄쿠의 묘체를 접하고 흡족할 만큼 마음의 귀

---

79) 高橋義孝(1913~1995). 독일문학자. 1935년 도쿄제국대학 독문과 졸업.

나의 「소세키」와 「류노스케」

를 씻을 수 있었다.

전당포의 포렴

소세키 선생님에 관해 스모나 우타이 이야기를 했지만, 아무래도 돈 이야기가 안 나오면 이야기에 정성이 들어가지 않는다.

나중에 좀 더 힘들었던 일을 생각하면 그 시절에 힘들다고만 생각했던 것도 그 정도의 일은 아니었다. 하지만 역시 그 일을 당했을 때는 아직 경험도 없고, 어떻게 해야 곤란한 처지에서 벗어날 수 있을지 당황하기만 하고 갈피를 잡지 못했다.

어찌할 바를 모른 채 답답해하고 있다가 큰맘 먹고 소세키 선생님께 호소했다.

이미 가정을 꾸리고 있었으므로 단지 수중의 용돈이 부족한 정도의 일이 아니었다. 하지만 그저 돈이 없어 힘듭니다, 하고 말했다. 선생님은 "으음" 하고 말하고는 5엔짜리 지폐 한 장을 주었다.

그 시절의 5엔이 지금의 얼마에 해당하는지는 잘 모르지만, 아무튼 만만한 금액은 아니었다. 선생님의 흑단 책상의 왼쪽 구석에 돈다발이 쌓여 있었다. 그쪽으로 눈을 주고는 "슌요도에서 가져왔다네" 하고 말했다.

인세를 가져온 것이다. 언제 왔는지는 모르지만, 그러니까 언제부터 거기에 쌓여 있는지는 모르지만, 선생님은 그 앞에 앉아 아주 못마땅한 표정을 짓고 있었다. 그 모습이 지금도 눈에 선하다. 아마 사모님이 집에 없어 처리하지 못했을 것이다.

5엔이라는 돈을 받아 곤란한 문제를 해결하여 정말 감사했다. 하지만 그렇게 실질적인 도움을 받아 감사한 이상으로 훨씬 더 그 돈을 고맙게 생각했다. 애써 받았지만 써버리는 게 아깝다는 생각이 들었다.

힘들어하던 살림을 위해 쓰기 전에 먼저 다른 일에 쓰려고 생각하여 간다(神田) 스루가다이(駿河台)의 분포도(文房堂)로 가서 원고지를 샀다. 기고할 데가 있지는 않았으나 조만간 도움이 될 일도 있을 거라고 생각해서, 몇 매나 샀는지는 기억나지 않지만 아마 천 매, 그러니까 들고 오기가 좀 무겁게 느껴질 만큼 사왔다. 일반적인 20자 20행의 괘선이었지만 반지보다 조금 작고 4절지, 8절지 형태에 꼭 들어맞지 않은 크기인 것이 신선한 느낌이 들었다. 들고 오기에 무겁다

　　　　　　　　　　　나의 「소세키」와 「류노스케」

고 느낀 것은 매수가 많았기 때문이지만 또 상당히 고급 종이였기 때문이기도 했다.

그 원고지는 몇 년이 지나도 남아 있었다. 나중에 이런저런 잡지나 신문에 원고를 쓰게 되었을 때도 조금은 남아 있었지만 아까워서 쓰지 않았다. 하지만 몇 해 전 소이탄 공습의 화재로 결국 사라지고 말았다.

그 5엔짜리 지폐를 받았던 때 이후 나는 점점 더 가난해져 무슨 일이든 생각대로 되지 않는 처지에 빠졌다. 앞 장에서 신앙에도 잘하고 못하고가 있다, 하고 말한 친구가 폐병에 걸려 지가사키(茅ヶ崎)에 있는 결핵치료소 난코인(南湖院)에 있었다. 쓸쓸해하고 있을 테니 가봐야 한다고 생각했지만 차비가 없었다. 마음에 걸려 걱정하고 있는 참에 또 뭔가 불안한 말을 했기에 그냥 내버려 둘 수 없다는 생각이 들었다.

그때까지 나는 아직 전당포에 가본 적이 없었다. 지가사키로 갈 돈을 전당포에서 마련하려고 결심했다. 난생처음 그곳의 포렴을 들추자니 상당한 용기가 필요했다.

어두워지고 난 저녁에 눈에 띄지 않게 부피가 크지 않은 조그만 물건을 들고 전당포로 걸어갔다. 거리에서 마주치는 사람이 모두 내가 가는 곳을 알고 있는 것 같은 기분이 들어 몸이 움츠러들었다. 우리 집 근처는 산울타리나 담장뿐이고 길은 어두웠다. 하지만 딱 한 곳 인력거꾼 집만은 활짝 열려 있어 안의 전깃불이 길을 비추고 있었다. 그 밝은 곳을 지나가려니 부끄러웠다. 안에 있는 인력거꾼이 전당포로 가는 나를 보지나 않을까 조마조마했다.

그런 생각을 하며 가까스로 전당포 포렴을 들추고 들어갔다. 그 첫 경험에서 전당포의 묘미를 느꼈다. 뭔가를 가져가면 손쉽게 돈을 빌려준다. 무척 편리하고 고맙다. 우쭐해져서 이러저러한 물건을 가져가 급한 돈을 융통했다.

몇 달쯤 지나 잡힌 물건의 기한이 다가왔다. 내버려두면 유질된다, 유질시켜서는 안 된다, 모두 사정이 있는 물건이라 애석할 뿐만 아니라 잃어서는 면목이 서지 않는다, 는 생각 때문에 무척 번민했다. 밤에 잠을 이룰 수도 없었다. 생각다 못해 결국 소세키 선생님께 호소했다. 앞에서도 이야기했지만, 그때 선생님이 이자를 내면 된다, 이자를 알아오게, 라고 말씀하셨다.

선생님의 말씀에 안심했다. 그리고 굉장히 고마웠다. 선생님 댁에서도 아주 오래전에 전당포에 물건을 맡긴 경험이 있다는 것을 누군가로부터 듣고 더욱 고맙게 생각했다.

가난이라고 하지만 전당포에 물건을 맡길 수 있다면 그래도 나은 상황이다. 전당포에 맡길 물건이 있을 때는 아직 가난하다고 할 수 없다는 것을 그 후의 경험으로 실감했다.

전당포에 다니는 일은 졸업했다. 졸업했다는 것은 전당 잡힐 물건이 없으므로 전당포에 갈 일이 없다는 뜻이다. 다음으로 대금업자에게 돈을 빌리는 법을 배웠다. 일찍 세상을 떠난 술꾼 친구로부터 배웠는데 처음에는 연대보증인이 있어 비교적 조건이 좋았다.

그러고 나서 혼자 고리대금을 빌리게 되었다. 점점 깊숙이 빠져들게 되고 그러면 다시 기어오르기가 어렵다는 사실을 그때는 잘 알지 못했다. 발바닥에 강바닥의 모래가 닿는 곳까지 빠져들었다.

그렇게 되었을 때부터 돌아보면 전당포에 물건을 맡겨 급한 돈을 마련할 수 있었을 때는 그래도 아직 형편이 나았던 것이다. 직접 전당포의 포렴을 들추고 들어가지 않아도 엽서를 보내면 그쪽에서 지배인이 돈을 가져다준다는 것도 알았다.

자네 가게에 가는 것은 괜찮지만 안으로 들어갔다가 아는 사람이 와 있기라도 하면 곤란하니까 발이 무겁네, 하고 말했더니 그건 그쪽도 같지 않겠습니까, 제 가게에 용무가 있다는 것은 결국 피차일반이니까 그런 염려는 피장파장이지요, 하고 지배인이 말했다.

아사

  에도 시대에 통용된 한 냥짜리 타원형의 작은 금화 몇 개가 집에 있었다. 4분의 1냥짜리 금화도 있었다. 전당포에 잡힐 물건이 없어지자 그 금화를 잡혔다. 통화는 아니지만 돈을 전당포에 잡히는 것이나 마찬가지다. 그런 터무니없는 짓을 해서 그 시기를 넘겼다.

  금화든 옛날 돈이든 전당포에 맡기면 이자가 든다. 그 이자를 마련하여 유질되지 않도록 해야 한다. 자금 사정이 좋지 못하면 어쩔 수 없이 다른 물건을 전당포에 잡히고 그 돈으로 이자를 낸다. 전당포에 맡기는 물건이 점점 늘어난다. 따라서 기한에 지불할 이자의 금액도 불어난다. 결국 어쩔 도리가 없게 되어 몇 번이고, 몇 번이고 이자가 오른 끝에 금화도 유질되고 말았다. 어차피 남의 손에 넘길거면 처음부터 팔아버리는 것이 이득이었는데, 하고 나중에 분하게 생각해도 이제 돌이킬 수가 없다. 경사가 급한 가난의 내리막길에 당도하면 저절로 미끄러질 뿐 아니라 스스로 탄력을 붙여 미끄러지게 하는 모양이다.

  전당포에 맡기기에 좋은, 부피가 크지 않은 물건은 거지반 없어졌다. 그런데 돈은 아직도 한참 부족하다. 선덕 화로

(宣德火鉢)[80] 몇 개가 집에 있었다. 하나하나 오동나무 상자에 들어 있어서 부피가 상당하지만 전당포에 그것을 잡히고 싶다고 의논하자 즉시 찾아오겠다고 했다.

큰 보자기를 가져와 화로 상자를 등에 지고 문으로 나갔다. 날씨 좋은 대낮이었기 때문에 이웃 사람들이 아이를 놀게 하거나 업고 밖으로 나와 있었다. 모두가 틀림없이 봤을 것이다. 부끄럽지만 어쩔 수 없다.

시골의 내 본가 뒷집에 옛날부터 이어온 오랜 염색집이 있었다. 시대의 파도에 씻겨 점점 가세가 기울어지더니 일가가 뿔뿔이 흩어지게 되었다. 내가 어렸을 때부터 알고 있는 키 큰 할아버지 혼자 인기척 없는 집에 남아 있었다.

어느 날 근처 사람이 가서 보자 그 할아버지는 죽어 있었다. 먹을 것이 떨어져 아사한 모양이었다. 그런데 집 안에는 아직 여러 가지 도구나 물건이 있었다. 그것을 전당포에 맡기거나 팔거나 하면 돈이 되었을 텐데 할아버지는 그러지 않았다. 몰랐을 것이다. 어쩌면 창피해서 할 수 없었는지도 모른다. 값나가는 물건을 남긴 채 돈이 다 떨어져 먹을 것을

---

80) 중국에서 선덕(宣德, 명나라 선종 시절의 연호, 1426~1435) 연간에 만들어진 동제(銅製) 구리 화로, 또는 그것을 모방해서 만든 화로.

사지 못하고 아사했다.

닥치는 대로 전당포로 가져가 그때그때를 어물어물 넘기고, 전당포에서 받은 돈으로 조금은 사치도 부렸을지 모르는 나 자신과 비교해 본다.

남은 게 술래

청주나 맥주 이야기를 하면 곧바로 눈에 쌍심지를 켜는 사람이 있다. 돈이 없어 힘든 나머지 유가와라까지 가서 무리한 부탁을 한 데다 맥주까지 얻어 마시고 온 일을 괘씸하다고 생각할지도 모른다.

소세키 선생님은 술을 전혀 마시지 못했기 때문에 술의 정취를 이해하지 못했을 것이다. 그러나 남이 술을 마시는 것을 심하게 책망하지도 않았다. 어느 해 여름, 면회일인 목요일에 선생님 댁에 가 있었는데 천둥이 심하게 치기 시작했다. 밤이 아니라 대낮이었을 것이다. 날카로운 번개가 집 안으로 들어와 선생님 앞에 앉아 있는 내 무릎 위에 쳤다.

나는 날 때부터 천둥을 무서워했다. 그래서 바짝 움츠러든 채 천둥이 칠 때마다 복도 유리문을 드르르 흔들어대는

나의 「소세키」와 「류노스케」

맹렬한 우렛소리 속에서 무릎 사이에 손을 찔러 넣고 머리를 숙이고 얼굴도 들지 못하고 있었다. "그렇게 무서우면 맥주라도 마시는 게 어떤가" 하고 선생님이 말하며 하녀를 불러 맥주를 가져오게 했다.

감사하게 컵을 들고 두세 잔을 연거푸 들이켰더니 마음속에 조금 힘이 생긴 것 같았다.

그 기세로 천둥소리가 끊어진 틈에 얼굴을 들고 주위를 둘러보니 나뿐만 아니라 그 자리의 두세 명도 모두 맥주를 마시고 있었다. 그리고 선생님 앞에도 마시다 만 컵이 있었다. 선생님 얼굴은 불을 뿜는 듯이 붉은빛을 띠고 있었다. 모두와 함께 살짝 맛보았을 것이다. 『나는 고양이로소이다』에서 누군가가 맛술을 훔쳐 마시고 얼굴이 시뻘게졌기 때문에 금방 들키고 말았다는 이야기를 떠올리며 천둥이 무서운 가운데서도 우스웠다.

소세키 선생님은 배려심이 있는 친절한 인품을 가졌다. 그런데 그 친절한 마음을 겉으로 표현하는 일은 싫어했던 것 같다. 특히 나 같은 조무래기 입장에서 보면 선생님이라는 사람은 무뚝뚝한 데가 있고 다가가기 힘들어 허물없이 대할 상대가 아니었다.

따라서 선생님과는 항상 일정한 거리를 두고 있었다. 그래서 심하게 꾸중을 듣거나 혼이 난 일도 없었다. 하지만 앞에서 말한 유가와라에서의 일은 선생님의 기분에 따라서는 어쩌면 야단을 치셨을지도 모른다. 그런데 절대 그러시지 않았다. 조금도 웃지 않았을 뿐 아니라 떨떠름한 표정도 짓지 않고 "알았네"라고만 말하고 내 부탁을 들어주었다. 무뚝뚝한 선생님의 친절이 마음에 깊이 새겨져 잊을 수가 없다.

돌아오는 인력거는 완전히 뜻밖이었다. 그런 용무로 간 내가 인력거로 전송을 받을 거라고는 생각지도 못했다. 어쩌면 여관의 배려였는지도 모르지만, 그렇다고 해도 일단은 선생님의 의향을 듣고 한 일이었을 것이다. 적어도 선생님이 귀찮은 녀석이 왔다는 얼굴을 하지 않았기 때문에 그렇게 되었을 것이다. 에둘러 생각하지 않더라도, 선생님 자신이 인력거를 불러주게, 라고 말했을지도 모른다.

그로부터 40년쯤 지났는데 그 후 아마노야는 물론이고 유가와라에도 가보지 못했다. 아타미선이 생겨 서쪽으로 떠날 때 차창으로 유가와라 온천의 지붕을 보고 당시를 떠올린 일은 있었으나 어디쯤이었는지 짐작도 되지 않았다.

유가와라 이야기는 아주 오래전에 한 번 쓴 적이 있고 강연할 때도 이야기한 적이 있다. 이 이야기뿐만 아니라 이전

나의 「소세키」와 「류노스케」

에 한 번 쓴 것이 나중에 다른 방향에서 하는 이야기 속으로 들어와 교차하거나 접촉하거나 하는 일은 어쩔 수 없고 또 그것을 피할 필요도 없다. 하지만 쓰기는 무척 힘들다. 사실이 같아서 이전에 쓴 글과 새로 적은 글이 똑같이 완성되면 대단한 일이지만 좀처럼 그렇게 되지 않는다.

어떤 사람에게 그런 이야기를 했더니 전에 쓴 적이 있다면 편하게 쓸 수 있을 거라고 생각했다고 한다. 완전히 반대되는 이야기다. 이른바 뉴스 또는 이야깃거리를 전하는 것이 아니기 때문에 화가가 같은 후지산 그림을 몇 번이나 그리는 것과 같아서, 같은 것을 대상으로 삼으면 점점 어려워진다. 그러나 지금 이 경우에는 쓰기 힘들수록 그때의 고마움에 다가가는 느낌이 든다.

선생님은 병후의 요양을 위해서 유가와라에 계셨는지도 모른다. 지병인 위장병 때문에 선생님은 때로 자리보전을 했는데 내가 처음으로 선생님을 뵌 것도 고지마치구의 우치사이와이초에 있는 위장병원이었다.

그러고는 몇 년 후 선생님은 와세다미나미초의 댁에서도 그 위장병 때문에 자리보전을 하고 있었다.

병문안을 갔더니 병상 옆으로 안내했다. 어떠십니까, 하고 문안 인사를 했다.

"음, 점점 좋아지고 있네."

선생님이 이렇게 말한 후에 나는 이을 말이 없었다.

할 이야기도 없고 또 오래 있어서도 안 되기 때문에 그만 물러가려고 했다. 일어서다 말고, 방금 들어올 때 아이들이 문 앞의 길에 있는 전봇대를 붙들고 모두가 술래잡기를 하고 있었습니다, 그런데 그들이 하는 말을 잘 모르겠습니다, 뭐라고 하는 걸까요, 하고 말했더니 선생님은 천장을 보고 누운 채,

"한 사람도 남지 않고, 모두 나왔다, 남은 게 술래"

하고 살짝 가락을 넣어 말했다.

밖으로 나와 돌아가는 길에, 누워 있는 선생님이 말한 가락이 내 발장단이 되었다.

붓의 물

1916년 12월 소세키 선생님의 병이 위중하다는 소식에 우리는 당황했다. 병세가 나날이 심해지는 기색이다.

아직 선생님이 누워 있는 곳으로 가는 게 허락되었던 어느 날, 병상 옆에서 숨을 죽이고 앉아 있었다. 위장병원의

나의 「소세키」와 「류노스케」

미나미 다이조(南大曹) 박사가 양복 차림으로 머리맡에 무릎을 꿇고 바르게 앉은 채 두 팔을 높이 들어 가슴께에서 팔짱을 끼고 선생님의 얼굴을 바라보며 잠자코 있었다. 그 자세로 꼼짝도 하지 않았을 뿐 아니라 한마디도 하지 않았다.

생각하고 있는 걸까, 판단하고 있는 걸까, 아니면 그렇게 하여 뭔가를 알아내려고 하는 걸까. 아무리 지나도 그대로였고, 그 앞에 누워 있는 선생님도 눈을 감은 채 꼼짝도 하지 않았다. 소리도 내지 않았다. 주위의 분위기가 점점 굳어져 이거 큰일이다, 하는 기분이 들었다.

돌아가시기 며칠 전부터 우리는 날짜를 지정해 교대로 선생님 댁에서 밤을 새우게 되었다. 8일이 내가 밤을 새우는 당번 날이었다.

이미 집 안의 상황이 바짝 긴장되어 예삿일이 아니라고 여겨졌다. 대학병원의 늙은 수간호사가 간호사 두세 명을 데려왔는데, 간호복 하의 옷자락을 깔고 장식물처럼 선생님의 머리맡에 앉아 있었다. 굉장히 안정감 있는 자세로, 외견이 믿음직스러웠다. 늙은 수간호사는 그렇게 버티고 앉아 전혀 움직이지 않았다. 할 일은 데려온 간호사들에게 일일이 지시해서 처리했다. 그녀들을 수족처럼 부리는 데 막힘이 없었다.

병실 옆방에는 이로리가 있었다. 나는 그 옆에 앉아 고개를 떨구고 있었다. 할 일이 아무것도 없었다. 이로리 맞은편에는 아베 씨라는 의사가 앉아 있었다. 선생님 댁 대문 앞의 좁은 길에 간판을 내걸고 있는 개업의로, 선생님 댁의 단골 의사였다. 역시 밤샐 생각으로 이렇게 와 있을 것이다. 마주 보고 앉아 있어도 별로 할 말이 없었다. 내가 입을 다물고 있으면 그쪽도 잠자코 있었다. 팔짱을 끼고 이따금 조는 듯 했다. 추운 날이어서 밤이 깊어짐에 따라 주위가 오싹하게 죄어왔다.

낮에는 조금도 움직이지 않았던 늙은 수간호사가 소리도 없이 들어와 고개를 숙이고 있는 아베 씨 옆에 손을 짚고,

"맥박 142"라고 말했다.

아베 씨는 꾸벅꾸벅 졸고 있었는지도 모른다. 다시 한번 되묻고는 잠깐 쫌을 두고 일어났다. 일어난 채 잠시 가만히 서 있다가 발소리를 죽이며 병실 쪽으로 갔다.

나 혼자가 되어 숨이 막히는 듯한 마음으로 아베 씨를 기다리고 있었다.

곧 아베 씨가 돌아왔다.

작은 목소리로 "어떻습니까?"하고 물었다. "흐음"하기만 하고 아무 말도 하지 않았다.

그날 밤 선생님의 용태는 돌이킬 수 없는 데까지 가버린 듯했다.

날이 새고 나서 집 안이 어수선해졌다. 정오에는 평소 얼굴을 마주하는 문하생들이 거의 모였다. 그리고 시간이 지나고 아직 저녁이 되기 전에 얼굴 표정이 바뀐 선생님의 입술을, 물을 머금은 붓으로 적셔주게 되었다.

그때가 12월 9일로, 그날 밤도 나는 집에 돌아가지 않았다. 그리고 그 이튿날인 10일은 육군사관학교의 신입생도 입교식 날이었다.

나는 그해에 육군 교수로 임관하여 육군사관학교의 교관이었다. 중요한 행사인 입교식에 선생님이 돌아가셨다는 이유로 빠질 수는 없었다. 집으로 인력거를 보내 프록코트, 중산모자, 연보라색 장갑 등 입교식에 필요한 옷차림을 가져오게 해서 혼잡한 나쓰메가를 나와 이치가야혼무라초(市ヶ谷本村町)의 육군사관학교로 갔다.

사관학교는 나쓰메가에서 가깝다. 걸어가도 되는 거리다. 그래서 걸어간 것 같기도 하고, 흥분과 수면 부족으로 휘청휘청하며 인력거를 타고 간 것 같기도 하다. 단지 그만한 일에도 당시의 기억은 확실하지 않다. 잊은 것이 아니라 처음부터, 그때부터 내가 무엇을 하고 있는지 잘 알지 못하고 있었다.

그날은 대학병원에서 선생님의 시신을 해부하게 되어 있었다. 장례식 전에 일단 선생님의 시신이 대문을 나갔다. 그 소동을 뒤로 하고 나는 사관학교의 교문으로 들어갔다.

소세키 선생님이 돌아가신 다음 날 러일전쟁 때 육군 총사령관이었던 오야마 이와오 원수가 세상을 떠났다. 그 보도가 육군사관학교 안에서 크게 울려 퍼진 것은 당연하다. 그러나 교관실의 어떤 동료의 입에서도 소세키 선생님의 죽음을 애도하는 목소리가 먼저 나왔다.

입교식을 할 시각이 되어 건너편이 희미하게 보일 만큼 넓은 안뜰로 나갔다. 신입생도가 정렬하고 교관 장교와 우리 문관이 줄지어 서 있는 곳으로 교장이 나와 훈시를 했다. 새되게 울리는 그 목소리가 내 귀에는 등에가 윙윙거리는 소리처럼 들렸다. 넓은 뜰의 땅바닥도, 건너편의 강당 지붕도, 그 위의 맑은 하늘도 모두 노랗게 보였다. 줄지어 선 생도들이나 장교들은 옆 사람과의 사이가 무너져 한 사람 한 사람의 모습은 없고 태연하게 평평한 판자처럼 되고 말았다.

식이 끝나고 교관실로 돌아가 잠깐 휴식을 취한 후 신입생도가 기다리고 있는 어학 강당으로 갔다.

사관학교에서 복도는 옥외나 다름없기 때문에 교관실을

나오자마자 머리에 중산모자를 쓴 채 발소리를 내고 으스대며 강당으로 다가갔다.

새로운 강당 배정이어서 나는 아직 이번 강당에 들어간 적이 없었다. 그 앞까지 가서 여기구나, 생각하고 문손잡이에 손을 댔더니 그 기색에 안에서 "차렷" 하는 날카로운 소리가 울렸다.

그 강당에는 출입구가 하나밖에 없었다. 문을 열자 건너편 정면에 칠판이 걸려 있고 그 앞에 교단이 있었다. 생도들은 그쪽을 향해, 그러니까 들어가는 내게 등을 보인 채 돌말뚝을 늘어놓은 것처럼 딱딱하게 굳어 있었다.

그 열 사이의 통로를 뚜벅뚜벅 걸어 교단으로 다가갔다. 교단은 가랑이를 벌리고 넘어설 수 없을 만큼 높았다. 그래서 옆에 발판이 있었다. 발판에 발을 올리고 올라서려고 하자마자 내 몸의 무게로 발판이 교단의 옆구리에서 떨어졌기 때문에 그 여세로 나는 프록코트의 옷자락을 흩뜨리며 바닥 위에 거꾸로 넘어지고 말았다. 복도에서 안으로 들어올 때 벗은 중산모자도 손에서 날아가 바닥 위를 데굴데굴 굴렀다.

곧바로 일어날 수도 없었다. 그러나 생도들은 차렷 하고 부동자세를 취한 채 쥐 죽은 듯이 조용했다.

까까머리

내 발밑에 텅 빈 상자가 위를 향해 입을 벌리고 있었다.
석유 드럼통 두 개를 넣는 빈 석유 상자를 이용했을지도 모
른다. 다만 거기에 딱 붙여 놓았을 뿐 교단 옆구리에 고정되
어 있지 않았기 때문에 모서리를 밟고 그 위로 올라가려고
한 내 무게로 획 뒤집혔고, 그 기세에 나는 벌렁 뒤로 넘어
진 것이다.

순간적인 일이라서 어떻게 그렇게 되었는지는 알 수 없
었다. 다만 위풍당당해야 할 교관이 신입생도들 앞에서 프
록코트를 입고 엉덩방아를 찧은 것만으로도 엄청난 추태였
다. 중산모자는 바닥에 나뒹굴고 있었다. 그리고 가장 안 좋
았던 일은 서른 명 정도의 생도가 부동자세로 선 채 조용히
시치미를 떼고 있었던 것이다. 일으켜주지는 않더라도 거기
에 나뒹굴고 있는 중산모자 정도는 주워줘도 좋을 것 같은
데 원래대로 교단 쪽을 응시한 채 거들떠보지도 않았다.

어쩔 수 없어서 스스로 중산모자를 주워들고 프록코트의
옷자락에 묻은 먼지를 떨고 그들 앞에서 쑥스러워하며 교단
으로 올라갔다.

이는 12월 10일의 일이다. 곧 해가 바뀌어 설날이 되자

그때의 한 생도가 우리 집으로 새해 인사를 왔다. 단팥죽을 대접하자 큰 공기로 연달아 세 그릇이나 비웠다. 하지만 세 그릇째에는 조금 묘한 표정을 지었다. 한꺼번에 그렇게나 먹을 수 있군그래, 하고 말했더니 "먹으라고 해서 먹었을 뿐입니다" 하며 시치미를 뗐다.

그 생도에게 교단으로 올라가다가 넘어졌을 때의 이야기를 하며 용케 그렇게 모른 체하고 있을 수 있더군, 덕분에 나는 멋쩍음을 얼버무려 넘길 수도 없었지, 어떻게든 그때의 인사 정도는 하는 게 어떤가, 자네들은 대체 그런 장면을 눈앞에서 보고 우습지도 않던가, 하고 말하자 "남의 실수를 보고 웃어서는 안 된다고 배웠습니다" 하고 대답했다. 웃으면 안 된다는 말을 들으면 우습지도 않게 될 것이다. 그런 녀석들 앞에서 벌렁 넘어질 운명이 된 것이 나의 불운이라며 체념했다.

요컨대 소세키 선생님 일로 몹시 흥분해 있었기 때문에 어딘가에 마음을 빼앗겨 그런 실수를 했을 것이다. 내게 소세키 선생님을 잃은 슬픔은 그 어떤 슬픔에도 뒤지지 않는다. 다만 세월은 어느 사이에 그 슬픔을 멀리 떼어놓아 벌써 사십몇 년 전의 옛 추억이 되었다.

선생님 생전에는 매주 목요일에 우리들 정해진 면면이

선생님 댁에 모였지만, 돌아가신 후에는 기일인 9일에 맞춰 구일회라고 하여 한 달에 한 번 같은 사람들이 같은 다다미방에 모였다.

우리가 앉은 다다미방 옆이 마루방인 서재다. 다다미방과 서재 사이에는 칸막이가 없었다. 서재에는 양탄자가 깔리고 방석이 놓여 있었다. 방석 앞의 흑단 책상 위에는 선생님이 쓰다 만 원고지가 옥 문진으로 눌려 있었다. 아사히신문의 연재소설 『명암』을 집필하는 중이었기 때문에 그 원고지에는 연재 횟수 숫자가 '189'라고 적혀 있었다. 다시 말해 188회까지 쓰고 병으로 쓰러진 것이다. 우리는 그 서재에 들어갈 때 책상 앞에 선생님이 있는 것 같아 왠지 모르게 그쪽을 향해 고개를 숙여 인사를 해야 할 것만 같았다.

구일회에 오는 사람 중 한 사람이 새롭게 모 군을 데려와 동료로 가세했다. 모 군은 원래부터 나도 알고 있었다. 조금 연하라서 여러 가지 것들을 알고 있는데, 다소 엉뚱한 구석이 있었다. 그는 구일회에 얼굴을 내민 첫날 저녁, 모두가 이쪽 다다미방에서 이야기를 나누고 있을 때 혼자 그 자리를 떠나 서재로 들어가 선생님이 깔아놓은 방석 위에 시치미를 떼고 앉았다. 원고지가 펼쳐진 책상을 마주하고 뭔가를 느껴보고 싶은 모양이었다.

화가 나서 데려온 남자에게 나중에 그 무례함을 따졌더니 모 군은 갑자기 맨발로 뛰어나가 이발소로 들어가더니 까까머리가 되어 모독한 죄를 사죄했다고 한다. 아무래도 약간 종잡을 수 없는 데가 있는 것 같지만 그 모 군이 까까머리를 하기 몇 년쯤 전에 나도 까까머리로 선생님 앞에 나타난 일이 있다. 하지만 나쁜 일을 하고 사죄하기 위해서가 아니라 산뜻하게 하려고 머리를 밀었던 것이다.

　학교를 졸업했지만 아직 직장을 얻지 못했던 기간 동안 나는 끈질긴 머리 습진에 시달리며 우울한 나날을 보내고 있었다. 확실히 기억하고 있지 않지만 반년 이상 계속되었는지도 모른다.

　그러다가 어떤 계기로 말끔히 좋아졌다. 순식간에 깨끗이 나았고 이제 머리카락 밑에 아무런 흔적도 없다. 기뻐서 견딜 수 없었기 때문에 한 번 까까머리가 되어 후련해지려고 결심한 것이다.

　까까머리가 되면 시원할 거라고 생각했지만 막상 깎고 보니 머리 피부에 구멍이 송송 뚫린 것처럼 뜨거웠다. 그러나 이발소에서 나와 바깥바람을 쐬자 바람 속에 시원한 줄기가 있다는 것을 잘 알 수 있었다.

　목요일이었을 것이다. 이발소에서 나오자마자 바로 옆의

선생님 댁으로 들어가 까까머리로 고개를 숙여 인사했다.
선생님은 특별히 놀라지도 않았다. 평소 말하는 듯한 얼굴
이었고, 그 자리에 있던 고미야 도요타카 씨에게,

　"자네는 까까머리가 될 수 있나?" 하고 물었다.

구일회

올해는 나쓰메 소세키 선생님이 돌아가신 지 43년째가 되는 해다. 쉰 살에 돌아가셨으니 만약 지금까지 건강하셨다면 93세, 조금 무리인 것 같긴 하지만 그런 예가 전혀 없는 것은 아니다. 모임 같은 데에 나가시는 것은 무리일지 모르지만, 집에서 유유자적하고 계셔도 선생님이 아직 살아계신다는 것만으로 우리 주위는 지금의 모습과는 상당히 다를 것이다.

선생님의 기일은 12월 9일이다. 작년 12월 9일 밤, 42번째 구일회가 고지마치구 히라카와초(平河町)의 북경요리점에서 열렸다.

개회 시간인 정각 5시에 늦지 않으려고 마음먹었으나 아무튼 잠자리에서 늦게 일어났다. 가쁜 숨을 내쉬며 서둘러 준비를 했지만 역시 조금 늦고 말았다. 하지만 여느 때만큼 나쁜 성적은 아니었다. 우리 집에서 히라카와초는 가깝다. 택시 미터기가 다음 눈금으로 올라가기도 전에 도착했다.

그 요리점에 간 것은 두 번째다. 2년 전의 구일회도 그 요리점에서 열렸다. 주선하는 사람 중 누군가 북경요리를 좋아하는 사람이 있을 것이다. 다만 장소는 같아도 저번 때와는 간판 이름이 달랐다. 주인이 바뀐 것이 아니라 어딘가 다른 가게와 합쳐져 커졌고, 간판도 새로이 했다고 한다. 그런 사정은 아무래도 좋았다. 택시에서 내려 입구로 들어가려고 하자 문 바깥에 일본인이 아닌 듯한 사람 두세 명이 누군가를 기다리는 얼굴로 서 있었다. 그 앞을 지나 안으로 들어가 2층으로 올라갔다. 그다지 늦지 않았지만 마음이 급했다. 택시에서 내려 2층으로 올라가는데, 우리 집에는 2층이 없기 때문에 계단을 올라가는 것도 평소와 느낌이 달랐다. 모임 장소는 2층 복도의 막다른 곳에 있었다.

문을 밀고 안으로 들어갔다. 아직 모두 다 모이지는 않았다. 오른쪽 긴 의자 앞에 마쓰네 도요조[81] 씨가 있었다. 그 옆에는 고미야 도요타카 씨가 있었다. ㄱ자 모양으로 늘어서 있는데 내가 들어간 쪽에서 정면에 노부인이 있었다. 나

---

81) 松根東洋城(1878~1964). 하이쿠 시인. 나쓰메 소세키의 문하생.

나의 「소세키」와 「류노스케」

는 마쓰네 씨나 고미야 씨에게 인사하기를 뒤로 미루고 노부인 앞으로 성큼성큼 걸어가 정중하게 인사를 했다.

"오랜만에 뵙습니다. 그간 별고 없으셨습니까?"

그러고는 그 옆, 그러니까 노부인과 고미야 씨 사이의 구석진 곳에 앉았다. 그리고 얼굴만 보고 그대로 그 앞을 지나치는 실례를 한 마쓰네 씨에게 다시 목례를 하고 옆의 고미야 씨에게도 인사를 했다.

고미야 씨와 뭔가 이야기를 나누던 중 조금 늦게 아베 요시시게 씨가 들어왔다. 맞은편 자리에서 이쪽으로 말을 걸어왔다. 뭔가 한두 마디를 나누고 있는 사이에 "당신은, 야에코 씨는" 하는 말이 귀에 들어와 처음으로 알아챘다. 내가 맨 먼저 인사한 분은 노가미 야에코[82] 씨였다. 물론 나는 노가미 야에코 씨를 잘 알고 있었다. 젊었을 때인 옛날부터 알고 있었다. 얼굴을 몰라보거나 착각하는 일은 없었다. 실제로 조금 전에도 얼굴을 보며 인사를 했다. 노가미 야에코 씨에게 오랫동안 연락이 없었음을 사과하고 별고 없는지를 물었던 것도 말한 그대로라고 해도 전혀 지장이 없었다. 그

---

82) 野上弥生子(1885~1985). 소설가. 소세키 문하생인 노가미 도요이치로(野上豊一郎, 1883~1950)와 결혼했다.

러나 사실 이 가게의 계단을 올라 2층의 복도 막다른 곳의 문을 열고 정면에 있는 노부인을 봤을 때부터 나는 소세키 선생님의 부인인 나쓰메 부인이 오신 줄 알고 그렇게 생각해버린 것이다.

그러므로 마쓰네 씨에게도, 고미야 씨에게도 실례하고 그쪽은 거들떠보지도 않은 채 성큼성큼 사모님 앞으로 나아가 인사를 드렸던 것이다. 그것은 내가 제멋대로 한 착각이었다. 노가미 부인을 사모님으로 잘못 보고 또 그런 줄도 모르고 인사를 한 것이다. 자리에 앉아 있는 부인에게 먼저 인사한 것도 괜찮다, 말한 것도 괜찮다, 노가미 씨의 부인에게 격조했다는 인사를 한 것도 나로서는 당연한 일이다. 전혀 지장이 없는 착각이기는 하다. 하지만 착각은 역시 착각이다. 착각의 상대가 된 사람에게는 실례를 사죄하지 않으면 안 된다. 그와 동시에 나는 벌써 망령이 들었나 하고 망연자실하지 않을 수 없었다. 하지만 창피해서 입을 다물고 있었다.

3, 4년 전 이와나미쇼텐의 회의실에서 구일회를 열었을 때 그날 밤에는 쓰다 세이후 씨도 와서 "이렇게 구일회를 하고 있는데 다들 늙은이라서 점점 나오는 사람도 줄어들 거야. 제일 마지막까지 남는 게 누굴까?" 하고 말했다.

정말 그의 말대로 구일회라는 모임 전체가 이미 서산으

로 기울고 있었다. 회원 중에서 가장 젊고 나이도 많지 않은 사람이 마쓰우라 가이치[83] 씨인데 진작 환갑이 지났다. 그 다음으로 젊은 사람이 1889년생인 나이기 때문에 다른 사람은 가히 짐작할 수 있었다. 오늘 밤에는 쓰다 세이후 씨가 오지 않았다. 나이가 들었기 때문에 저녁에는 외출하지 않는다고 한다. 오늘의 당번인 사카자키 가키(坂崎垣) 씨가 "여러분도 나이가 들어서 점점 그렇게 되겠지요. 내년부터는 구일회를 낮에 하는 게 어떨까요?"하고 말했으므로 맨 먼저 내가 놀랐다. 그러나 반대를 하기도 전에 "그렇게 하면 우치다가 나오지 못하겠지"라고 해서 그 이야기는 쑥 들어간 것 같았다.

오늘 밤은 42회 구일회 모임이다. 그러나 42년간 매년 12월 9일에 열었던 것은 아니다. 전쟁 전의 몇 년, 그리고 전후의 몇 년간은 모임을 열지 않았다. 그러므로 그사이는 횟수를 건너뛴 것이다.

다시 구일회를 시작하자고 하여 몇 년쯤 전부터 이와나미쇼텐 안에서 열게 되었다. 그렇게 부활한 구일회에 처음 얼마간은 소세키 선생님 사모님도 나왔는데 여든 살의 고

---

83) 松浦嘉一(1891~1967). 영문학자. 도쿄제국대학 영문과 졸업. 소세키 문하생.

령이었다. 건강하기는 하지만 잘 일어서거나 앉지 못한다고
해서 지난 2, 3년은 나오지 않았다.

이와나미쇼텐에서 열었던 몇 회인가도 오늘 밤과 마찬가
지로 잘은 모르겠지만 북경요리인지 남경요리인지를 먹었
다. 그런데 음식이 무척 많이 나왔으므로 나처럼 술을 마시
며 젓가락을 움직이는 사람은 도저히 감당할 수 없었다. 일
본 연회 요리나 서양의 코스 요리처럼 우리가 먹기 쉬운 순
서로 따로따로 나눠주는 것이 아니라 먹고 싶은 만큼 마음
대로 먹으라는 식이었다. 큰 접시에 고봉으로 담은 음식이
끊임없이 나왔다. 끝으로 갈수록 점점 맛있는 요리가 나오
는 듯해서 어찌할 바를 모르고 그저 눈앞에 산처럼 쌓인 음
식만 멍하니 바라보고 있었다.

오늘 밤에도 그렇게 산더미 같은 음식이 나왔다. 음식 무
더기가 차례로 나올 때마다 기겁을 하고 눈으로 맛보며 술
을 마셨다. 내 옆에는 하야시바라 고조 씨가 있었다. 와쓰지
데쓰로[84] 씨도, 선생님의 장남인 나쓰메 준이치(夏目純一)[85]
씨도 있었는데 모두 원탁을 둘러싸고 있었다. 음식 무더기

---

84) 和辻哲郎(1889~1960). 철학자. 도쿄제국대학 철학과 졸업. 1913년부터 소세키 산
   방에 드나들었다.
85) 夏目純一(1907~1999). 바이올리니스트.

　　　　　　　　　　　　나의 「소세키」와 「류노스케」

를 찔러 무너뜨리기도 하고 잔을 들기도 하며 종잡을 수 없는 이야기가 활기를 띠었다. 여기에 있는 사람들은 42년 전에는 지금보다 마흔두 살 젊었다. 준이치 씨만은 아직 아이였으나 우리는 42년 전부터 이미 어엿한 어른이었다. 그럴듯한 말을 하고 또 그렇게 행동했다. 그런데 오늘 밤 한층 더 그럴듯해져서, 어쩌면 오히려 천진난만해져서 이 원탁 주위에 모여 있었다.

구일회는 처음 얼마 동안은 기일인 12월 9일뿐만 아니라 매월 9일에 열었다. 물론 출석하는 사람도 지금보다 많고 활기차고 화려해서 추모식 같은 느낌이 아니었다. 회비도 내지 않고 나쓰메가가 대접하는 자리에 간다는 분위기였다. 저녁에는 왁자지껄 떠들면서 오리 전골을 들쑤시며 먹을 때가 많았다. 오리 전골은 소세키 산방에서 그다지 멀지 않은 가구라자카의 가와테쓰에서 주문하는 것이 관례였다. 다들 잘 드시네요. 저번에 가와테쓰에 지불한 돈은 하룻저녁에 백 엔이었어요.

1917년경의 백 엔은 지금 돈으로 환산하면 얼마나 될까, 누군가에게 물어보지 않으면 알 수 없다.

소세키 하이쿠 감상

밥을 먹으니 눈꺼풀 묵직한 동백인가

飯食へばまぶた重たき椿かな

　소세키 선생님의 하이쿠는 만년에 이르러 점차 일가의 풍격을 갖추게 되고, 선생님이 하이쿠에 기대어 말하는 풍정은 실로 얻기 힘든 일탈의 운을 띠었다. 그 때문에 선생님의 수많은 하이쿠 중에는 때로 추상적인 것이 지나쳐 일반적인 하이쿠를 감상할 때의 마음으로는, 적어도 나쓰메 소세키라는 사람이나 그 일생에 대한 지식이 없어서는 하이쿠의 진정한 의미와 정서를 제대로 이해할 수 없는 작품도 없지 않다. 하지만 위에 소개한 하이쿠는 식후, 아마도 점심을 먹은 후, 또는 꽤 시간이 지나 평소보다 늦은 점심을 먹은 후, 게다가 다소 많이 먹어 나른한 기분으로 멍하니 앞뜰

나의 「소세키」와 「류노스케」

을 바라보는 눈에 동백꽃이 비쳤을 때 나온 것이다. 빨간색이다. 묵직한 꽃잎에 싸여 진한 초록빛 잎 사이로 불꽃을 흩뜨리는 것처럼 점점이 피어 있다. 그러나 잠시 바라보고 있는 사이 불꽃의 빛이 엷어지고 꽃잎의 광택이 사라지며 꽃은 가지에 매달려 버티지 못하는 듯이 묵직한 풍정이다. 아니, 꽃이 묵직한 것이 아니라 꽃을 바라보는 자신의 눈꺼풀이 무거워졌다는 흥취를 읊은 것이다. 앞뜰의 꽃과 그것을 바라보는 자신의 기분 사이에 늦봄의 시정(詩情)이 담담한 용어로 하이쿠 작법에 의해 넘칠 듯이 표현되어 있다. 이 하이쿠는 1914년 작품이다. 그런데 1896년에,

밥 먹고 졸린 사내, 밭을 내리친다
飯食うてねむがる男畠を打つ

라고 읊은 하이쿠가 있다. 하이쿠의 품격이 앞의 작품에 훨씬 미치지 못하는 것은 어쩔 수 없다고 해도, 이 작품에도 역시 좀처럼 버리기 힘든 정취가 있다. 밭둑에 앉아 먹은 도시락이 배 속에서 기분 좋게 묵직하다. 봄 햇살은 밝고 화창하게 비치고 있다. 종다리 소리도 귀에 익숙해지면 졸리다. 느긋한 동작으로 괭이를 내리친다. 다시 들어 올린다. 따뜻

한 봄빛에 녹아들어 움직이다 잠들 것 같은 봄의 흥취를 노래한 것이다.

다시 한마디 덧붙이고 싶은 것은, 소세키 선생님은 독자 여러분도 아시는 대로 평생을 위장병에 시달렸다. 선생님의 유명한 『나는 고양이로소이다』를 비롯하여 수많은 작품에 위장병이나 음식에 관한 이야기가 얼마나 많이 나오는지는 아마 여러분도 잘 알고 있을 것이다. 앞에서 본 동백꽃 하이쿠는 특히 소세키 선생님을 그 작자로 가정해볼 것도 없이, 작자를 모르는 하이쿠로서도 앞에서 주해한 대로 아주 흥취 있는 훌륭한 하이쿠이다. 하지만 그 작자가 위장병을 앓고 있는 소세키 선생님이라고 하고 이 하이쿠를 다시 읽으면 우리는 이 하이쿠에서 또 다른 감흥을 느끼게 된다. 다만 이것이 하이쿠를 감상하는 태도로서 샛길로 벗어난 것이라는 점은 말할 것도 없다.

이를 가는 하녀 무섭구나, 봄날 저녁
歯ぎしりの下婢恐ろしや春の宵

이 하이쿠의 정취는 소세키 선생님의 하이쿠집에서 보면 오히려 드문 작품에 속한다. 품격은 그다지 높다고 생각되

나의「소세키」와「류노스케」

지 않는다. 어쩌면 여럿이 모여 하이쿠를 짓고 그중에서 좋은 작품을 뽑는 평범한 수준을 벗어나지 못한 작품일지도 모른다. 하지만 봄날 저녁의 공포를 그리는 데 하이쿠 작법이 과장되지 않고, 오히려 그 섬뜩함 때문에 평온한 봄날 저녁의 정취를 노래할 수 있었던 가작이다. 밖은 별도 녹아내릴 것만 같은 봄날 저녁이다. 집 안에서는 저녁식사를 마치고 그 뒤처리도 끝난 모양인지 거실, 부엌에서는 한마디 말조차 잦아들어 갑자기 쥐 죽은 듯 조용해진다. 환한 등불 아래 눈에 보이지 않는 신기한 것이 뜨뜻미지근하게 움직이고 있는 듯하다. 주위에 있는 찻주전자도 쟁반도 벽시계도 도코노마의 꽃도 모두 뭔가로 둔갑해 움직이기 시작하는 듯한 기색이다. 갑자기 부엌 쪽에서 짐승이 우는 듯한 희미한 소리가 들린다. 오늘 저녁의 온기에 정신이 멍해진 하녀가 아무 데나 쓰러져 자다가 꿈속에서 가위에 눌렸을 것이다. 잠시 후 그 목소리가 그치고 이번에는 이를 가는 소리가 들려온다. 방들의 미닫이문 안쪽을 통과해 섬뜩하고 불쾌하고 딱딱한, 게다가 동물적인 소리가 환하고 따뜻한 집 안에 울려 퍼진다. 주변이 온화한 만큼 그 소리가 더욱 무섭게 느껴진다. 또 그것이 조화롭지 못하고 무섭게 들리기 때문에 오히려 주변의 온화하고 따뜻한 봄날 저녁의 흥취가 느껴지는 것이다.

산봉우리 같은 구름, 천둥을 막아 우뚝 솟았구나
雲の峰雷を封じて聳えけり

소세키 선생님은 그의 문학론에서 웅장한 아름다움(壯美)
이라는 말을 자주 한 사람이다. 열일곱 자의 짧은 시형에 웅
장한 아름다움의 정취를 노래한 훌륭한 하이쿠는 인구에 회
자되는 예의 "거친 바다여, 사도섬 가로지르는 은하수(荒海
や佐渡に橫にふ天の川)"[86] 등을 비롯하여 고래로 그런 예가 적
지 않다. 그런데 소세키 선생님의 하이쿠집에서 이런 유의
하이쿠를 찾으면 곳곳에서 절창을 발견한다. 앞의 하이쿠는
무서운 뇌우가 몰아닥치려는 기미를 산봉우리 같은 구름의
모습으로 노래한 것이다. 여름 구름에는 기이하게 생긴 봉
우리가 많다(夏雲奇峰多し)고 하는, 뇌우를 몰고 오는 구름의
기괴한 모습 속에 뇌성벽력의 기운을 숨기고, 뭉게뭉게 하
늘을 압도해오는 장대한 시적 정취를 "천둥을 막아"라는 노

---

86) 마쓰오 바쇼(松尾芭蕉, 1644~1694)의 하이쿠. 사도섬은 혼슈 중부 서북방에 있는
섬으로 유배지다.

련하고 교묘한 표현으로 노래한 것이다.

죽음을 숨기고 군사를 물리는구나, 별빛이 달빛처럼 훤한 밤

喪を秘して軍を返すや星月夜

마찬가지로 웅장한 아름다움을 지닌 하이쿠로서 인구에 회자되는 작품이다. 문체도 내용에 따라 웅대한 운율을 띠고 있다. 대가가 만들어내는 풍격에 부족함이 없는 듯하지만, 이 하이쿠는 그 유명세에 비해 얼마간 개념적인, 소위 만들어진 하이쿠라는 감회가 없지도 않다. 별빛이 달빛처럼 훤한 밤의 웅대한 시적 정취를 드러내기 위해 첫 5·7구는 즉흥적인 착상의 취향이라고 말할 수 없는 것도 아니다. 포위된 군사가 대장의 갑작스러운 죽음을 숨기고 별빛이 달빛처럼 훤한 밤을 틈타 대군을 물린다는 취향은 실로 웅대함 그 자체다. 다만 그 웅장한 아름다움이 이 하이쿠에서는 하나의 개념, 하나의 가정, 하나의 비유라는 느낌을 독자에게 남긴다. 그러므로 나는 소세키 선생님의 웅장한 아름다움을 드러내는 훌륭한 하이쿠 중에서 특히 이 작품을 꼽을 필요는 없다고 생각한다. 다만 너무나도 유명한 하이쿠여서 어리석은 내 생각을 말한 것에 지나지 않는다.

두들겨 맞고 낮의 모기 토하는 목어인가

叩かれて昼の蚊を吐く木魚かな

　소세키 선생님은『나는 고양이로소이다』와 초기 단편 두
세 편으로 당시의 문단과 독자 사이에서 소위 골계 작가라
는 식의 평을 받은 일이 있다. 그런 눈으로 선생님의 하이쿠
를 읽고 그중에서 경묘한 하이쿠를 골라내며 하이쿠 시인
소세키는 고바야시 잇샤[87]와 버금갈 만하다고 평한 사람도
있었다. 소세키 선생님이 소설가로서 소위 골계 작가 부류
가 아닌 것과 마찬가지로, 선생님의 하이쿠집을 읽고 하이
쿠 시인 소세키를 골계 하이쿠 작가로 생각하는 사람은 이
제 아무도 없을 것이다. 선생님의 하이쿠 경향을 뭉뚱그려
전체적으로 보면 오히려 그 반대쪽을 향하고 있다고도 생
각된다. 그러나 하나하나의 작품을 따라가다 보면 곳곳에
서 비길 데 없이 경묘한, 소위 골계 하이쿠로 분류할 수 있
는 훌륭한 하이쿠를 발견할 수 있는 것 또한 사실이다. 앞에
서 든 하이쿠 '목어' 같은 작품은 초기의 오래된 작품이지

---

87) 小林一茶(1763~1828). 하이쿠의 독자적인 풍을 확립하여 마쓰오 바쇼, 요사 부손
　　(与謝蕪村)과 나란히 에도 시대를 대표하는 하이쿠 시인.

만, 그런 의미에서의 대표적인 작품이다. 또한 여러 뛰어난 하이쿠 모음집 등에 채록된 유명한 작품이다. 낮에도 등불이 빛나는 어둑한 본당 구석에 목어가 그로테스크한 얼굴로 입을 벌리고 있다. 낮의 독경을 위해 앉은 어린 중이 무심히 목어의 머리를 탁탁 두드린다. 그러자 커다란 입안에서 모기 한 마리가 흔들흔들 떠오르듯이 날아와 어린 중의 까까머리 옆을 지날 때 희미하게 위잉 하고 운다. 그 광경을, 목어를 의인화하여 목어가 머리를 두들겨 맞았기 때문에 깜짝 놀라 무심코 모기를 토해낸 것으로 포착했다. 커다란 입에서 작은 모기를 토해내고, 토해진 모기는 위잉 하며 어딘가로 날아갔다는 아주 경묘한 하이쿠 취향이 흘러넘치는 아름다운 작품이다.

소쩍새가 부르지만 똥 누느라 나갈 수가 없네

時鳥厠半ばに出かねたり

뒷간에 있을 때 갑자기 지붕 위로 소쩍새가 울며 지나가는 소리를 들었다. 당장이라도 밖으로 나가 하늘을 보고 싶고 새의 모습을 보고 싶다. 하지만 지금은 쉽사리 나갈 수 없다. 하이쿠의 표면에 드러낸 의미는 그것뿐이다. 소쩍새 하이쿠로서 보면 아주 진부하다. 하지만 이 작품은 그 진부함을 역으로 이용한 재미있는 하이쿠이다. "우세이카이(雨声会)[88]의 초청을 거절하는 편지 끝에(사이온지 긴모치 씨께)"라는 것이 이 하이쿠의 서언이다. 1907년 풍류 재상이라는 이름으로 좋은 평가를 받고 있던 당시의 총리 사이온지 긴모치(西園寺公望)가 문단의 명사를 초청하여 하룻밤 환담하는 연회를 열었던 적이 있다. 당시 굉장한 명성으로 문단을 압도하는 기개가 있던 소세키 선생님도 물론 초대를 받았다. 그런데 마침 그 당시 소세키 선생님은 소설 『우미인초』를 집필하는 중이었기 때문에 바쁘다는 핑계로 그 초대를 거절했다. 창작 도중에 일어나 그런 자리에 나가는 것이 싫은 것도 당연하다고 생각하는 동시에 또 아무리 바쁘다고 해도 수십 일 또는 몇 달에 걸친 일을 하는 도중의 하룻저녁 정도는 시간을 낼 수 있을 거라는 생각도 든다. 요컨대 바빴다는 것도 사실이었겠지만 오히려 바빴던 것이 다행스러울 만큼, 선생님은 그런 자리에 나가는 것이 귀찮고 번거로웠을 것이다. 그런 마음을 시원하게 소쩍새 하이쿠에 의탁

---

88) 우세이카이라는 이름은 나중에 붙여졌다. 한 나라의 총리가 문사를 초대한 것은, 메이지 시대에는 이것이 최초였다고 한다.

나의 「소세키」와 「류노스케」

하여 똥 누느라 나갈 수가 없다는 식으로 자못 안타까운 듯, 게다가 또 상당히 무뚝뚝하게 소쩍새가 울고 지나가는 것을 묘한 곳에서 쭈그리고 앉아 듣고 있었다는 풍정은 실로 버리기 힘든 점이 있다.

나는 소설을 조금 읽고 앞으로 소설을 써보려고 하는 바이네. 소위 인공적 인스피레이션(inspiration) 제작에 착수할 것이네. (노가미 교센野上臼川[89])에게)

꽃을 먹으니 휘파람새의 똥도 붉을는지

花食まば鶯の糞も赤からん

이것도 앞의 '소쩍새' 작품과 마찬가지로 서언이 붙은 일종의 우의를 노래한 하이쿠다. 휘파람새가 꽃잎을 먹었을까, 그럴 리가 없는데, 하는 천착은 필요하지 않다. 휘파람새가 붉은 꽃이 흐드러지게 피어 있는 가운데서 울고 있다. 배가 고프면 그 꽃잎을 먹을 것이다. 그러면 붉은 꽃이 휘파

---

89) 노가미 도요이치로(野上豊一郎, 1883~1950). 영문학자. 도쿄제국대학 영문과 졸업. 동급생에 아베 요시시게, 이와나미 시게오 등이 있었으며 같이 나쓰메 소세키를 사사했다.

람새 배로 들어가 똥이 될 때는 역시 붉고 아름다운 똥이 될 것이 틀림없다. 지금 자신의 작품을 창작하기 전에 서양 소설을 읽어본다. 앞으로 자신은 그 영향을 받아, 휘파람새의 똥이 빨간 것처럼 훌륭한 소설을 쓸 수 있을 것이라는 말은 물론 아닐 것이다. 먹은 꽃잎의 저주로 자신의 똥이 빨갛게 되지 않으면 좋겠는데, 하는 자부심을 의탁한 것임이 틀림없다. 서언이 붙은 하이쿠로서 물론 보통의 서경, 서정의 하이쿠와는 동일하게 보이지 않는다. 하지만 그 경묘한 우의와 완벽한 하이쿠 작법이란 평범한 하이쿠 시인이 쉽게 기도할 만한 것이 아니다.

조종이 윙윙거리는 탓에 태풍인 걸까
釣鐘のうなるばかりに野分かな

태풍이 불 때 절 종루의 종이 휘몰아치는 바람 속에 묵직하게 걸려 있다. 어두운 하늘 한구석에서 윙윙거리는 소리와 함께 불어대는 바람은 뒤쪽 숲의 꼭대기를 넘어 이 고찰의 지붕과 뜰을 세차게 내리치듯이 들이친다. 종루 그늘에 뭉쳐 있는 시든 낙엽이 일시에 휙 날아올라 잠시 팔랑팔랑 흩날리고 있나 싶더니 갑자기 또 건너편 구석으로 세차게

나의 「소세키」와 「류노스케」

내리쳐지고 말았다. 절 경내가 조금 고요해지면 어딘가 먼
쪽에서 큰 파도가 무너지는 듯한 소리가 요란하게 울리기
시작한다. 태풍에 맞아 대지가 으르렁거리는 소리일지도 모
른다. 또 가까운 바람이 경내로 불어 닥친다. 그리고 조용해
진다. 종루의 종이 아주 조금씩 움직이고 있다. 그리고 저절
로 울림이 생겨난 듯하다. 먼 울림에 응하는 것처럼 종이 윙
윙거리기 시작한다. 무서운 일이다. 그리고 무서운 태풍이
다. 태풍에 대한 무서운 기분을 드러낸 웅장한 아름다움의
하이쿠로서 귀중하고 훌륭한 작품이다. "윙윙거리는 탓에"
라고 말하는 작법은 어설프게 사용하면 문체를 잃고 또는
진부한 기교로도 보일 말한 위태로운 표현이다. 하지만 이
작품에서는 역시 그런 폐해가 보이지 않는다. 기교면에서도
노련하고 교묘한 하이쿠라고 하지 않을 수 없다.

가을 가까운 밤, 마루 끝에 나와 앉아 하늘을 보네
端居して秋近き夜や空を見る

해가 지고 저녁 바람이 불어올 무렵이면 얼마간 시원해
지는 시기이다. 아직 가을이라고 하기에는 이르지만 낮에
보는 하늘이 높아졌다. 때마침 오늘은 온종일 하늘을 달리

고 있던 조각구름이 저녁이 되자 완전히 사라지고 아름다운 석양의 서쪽 하늘은 새빨갛게 타오르고 있다. 날이 완전히 저물고 나서 뜰의 시원한 바람을 찾아 마루 끝에 나와 앉는다. 뜰은 어두워 아무것도 보이지 않는다. 건너편에는 옆집 담이 어두운 가운데를 구획하고 있다. 저절로 차양으로 잘린 하늘을 올려다본다. 달 없는 하늘에 별빛이 아주 깊고 밝아졌다. 은하수도 상당히 분명해졌다. 몇 시간이나 가만히 하늘을 보고 있다. 생각할 일이 아무것도 없다. 이따금 시원한 바람이 가까운 하늘 어딘가에서 흐르듯이 불어온다. 이렇게 있을 때 우리는 초가을이라는 실감을 그대로 받아들일 수 있다. 이 하이쿠는 그런 시흥을 노래한 것으로, 참으로 하이쿠의 묘미가 흘러넘치는 아름다운 작품이다.

가을 하늘, 풀밭 언덕에 말을 풀어놓았네
草山に馬放ちけり秋の空

이 하이쿠에는 "도시타(戶下) 온천, 아소산 등산"이라는 서언이 붙어 있다. 그러나 일반적인 서경 하이쿠로서 특별히 서언에 의존하지 않고도 능히 그 뜻을 읽어낼 수 있다. 완만한 곡선을 그리며 하늘을 구획하고 있는 풀밭 언덕 위에 말이 방목되어 있다. 말은 꼬리를 들고 갈기를 날리며 그 봉우리를 달리고 또 멈춰 서서 주위를 바라본다. 몸을 움직이는 모습이 발랄한 것을 보면 어린 말일 것이다. 하늘은 물론 옥수수까지도 활짝 핀 가을하늘이다. 말의 모습이 이 하늘 속에 또렷이 새겨진 듯이 떠올라 있다. 실로 인상이 분명한, 쾌청한 가을날의 하이쿠 취향에 어울리는 서경이다.

벤 자리에 바람 차가운 뒷간에서

切口に冷やかな風の厠より

실로 놀라운 솜씨의 하이쿠이다. 이 역시 소세키 선생님이 가진 하이쿠 경지의 일단을 보여주는 예로 들기에 충분하다. 이 하이쿠에는 다음과 같은 서언이 붙어 있다. "항문 쪽은 점점 좋아지지만 상처 자리에는 아직 살이 오르지 않았고 거즈 가는 것이 굉장히 아프네." 도요조 씨에게 보낸 것이다. 이것으로 벤 자리가 어디인지, 왜 뒷간의 바람이 차가운지 물론 독자 여러분도 알 수 있을 것이다. 뒷간에 앉은 자세에서부터 장황하게 설명하기 시작할 필요까지도 없기에 그 점은 생략한다. 하지만 그저 이처럼 불쾌한 또 지저분한 경험도 열일곱 자의 시형에 담아 담담하게 시치미를 떼고 그 불쾌함과 고통을 객관화하려는 것이 하이쿠의 원칙이다. 그것을 이룰 수 있는 것이 곧 하이쿠의 덕(俳德)이라고 해야 할까. 소세키 선생님의 이 하이쿠처럼 사실과 재료, 그리고 연상 역시 용어와 함께 시가 될 만한 것이 아닌 듯하지만, 일단 하이쿠 시인 소세키가 하이쿠를 쓴다면 버리기 힘든 풍취를 갖추게 된다.

가을 강에 처박는 말뚝의 울림인가
秋の江に打ち込む杭の響きかな

1910년 가을, 슈젠지(修善寺) 온천에서 선생님이 병으로 쇠약한 몸을 요양할 때 쓴 하이쿠이다. 물이 떨어지고 물가에서 가까운 강물이 드러나 있다. 병상에서 마을 사람이 말뚝을 박고 있는 소리를 듣는 시회(詩懷)다. 아니, 꼭 병상일 필요는 없다. 말뚝 머리를 나무망치로 때리는 밝은 소리, 그러나 말뚝은 그때마다 습한 강바닥으로 파고들어 망치의 울림을 빨아들인다. 환한 듯한, 가득 찬 듯한, 맑은 듯한, 쓸쓸한 듯한 딱딱 하는 소리가 가을 강에 울려 퍼진다. 이 얼마나 쓸쓸하고 쾌청한 가을날인가. 소세키 선생님의 하이쿠 중에서도 거의 유례가 없는 절창이다.

　　　　　　　　　나의 「소세키」와 「류노스케」

살아서 우러러보는 높은 하늘이여, 고추잠자리

生きて仰ぐ空の高さよ赤蜻蛉

마찬가지로 슈젠지에서 병을 앓고 있을 때 지은 작품이
다. 중병이 간신히 낫기 시작하여 쾌청한 가을 하늘을 올려
다봤을 때의 하이쿠이다. 슈젠지에서 앓은 병에 대해서는
그해에 지은 국화에 관한 하이쿠로,

기쁘다, 거의 생명을 잃을 뻔했다가 간신히
목숨을 부지할 수 있게 되었다는 게 기쁘다.

되살아난 나의 기쁨이여, 가을 국화

生き返るわれ嬉しさよ菊の秋

라고 노래한 것이 있다. 그만큼 중병이었다. 그러니 병상
에 있은 지 수십 일 후에 맑은 가을 하늘을 올려다보는 그런
형식적인 감회는 아닐 것이다. 하늘을 낮게, 그러나 미풍을
타고 흐르듯이 가볍게 날아가는 고추잠자리를 선택하여 비
로소 이 하이쿠는 소생의 기쁨을 노래한 작자의 감정을 객
관화할 수 있었다. 그러나 내가 지금 이 하이쿠를 적은 것은

이 하이쿠의 의미를 주해하는 것이 목적이 아니라 오히려 다음에 소개하는 '고추잠자리' 하이쿠의 의미를 독자 여러분으로 하여금 더한층 깨우치도록 하기 위해서이다.

사람이 그리웠나, 어깨로 와서 앉는 고추잠자리
肩に来て人なつかしや赤蜻蛉

이 작품에는 서언이 없지만 창작 연대는 마찬가지로 1910년이다. "살아서 우러러보는 높은 하늘이여, 고추잠자리"로 노래한 고추잠자리가, 이번에는 스스로 날아와 사람이 그리운 듯이 어깨에 앉은 것이다. 사람은 가을 들판을 걷고 있다. 어쩌면 변두리도 좋고, 복작거리는 시내도 더욱 좋으며 또 앞뜰도 상관없다. 이 하이쿠의 세계에서는 자신에 대비되는 대자연이 잠자리 한 마리로 응결되어 있다. 잠자리의 배경에는 가을 공기를 견딘 하늘이 펼쳐져 있다. 끝없고 바닥도 없는 파란 하늘 속에 빨간 잠자리가 날고 있다. 그리고 어떤 생각인지는 모르지만, 점차 자신의 모습을 따라와 드디어 어깨에 앉았다. 어쩌면 그토록 그리운 잠자리인 것일까. 잠자리가 사람을 그리워하는 것은, 그리고 사람의 어깨를 그리워하여 다가오는 것은, 사람 곧 자신이 자연을 그리워하는 마음의 모습을 잠자리의 모습에 투영한 것에 지나지 않는다. 정취가 풍부한 어조로, 하지만 하이쿠 정취의 단계를 넘어서지 않고 가을의 대자연과 자신의 융합을 표현하여 은연중에 자연에 대한 자신의 그리움을 노래하고 있다. 소세키 선생님의 수많은 훌륭한 하이쿠 중에서도 아마 이 작품은 첫 번째 위치를 차지할 절창일 것이다.

잠자리에서 구스오코(楠緒子)[90] 씨의 영전에 바치는 하이쿠를 짓다

모든 국화를 다 던져 넣어라, 관 속에
有る程の菊抛げ入れよ棺の中

위에서 잠자리라고 한 것은 병상이다. 구스오코 씨는 도쿄제국대학 문학부 교수였던 오쓰카 야스지 박사의 부인으로 1910년 가을, 박사를 남겨 두고 세상을 떠났다. 그때 마침 병상에 누워 있던 소세키 선생님은 그 소식을 듣고 위에

---

90) 오쓰카 구스오코/나오코(大塚楠緒子, 1875~1910). 메이지 말기에 활약한 가인, 작가. 남편은 미학자인 오쓰카 야스지(大塚保治). 재색을 겸비하여 나쓰메 소세키가 사랑했던 사람으로 알려져 있다.

쓴 대로 영정에 바치는 하이쿠를 지었다. 구스오코 부인은 문필에 대한 소양이 풍부하여 일찍부터 규수 작가로서 명성을 떨친 사람이다. 장편소설 『소라다키(空炷)[91]』(1908)는 당시 문단의 영광스러운 무대로 여겨졌던 도쿄아사히신문의 소설란에 소세키 선생님의 소개로 연재되기도 했다. 그런 관계가 있기에 부인이 세상을 떠났다는 소식에 선생님은 대학 시절의 학우인 오쓰카 박사 부인의 이른 죽음을 애도하는 마음 외에 부인의 문장을 애석히 여기는 마음도 컸을 거라고 여겨진다. 이 하이쿠는 그런 사정으로 지어진 애도의 작품이어서 고인의 죽음을 안타까워하는 선생님의 감정이 풍부한 정취의 어조에 담겨 있다. '모든'이란 '있는 대로 모두'라는 의미, 얼마든지, 있는 대로 모든 국화를 영전에 바치는 의미로서, 관 속에 넣어달라는 생생한 감정을 그에 적합한 형식으로 노래했다. 아무리 애석히 여겨도 소용없는 마음을 '가을'의 상징 같은 국화에 의탁하여, 다시 그 국화를 관 속에 던져 넣는 행동에 한없는 애도의 감정을 실은 것이다.

---

91) 어디선지 모르게 은은하게 풍겨 오는 향기라는 뜻이다.

사마귀, 왜 그리 화를 내나

螳螂の何を以てか立腹す

사마귀여, 그대는 대체 무슨 이유로, 무엇이 그리 아니꼬
워 그렇게 화를 내는가, 하는 탈속한 정취의 하이쿠이다. 사
마귀가 긴 목을 마구 세우며 밉살스러운 얼굴로 버티고 있
다. 앞발을 치켜들고 당장이라도 덤벼들 것 같은 기세다. 이
쪽이 아무것도 안 하는데 대체 뭐가 그리 마음에 들지 않아
그렇게 화를 내는 거냐고 말하는 것이다. 사마귀라는 곤충을
의인화하여 그 이상한 몸짓을 인간이 화났을 때의 모습으로
연상하고, 그리고 또 자신이 그 상대가 된 것 같은 기분으로,
몹시 위엄을 부리는 듯한 어조로 호소한다. 어조가 온화하지
않고 거친 듯한 표현이므로 한문 직역 투의 용어와 더불어
하이쿠의 의미와 그 정취를 더욱 교묘하게 표현하고 있다.
앞의 하이쿠는 1897년의 작품이지만 1896년에도,

사마귀가 원래 그렇다고는 하나 정말 무례하기는

螳螂のさりとては又推参な

하고 노래한 작품이 있다. 마찬가지로 사마귀의 으스대는

태도에 대해 자신이 그 상대가 된 듯이, 뭐가 그리 아니꼽냐는 듯 과장되게 곤충 한 마리를 대하는 것이 재미있다. 둘다 '목어' 같은 작품을 발표했던 무렵에 쓴 골계 하이쿠 유형에 들어갈 만한 작품이다.

왜 그리 죄스러운 해삼인가
何の故の恐縮したる海鼠かな

사마귀가 화를 내는 하이쿠와 어슷비슷한 작품이다. 해삼이 탱탱하게 굳어져 있다. 대체 너는 뭘 그리 송구스러워하느냐 하는 가벼운 분위기의 하이쿠이다. 다만 앞의 '사마귀' 작품에 비해 같은 작법에 의거하지만 그것에 훨씬 미치지 못한 것처럼 보인다. 비슷한 작품을 나란히 놓아 독자의 비판에 도움이 되게 하려고 적어둔 것에 지나지 않는다.

장녀 출생

순풍순풍 해삼 같은 아이를 낳았네
安々と海鼠の如き子を生めり

나의 「소세키」와 「류노스케」

탈속이라고 할까. 소탈함이라고 할까. 아니면 하이쿠 취향이 몰인정하다고 할까. 정말 놀랄 만한 축하 하이쿠가 있는 셈이다. 그러나 거기에서 또 소세키 선생님이 지닌 풍격의 일단을 엿볼 수 있는 것 같기도 하다. 어쨌든 처음으로 딸이 태어났다. 그 축하의 의미를 의탁하는 것이 하필이면 해삼이라니, 기상천외하다. 이 하이쿠는 1899년 작품이다. 그로부터 약 10년 후 선생님은 소설 『풀베개』에서 갓난아기가 태어난 대목을 표현하는데, 주인공이 갓난아기를 안아 올렸더니 손에 닿는 감촉이 탱탱하고 이상하게 무거우며 우무 같았다고 썼다는 사실을 떠올린다. 갓난아기에 관한 선생님의 연상은 옛날부터 해삼이나 우무 같은 것이었을지도 모른다. 이 작품은 첫째로 용어가 그런 식으로 재미있을 뿐 아니라, 해삼의 매끄러움보다 하이쿠의 표현이 한층 더 '순풍순풍'이라고 읽기 시작한 부분부터 도중에 걸리는 게 아무것도 없이 미끈미끈하다. 매끈매끈한 것이다. 읽는 박자를 빨리하기 위해서는 첫 다섯 음절의 '야스야스토(安々と : 순풍순풍)'는 말할 것도 없고 '나마코노고토키코(なまこのごときこ : 해삼 같은 아이)'라는 운의 중복도 있어 그 효과를 크게 돕고 있다. 그리고 최후의 '우메리(うめり : 낳았네)'가 미끈미끈하게 들리는 소리를 늘어놓고 있기 때문에 거기에서 하이

쿠의 여운이 미끄러지고 하이쿠 전체가 마치 해삼 같은 느낌을 드러낸다.

초겨울, 대나무 베는 산의 손도끼 소리
初冬や竹伐る山の鉈の音

가을도 이미 지나 산들은 겨울잠에 빠져들려 하고 있다. 골짜기를 흐르는 계곡물은 얕아지고 나무들 우듬지도 마르고 있다. 산이 마른 듯한 느낌이다. 그 산의 한 모퉁이에서 대나무를 베어 넘어뜨리는 손도끼의 날카로운 울림소리가 들려온다. 쓸쓸한 사방의 정적을 깨고 아주 맑은 소리가 울려 퍼진다. 초겨울의 기분이 간결한 작법으로 생생하게 표현되어 있다.

강이 있어 끝내 건널 수 없는 마른 들판인가
川ありて遂に渡れぬ枯野かな

마른 들판을 걸어가면 강이 있는 곳이 나오고, 건너편으로 갈 수 없다. 다리가 없나 싶어 강의 상류와 하류를 멀리 바라보지만 아무것도 없다. 결국 거기에 서 있고 만다. 주변에 보이는 것은 온통 마른 들판이다. 거기에 마른 들판의 느낌이 굉장히 잘 드러나 있다. 또 풀도 잎도 완전히 시들어버린 들판 가운데 쓸쓸하게 잊힌 듯이 흐르고 있는 강의 풍경도 생생하게 눈앞에 떠오른다.

초겨울 찬바람, 바다에 석양을 떨어뜨리네

凩や海に夕日を吹き落とす

온종일 불어대던 초겨울 찬바람이 날이 저물어도 그치지 않는다. 하늘을 날고 있던 조각구름도 세찬 바람에 흐트러져 새빨간 석양이 서쪽의 낮은 하늘에 아름답게 빛난다. 석양이 지는 건너편은 해원이다. 파도는 저녁놀을 비추며 새빨갛게 가로막고 있다. 해가 낮아짐에 따라 바람은 더욱 세차게 불어대는 듯하다. 이 바람이 당장이라도 석양을 파도 사이로 떨어뜨릴 거라는 호장한 정취를 노래한 하이쿠이다. 과장된 작법도 하이쿠의 의미가 크기 때문에 조금도 부자연스럽게 느껴지지 않는다. 장대한 아름다움을 노래한, 멋진 하이쿠 작품의 하나다.

삼나무 숲 절을 품고 가을 소나기 지나는구나

杉木立寺を蔵して時雨けり

　삼나무 숲속에 절이 있다. 그곳에 가을 소나기가 솔솔 내리고 있다는 뜻일 뿐이다. 또한 기교면에서 삼나무 숲속에 절이 보였다 안 보였다 하며 서 있는 풍경을 "삼나무 숲 절을 품고"라고 읊었을 뿐이다. 특별히 내세울 만한 것은 아니지만, 한 번 읽고 여러 번 감탄하지 않을 수 없는 훌륭한 하이쿠이다. 경치로서는 도쿄 근교 등에서 흔히 보이는 평범한 정취이고, 삼나무 숲속에 절이 있는 것은 조금도 색다른 느낌이 들지 않는다. 또 절에 가을 소나기라는 연상도 오히려 옛날부터 많이 들어온 서경이어서 하등 새로운 시의 경지도 아니다. 그럼에도 불구하고 그 평범한 경치에 흔히 있는 연상을 표현하여 완전히 새로운 하이쿠의 경지를 개척해낸 것이 이 하이쿠이다. 삼나무 숲속의 절에 솔솔 가을 소나기가 내리고 있다. 이 하이쿠를 통해 그 풍경을 다시 생각해볼 때 우리는 일찍이 한 번도 접한 적이 없는 새로운 시의 경지에 들어선 듯한 기분을 느낀다. 노련한 솜씨여야 비로소 쓸 수 있는 하이쿠이다.

　혼자구나, 생각할 것 없는 정월의 첫 사흘

一人居や思ふ事なき三ケ日

　이는 설날의 하이쿠이다. 경사스러운 정월의 첫 사흘은 사
람들의 출입도 많고 평소에 찾아오지 않던 사람도 찾아와 서
로 도소주를 마시고 새해를 축하하며 흥청거린다. 그것이 설
날의 본래 모습이다. 그런데도 나는 혼자 조용히 앉아 있다.
식구들은 새해 인사를 가거나 누구를 찾아갔는지 아무도 없
다. 손님도 없다. 밖은 설이다. 그러나 나는 혼자 있는 것을
조용히 즐기고 있다. '히토리이(一人居)'는 혼자 있다는 정도
의 의미이다. 그리고 지금 내게는 마음에 걸리는 일이 아무
것도 없다. 해결되지 않은 번민도 없다. 즉 특별히 생각할 만
한 일도 없기 때문에 가만히 앉아 있는 것이다. 멍하니 있다.
그리고 지금은 정월의 첫 사흘이다. 그 사실을 잊은 것은 아
니다. 오히려 그 사흘 동안 이렇게 혼자 있는 것을 기쁜 마음
으로 즐기고 있다. 실로 차분하고 조용하며 자연으로 돌아간
경지를 읊은 훌륭한 작품이다.

　이와사키 다로지(岩崎太郎次)를 위해

　반슈에 단자쿠[92] 를 보내네, 입춘 날 아침

播州へ短冊やるや今朝の春

   서언에 있는 이와사키 다로지라는 사람이 어떤 사람인지 모르지만 그 이름만은 소세키 산방의 목요일 밤 모임에서 여러 번 들었다. 이 사람은 선생님에게 자주 단자쿠를 보내와 뭔가 써서 보내달라고 졸랐다. 선생님이 귀찮아하며 그대로 내버려두자 또 엽서를 보내와 재촉했다. 선생님은 그 엽서를 자주 우리 앞에서 읽어주었다. 엽서의 문면은 늘 정해진 말로 시작했다. 선생님은 그것을 들려주기 위해 읽었던 것이다. "무례한 말씀을 올립니다만"이라는 말이 그 시작이었다. 무례한 말씀을 올립니다만, 언젠가 보낸 단자쿠에 대해 부탁드린 건은 그 후 단자쿠도 써주지 않고 아무 소식도 없어 심히 곤란하니 빨리 써서 보내주었으면 한다는 내용의 엽서를 몇 번이나 보내온 모양이다. 언젠가 우리는 거의 매주 그 엽서의 문면을 들었다. 그럭저럭하는 사이 단자쿠만 보내서는 안 되겠다고 생각했는지, 전병인지 만주인지는 잊었지만 아무튼 그런 것을 보내왔다고 한다. 그 선

---

92) 단카(短歌)나 하이쿠를 적는 데 쓰는 두껍고 조붓한 종이(보통 세로 약 36센티미터, 가로 약 6센티미터).

나의 「소세키」와 「류노스케」

물은 아마 우리가 모였을 때 먹었던 것 같다. 그러자 얼마 후 또 반슈에서 엽서가 왔다. "실례되는 말씀을 드립니다만" 단자쿠는 받고, 전병인지 만주는 먹어버리고, 단자쿠는 아직도 써주지 않고 "너무나도" 하는 식으로 말하며 원통함을 쭉 늘어놓았다. 서언의 그 사람과 선생님 사이에는 그런 인연이 있었던 것이다. 그래서 선생님은 결국 이 사람에게 앞의 하이쿠를 지어 보내주었다. 아무런 연고도 없는 사람으로부터 무례하게 이러저러한 말을 듣고 처음에는 귀찮아하는 것 같아도 그럭저럭하는 사이에 어쩐지 일종의 의리를 느꼈다는 데에 너무나도 소세키 선생님다운 우아한 품격이 숨어 있어 우리는 새삼 선생님을 그리워한다. 어쩌면 의리뿐만 아니라 결국에는 그런 무례한 고집에 대해서 은밀한 호의까지 느끼고 있었는지도 모른다. 앞의 하이쿠 작품은 설답게, 경사스럽게 다카사고(高砂)의 마쓰소네(松曾根) 소나무가 번성하는 반슈에 단자쿠를 써서 보낸다는 내용이다. 단지 그뿐인 하이쿠이지만, 앞에서 말한 이유를 읽으면 독자 여러분 역시 이 작품에서 일종의 특별한 정취를 맛볼 것이다. 선생님이 이 작품을 짓고 또 보냈을 때 그 뇌리에 떠오른 것은 분명 "실례되는 말씀을 드립니다만, 너무나도"라는 문면이었을 것이다.

대작(代作)

가이조사(改造社)판, 1932년 7월 발행, 하이쿠 강좌 제5권 감상 평석편(評釋篇)에 모리타 소헤이 씨의 『나쓰메 소세키』가 실려 있다. 수록된 하이쿠는 다음과 같다.

밥을 먹으니 눈꺼풀 묵직한 동백인가

飯食へばまぶた重たき椿かな

이를 가는 하녀 무섭구나, 봄날 저녁

歯ぎしりの下婢恐ろしや春の宵

산봉우리 같은 구름, 천둥을 막아 우뚝 솟았구나

雲の峰雷を封じて聳えけり

죽음을 숨기고 군사를 물리는구나, 별빛이 달빛처럼 훤한 밤

喪を秘して軍を返すや星月夜

두들겨 맞고 낮의 모기 토하는 목어인가

나의 「소세키」와 「류노스케」

叩かれて昼の蚊を吐く木魚かな

소쩍새가 부르지만 똥 누느라 나갈 수가 없네

時鳥 (ほととぎす) 厠(かはや)半ばに出かねたり

꽃을 먹으니 휘파람새의 똥도 붉을는지

花食まば鶯の糞も赤からん

조종이 윙윙거리는 탓에 태풍인 걸까

釣鐘のうなるばかりに野分かな

가을 가까운 밤, 마루끝에 나와 앉아 하늘을 보네

端居して秋近き夜や空を見る

가을하늘, 풀밭 언덕에 말을 풀어놓았네

草山に馬放ちけり秋の空

벤 자리에 바람 차가운 뒷간에서

切口に冷やかな風の厠より

가을 강에 처박는 말뚝의 울림인가

秋の江に打ち込む杭の響きかな

살아서 우러러보는 높은 하늘, 고추잠자리

生きて仰ぐ空の高さよ赤蜻蛉

사람이 그리웠나, 어깨에 와서 앉는 고추잠자리

肩に来て人なつかしや赤蜻蛉 (あかとんぼ)

모든 국화를 다 던져 넣어라, 관 속에

有る程の菊抛げ入れよ棺の中

사마귀, 왜 그리 화를 내나

螳螂の何を以てか立腹す

왜 그리 죄스러운 해삼인가

何の故の恐縮したる海鼠かな

▽ 니시칸레이를 넘어 해삼에 눈코 없네

▽　西函嶺を踰えて海鼠に眼鼻なし

순풍순풍 해삼 같은 아이를 낳았네

安々と海鼠の如き子を生めり

초겨울, 대나무 베는 산의 손도끼 소리

初冬や竹伐る山の鉈の音

강이 있어 끝내 건널 수 없는 마른 들판인가

川ありて遂に渡れぬ枯野かな

초겨울 찬바람, 바다에 석양을 떨어뜨리네

凩や海に夕日を吹き落とす

삼나무 숲 절을 품고 가을 소나기 지나는구나

杉木立寺を蔵して時雨けり

▽ 사람으로서 죽고 학으로 다시 태어나 몹시 추워지네

▽ 人に死し鶴に生れて冴返る

혼자구나, 생각할 것 없는 정월의 첫 사흘

一人居や思ふ事なき三ケ日

반슈에 단자쿠를 보내네, 입춘 날 아침

播州へ短冊やるや今朝の春

이상 스물여섯 편의 하이쿠 감상 평석이 국판 16페이지에 걸쳐 있다.

말하기 힘든 일인데, 위의 글은 책의 표지에 모리타 소헤이의 명의로 되어 있지만 소헤이 씨의 부탁을 받고 내가 쓴 것이다.

나는 지금까지 딱 한 번 이 대작(代作)을 했다. 이 외에 그런 일을 한 기억은 없다. 물론 앞으로도 할 생각이 없다. 아무쪼록 용서하길 바란다. 누구에게 사죄하는 것일까, 생각해봤다. 옛날부터 내가 쓴 글을 읽고 있는 독자에게 사죄해야 한다는 명백한 마음이 들었다.

표면적인 명의가 어떻든 내가 쓴 글은 내 글임이 틀림없다. 20년 전 이 원고를 갖고 가서 소헤이 씨에게 보여주었을 때 두 번째 하이쿠 '이를 가는 하녀'라는 항목을 읽은 소헤이 씨가,

"내 이름으로 되어 있어도, 자네가 쓴 글을 읽어본 사람이라면 자네가 썼다는 걸 금방 알겠군" 하고 말했다. 그리

고 그때부터 나 역시 그렇게 생각했다.

소헤이 씨는 몇 해 전에 작고했고, 그 전에 허락을 받을
수는 없었지만 내가 이 대작을 한 지도 20년이 되었다. 20
년이라는 세월을 봐서 내 독자가 다시 내 글로서 읽어주었
으면 싶다.

앞의 대작 경위는 졸작 『실황 소헤이기(實說艸平記)』(1951)
의 제13장에 썼지만 기억에 착오가 있었다는 것을 나중에
알았다.

단행본 『실황 소헤이기』 232페이지 이하에,

모든 국화를 다 던져 넣어라, 관 속에

를 소헤이 씨는 자신이 평석했다고 썼다. 이는 잘못으로,
내 글이다. 다만 그 말미에 소헤이 씨가 다음과 같은 문장을
덧붙였다.

"그런 까닭에 또 관 속의 주인이 그에 어울리는 미인이었
다는 것도 저절로 엿보인다."

내 글이라면 물론 이 문장은 삭제할 것이다.

내가 『실황 소헤이기』에서 소헤이 씨는 한 작품만 평석했
다고 쓴 그 한 구의 내용은 틀렸다. 소헤이 씨가 평석한 것

나의 「소세키」와 「류노스케」

은 두 구였다. 앞에 소개한 26구 중 앞에 ▽ 표시를 붙인 '니시칸레이를 넘어'와 '사람으로서 죽고'는 소헤이 씨의 글이다. 그러므로 이 두 구도 내 원고에서 삭제한다.

『햣키엔(百鬼園)[93] 일기첩』에서

6 〈1917년 8월〉

재작년 여름인지 그 전의 여름인지 잘 기억나지 않지만,
아마 목요일이 아닌 날 낮에 선생님 댁으로 갔을 것이다. 서
재로 들어가 보니 어스레한 그늘 속에 바깥 나뭇잎 색깔이
스며들어 있는 방 안에서 선생님은 꾸깃꾸깃한 삼베옷을 입
고 꾀죄죄한 보퉁이가 움직이는 것처럼 꿈틀꿈틀하고 있었
다. 잠자코 보고 있었는데 너무 묘한 모습이라서 잠시 후 나
는 선생님에게 묘한 모습이네요, 하고 말했다. 선생님이 "누
구한테 받은 거네. 시원해서 좋아"하며 그 근방을 정리하
는 건지 흩뜨리는 건지 꿈틀꿈틀 돌아다녔다. 그때의 누런
선생님은 지금도 또렷이 생각난다. (8월 5일 정오 이전)

---

93) 우치다 햣켄의 다른 호칭이다.

41 〈1917년 11월〉

『우미인초』의 원서를 전집의 원고로 삼기 위해 정리하고
있다.

예전에 신문에서 읽었을 때와 비로소 책으로 나왔을 때
읽은 느낌은 상당히 달랐던 것 같다. 순요도에서 판을 약간
축소해서 단행본으로 냈을 때는 교정을 했지만, 그저 옛날
에 읽었을 때만큼 재미있지 않았을 뿐이고, 다른 생각은 들
지 않았다. 이번에는 상당히 우스꽝스러운 가치 전도를 생
각하고 있다.

먼저 『우미인초』에서 가장 우대받고 있는 고노는 인격
이 굉장히 천박하고 불쾌하다. 무척 통통하고 변죽을 울리
며 철학자인 체하는 것이 역겹다. 말에도 가식(affectation)이
많다. 문 앞에서 오노를 만났을 때의 태도나 말은 거의 무례
하기까지 하다. 13장에서 무네치카가 없을 때 이토코와 이
야기를 나누며 뜰의 구석진 곳에 피어 있는 작은 꽃을 보고
"가련한 꽃이다"라고 입속으로 말하며 "어젯밤의 여자 같
은 꽃이다"라고 거듭 사요코를 비유하는 것은 말도 안 된
다. 돈이 있기 때문에 음침하게 들뜬 상태가 되었다. 성실하
지 못한 성격이다.

무네치카도 좋지 않다. 그런 인격은 오노 씨가 아니어도

경멸한다. 불쾌감이 없는 듯한 불쾌감투성이다.

선생님이 선인으로 묘사한 두 사람 모두 지금의 마음으로 읽으면 완전히 가짜라는 사실에 놀라게 된다.

오노만이 성실한 인격으로, 쓸 때 선생님의 예상을 배반하고 인간답게 그려져 있다. 오노의 행동과 말과 생각이 대체로 진지하고 전인격적이라는 점에서 고노보다는 몇 등급 위의 인격으로 보인다. 천성적으로 소심하다. 타산적인 성격인 것은 어쩔 수 없다. 자신의 그런 성격에 대한 그의 태도는 조금도 경박하지 않다. 나는 이번에 오노를 동정하고 그 성격을 이해했다.

예전에 읽었을 때 오노를 조소할 만한 인격이라고 단정했다. 고노에게 심취한 것만큼이나 동정했다. 만년에 선생님이 『우미인초』를 굉장히 싫어한 이유는, 그저 막연히 문장이나 기교 때문일 거라고 생각했다. 하지만 드디어 선생님의 마음을 알았다. 『우미인초』를 썼을 때는 선생님도 아직 고노를 그런 식으로 보는 정도의 사람이었다. 10년 동안 선생님의 인생관이 변했고, 앞으로 원고를 정리할 때 그 이후의 선생님을 확인할 수 있다는 것은 고마운 일이다. (11월 1일)

나의 「소세키」와 「류노스케」

55 〈1917년 12월〉

9시가 되기 전부터 이렇게 가만히 책상 앞에 앉아 있다. 여러 가지 잡념이 마음속에 일었다 사라졌다 한다. 9시가 한참 지나서 벨을 눌러 마치코에게 약을 받으러 가라고 재촉했다. 잠시 후 마치코가 나갔고, 조금 전에 약과 나간 김에 사오라고 부탁한 담배를 가져왔다. 그때 욕탕에는 먼저 들어가도 좋다고 말해두었다. 그러고는 물약을 먹었다. 굉장히 맛있다. 여름인 8월 19일부터 계속 먹고 있는 신경쇠약 약이다. 요즘에는 식후, 특히 저녁을 먹고 조금 지나면 꼭 이 물약이 먹고 싶어진다. 여름부터 몇 달간 계속 먹어온 후 알게 된 사실인데, 선생님은 목요일 밤에 늘 이 약을 먹고 있었다. 한 손으로 병의 들쭉날쭉한 부분을 전깃불에 비춰보며 이야기를 계속했던 선생님이 떠오른다. 선생님이 돌아가신 것이 거짓말 같기도 하다. 벌써 1년이 지났다. 나는 선생님의 제자였던 추억을 소홀히 하지 않을 것이다. (12월 7일 밤 10시)

56

오늘은 세찬 바람이 불었다. 나뭇가지가 버석거리는 소리를 냈다. 남풍이어서 소리에 비해 춥지는 않았다. 마음도 차분하다. 오늘 아침에는 11시에 눈을 떴다. 어젯밤에는 12시 조금 전에 목욕을 하고 나와 잠자리에서 맥주 작은 병 하나를 마시고 오차즈케[94] 세 그릇을 먹고 잤다. 그래도 새벽 1시는 안 되었는데 오전 11시까지 잤다. 새삼스러운 말 같지만 다소 어이가 없었다. 서재에는 오후 1시경에 들어갔는데 아무것도 하지 않고 생각만 하고 있었다. 오늘은 4시부터 가구라자카의 스에요시에서 선생님의 1주기 체야(逮夜)가 있다. 요리점이 틀림없을 것이다. 선생님의 1주기를 그런 데서 하는 것은 그다지 달갑지 않다. 이래저래 가고 싶지 않은 기분이 든다.

조시가야의 묘지[95]를 바람이 지나고 있을 것이다. 하지만 그 묘에는 처음에 있던 나무 묘비가 아니라 화강암 같은 모양의 묘비가 세워져 있을 것이다. 설계도만 봤을 뿐이지만 아무리 생각해도 선생님이 싫어할 것 같은 모습이었다. 별로 참배하고 싶지 않다. 여기 이렇게 선생님의 냄새가 나는 물건 사이에 가만히 앉아 있는 것이 더 좋은 것 같다. 이 만년필도 선생님이 오랫동안 쓰신 만년필이다. (12월 8일 오후)

---

94) 밥에 차를 부은 것으로 매실장아찌(우메보시)나 절임, 연어, 김 등의 고명을 얹는다.
95) 나쓰메 소세키가 묻혀 있는 곳.

나의 「소세키」와 「류노스케」

57

오늘은 9일이다. 작년 오늘 밤 선생님이 돌아가셨다. 나는 조금 전 나쓰메가에서 열린 구일회에서 조금 일찍 돌아와 서재의 도코노마에 있는, 서재에서 찍은 선생님의 사진 앞에 촛불을 켜고 향을 피웠다. 그리고 선생님의 만년필을 썼어 이 글을 쓰고 있다. 촛불이 톡톡 소리를 낸다. 오늘 밤에는 이만 자려고 한다. (12월 9일 10시 반)

63 〈1917년 12월〉

7, 8일 전에 꾼 꿈이다. 아쿠타가와에게 여러모로 신세를 졌으니 사례를 해야 한다. 먼저 그에게 과자를 사주자고 생각한다. 나는 어느새 오카야마로 돌아가 있고, 아쿠타가와도 오카야마에 와 있다. 이웃인 나카야마 가게에 가서 여러 가지 막과자를 사서 아쿠타가와에게 주었다. 지저분한 색의 양갱과 삼각으로 잘린 카스텔라도 샀다. 가게의 오른쪽 유리상자 안에 슈크림 세 개가 있었다. 오래되었을지 몰라 그만두자 싶었다. 어쩐지 불쾌한 냄새가 나서 길을 보니 열 살쯤 되어 보이는 아이와 그의 동생인 듯한 아이가 밧줄과 가죽으로 함께 묶여 있고 옆에는 순사가 따르고 있다. 그리고 마침 우리 집 앞에 엄청나게 큰 직사각형의 파란 바구니가

내려져 있고 그 안에 시체 둘이 담겨 있으며 그 위에 푸른 풀이 시체가 보이지 않도록 덮여 있다. 그 시체에서 코를 찌르는 고약한 냄새가 났다. 그리고 아이가 묶여 있는 이유는, 그들의 부모는 벌써 연행되었으나 그것만으로 부족해서 아이들까지 데리러 왔기 때문이다. 잘은 모르나 그 집 사람은 예전에 한때 나와 할머니가 있던 가게 고지마야 옆에 있던 오카자키의 셋집에서 살며 묘지기를 하고 있었다. 그런데 남편이 고약한 놈이어서 남의 집 시신을 매장한다고 요금을 받고는 실제로는 매장하지 않고 수십 구나 뒤쪽 헛간에 쌓아둔 일이 경찰에 발각된 것이다. 꿈의 마지막에 아쿠타가와는 어디로 갔는지 사라지고 없었다.

〈1919년 4월〉

10일 아침 사관학교로 인력거를 타고 갔으나 늦었다. 정오 전에 신바시로 가서 도요켄(東洋軒)에서 점심을 먹고 가마쿠라의 아쿠타가와 집으로 갔다. 소세키 선생님의 '맹하초목생(孟夏草木生)'이라는 글씨를 주기 위해서이다. 몹시 아까웠으나 큰맘 먹고 주었다. 작년 오늘부터 해군기관학교에 가게 해준 호의에 대한 감사의 표현이다. 마침 그가 해군기관학교를 그만둔 때에 주기로 했다. 또 그의 입장에서 보자

나의 「소세키」와 「류노스케」

면 선생님의 글씨는 새로운 생활을 축하하는 선물이 될 거라는 생각이 들었다. 돌아올 때 할머니와 아이들을 위해 도미 밥, 초밥, 샌드위치를 사 와서 주었다. 늦은 시간에 돌아와 밤에는 기노(紀野)에 갔다.

〈1919년 12월〉

『속 햣키엔 일기첩』

28일 일요일. 정오에 일어남. 밀린 일기를 쓰다. 비 오는 저녁에 오에 씨가 1리터짜리 하쿠타카(白鷹) 술을 들고 찾아왔다. 내가 좋아하는 술 하쿠쓰루(白鶴)와 착각한 것이다. 소고기를 먹으며 술을 마셨다. 여러 가지 이야기를 들었다. 소세키 선생님에 관한 저서의 광고를 전집에 넣자고 이와나미쇼텐에 부탁했더니 쾌히 승낙했으므로 인쇄했더니 나중에 분야(文屋) 씨가 "팔기 위해 그렇게까지 선생님을 이용하려는 것은 한심하다"고 했다는 말을 하는데, 그런 이야기를 요란하게 하지 않아도 좋을 것 같다고 생각하며 들었다. 소세키 신사(神社)의 신관 같아서 우습다. 1시가 되기 전에 돌아갔다.

〈1921년 1월〉

9일 일요일. 아침에 구일회에 가는 도중 야라이의 오에

씨에게 같이 가자고 할 요량으로 들렀더니 다키노카와(滝の川)에서 오지 않았다고 한다. 마침 부인이 울고 있을 때여서 여러 가지 원망을 듣고 난감했다. 나쓰메가에 갔더니 너무 이른 시간이어서 아직 아무도 오지 않았다. 할머니의 묘지를 조사가야 묘지에서 살 생각이었는데 결국 사지 못했다는 이야기를 했더니 부인이 선생님의 원래 묘지를 주겠다고 했다. 고마웠다. 뭐든지 선생님 흉내를 내는 것을 좋아해서 그 묘지에서 죽어보고 싶다고 농담을 하고 돌아보니 조금은 진심인 것 같아서 어이가 없었다.

나의 「소세키」와 「류노스케」

「『소세키 전집』은 일본인의 경전이다」
─ 1935년판 『소세키 전집』 추천사

 20년 전, 중학교 고학년이었던 당시 나는 문단에 등장한 소세키 선생님의 작품을 접하고 처음으로 자신의 말을 문장으로 쓰는 일을 알았고, 동시에 느끼는 것과 생각하는 것의 순서와 방법을 배웠던 것 같다. 그 이래로 열일고여덟 살 어린 시절부터 지금에 이르러 인생을 보는 태도의 밑바닥에는 불변의 무언가가 뿌리를 내리고 있는 것 같다. 항상 소세키 선생님이 내 안 어딘가에 있어 지도하고 질타한다. 오늘날 내가 쓰는 문장을 퇴고할 때 무엇에 따라 전에 쓴 구절을 첨삭하는지를 생각하면 소세키 선생님이 내 표현의 표지인 것을 부정할 수 없다. 오늘날 내가 소세키 선생님의 표현에 대해 이렇게 썼으면 좋았을 거라고 생각하는 부분이 없는 것은 아니다. 그러나 그런 판단은 어디서 오는 걸까, 하고 다시 생각해보면 역시 내 안에 있는 소세키 선생님이 시사해준 것임을 놀랍게 생각한다. 그와 동시에 이런 일이 단지 나 한 사람에게만 해당할까, 하고 의심한다. 오늘날 글을 이해하는 동포 중에 소세키 선생님의 영향을 전혀 받지 않는다고 할 수 있는 사람이 과연 몇이나 될까.『소세키 전집』은 이제 일본인의 경전이 된 게 아닐까.

나의 「소세키」와 「류노스케」

「일본인의 교과서」

— 소겐샤(創元社)『나쓰메 소세키 작품집』추천사

나쓰메 소세키는 일본인의 선생이고 그의 작품은 일본인의 교과서다. 어린 사람들이 성장하여 책을 읽게 되면 반드시 나쓰메 소세키를 읽고, 소세키의 작품은 젊은 사람들에게 읽히기 위해 해마다 새로이 젊어진다.『나쓰메 소세키 작품집』은 고전이 아니다. 오늘의 작품이다.

우리가 자연이나 인생이나 자신에 대해 느끼거나 생각하거나 망설일 때 자신 안에 있는 나쓰메 소세키가 함께 망설이고 생각하고 느낀다. 지도를 받는다거나 지시를 받는다는 것이 아니다. 나쓰메 소세키라는 위대한 작가가 그 작품을 읽는 사람 안에 녹아 들어가는 것이다. 나쓰메 소세키는 우리의 오늘에 살아 있다. 아직 읽지 않은 사람들에게 반드시 읽을 것을 권할 뿐 아니라 이미 읽은 사람에게도 그 자신의 현재 마음의 모습을 보기 위해 다시 읽어볼 것을 권한다.

「내 문장도(文章道)의 은인」

— 1934년판 『아쿠타가와 류노스케 전집』 추천사

추천사에서 자신에 대해 말하는 것은 염치없는 짓이어서 송구하지만, 내 글을 돌아보는 사람이 없던 처음부터 칭찬해주고 격려해준 사람이 아쿠타가와 류노스케다. 내 문업(文業)을 15, 6년 전부터 독서인의 기억 한구석에 명멸하는 등불처럼 불을 켜준 사람이 아쿠타가와 류노스케다. 요즘에서야 내 글이 다소 세상 사람들의 이해와 감상을 받게 되면서 처음으로 생각하는 것은, 이제 아쿠타가와가 없다는 사실이다. 나는 어떤 방법으로 이 일을 아쿠타가와에게 알릴 수 있을지 번민한다. 이런 시기를 맞이하여 아쿠타가와 전집 보급판의 출판 기획을 들으니 고인의 모습이 다시 내 앞에 생생히 떠오르는 것 같다. 고인의 영혼은 곧 짧은 일생을 의탁했으며 마침내 다른 것을 돌아보지 않았던 그의 글에, 그 행간에 꼬리를 길게 끌 것이다. 대부분의 글을 아껴주시는 여러분은 고인이 생명을 깎아내며 써서 남긴 명문을 읽을 때, 맑고 밝은 풍모가 순식간에 문자 사이에 선명하게 떠올라 가을밤이 한참 남았는데도 멋대로 환하게 빛나는 것에 틀림없이 감탄하게 될 것이다.

죽장기(竹杖記)

소세키 산방에서 구일회가 있던 날 밤, 아쿠타가와 류노스케가 내게 요코스카의 해군기관학교 교관이 되지 않겠느냐고 말했다. 종래의 외국어는 영어뿐이었지만 이번에 새롭게 독일어와 프랑스어 시간을 두게 되었기에, 프랑스어 교관에 도요시마 요시오(豊島与志雄)를 추천하고, 독일어 교관으로는 나를 추천하겠다는 이야기였다.

그 당시에는 나도, 도요시마도 육군 교수였다. 나는 육군 사관학교의 교관이고 도요시마는 육군중앙유년학교의 교관이었다. 지금의 제도로 말하자면 내가 본과이고 도요시마는 예과였던 셈이다. 도요시마가 임관은 더 빨랐기 때문에 육군 교수로서는 내 선배다. 내가 처음으로 사관학교의 교관이 되었을 때는 인사하는 데 입고 갈 프록코트가 없어서 도요시마의 옷을 빌려 입고 나가지 않았을까 싶다. 그 기억은 조금 모호하지만, 그 후 뭔가의 의식에 연미복이 필요한 일이 있어서 도요시마의 옷을 빌렸던 건 확실하다. 키가 대체로 비슷했기 때문에 도요시마의 양복은 내게도 맞았다. 두 사람 다 육군을 그만두고 나서 도요시마에게 그 연미복을 어떻게 했느냐고 물었더니 잘 보관하고 있다고 했다. 지금도 틀림없이 갖고 있을 것이다. 뭔가에 도움이 될지도 모르기 때문에 문단의 젊은 여러분에게 알려둔다. 양복은 도요시마 것을 빌렸지만 모자는 샀다. 처음에 산 것은 중산모자다. 야라이에서 올라가 가구라자카로 가는 길 왼쪽에 있는 박쥐우산 수리점에서 헌것을 다시 염색한 모자를 2엔 50전에 샀다. 그것을 신문지로 싸서 끈으로 매고 세모의 가구라자카를 걷다가 모리타 소헤이 씨를 만났다. 소헤이 씨가 "쇼핑인가? 경기가 좋구먼" 하고 말했다. 나중에 아쿠타가와가 이 중산모자를 무척 신경 썼다. 나와 중산모자를 결부시켜 공연히 두려워하기도했다. 1917년 10월 초하루에 태풍이 불어 야라이의 거리에서 아카기시타(赤城下)의 벼랑으로 떨어진 가게가 네 집 있었다. 그 중산모자를 산 박쥐우산 수리점이 그중 한 집이 아니었을까 생각한다.

아카타가와가 해군기관학교의 교관이 된 데는 나쓰메 소세키 선생님의 간접적인 조언이 있었던 것 같기도 하지만 확실하지는 않다. 스스로 그만둘 때까지 계속 촉탁 교관이었다. 우리가 들어가고 난 후에도 학교 당국으로부터 본관이 되지 않겠느냐는 제안을 받은 듯하지만 아쿠타가와가 거절한 모양이었다. 촉탁이고 나이도 어려서 아마 문관 교수의 말석이었던 아쿠타가와가 신설 학과에 채용할 강사 두 사람을 모두 자신의 교우 중에서 찾을 자유를 갖고 있었다는 게, 지금 생각하면 오히려 신기한 기분이 든다. 기관학교라는 곳이 비교적 갑갑하지 않은, 산뜻한 분위기의 학교였기에 가능한 일이었다고 생각한다. 하지만 무엇보다도 아쿠타가와 자신이 교장 또는 아쿠타가와의 상관이었던 도시마사다(豊島定) 선생 등으로부터 그 인선이나 교섭을 일임 받을 만한 인망을 얻고 있었기 때문이었다는 생각이 나중에서야 들었다.

나는 보통 사람보다 1년 늦게 대학을 졸업했다. 대학에 들어갈 때 처음으로 도쿄로 올라왔는데, 외아들이어서 제멋대로 살아온 내게는 하숙집이 자유롭지 못하기도 하고 불안하기도 해서 차분히 있을 수 없었다. 도쿄 거리의 방향도 몰랐는데, 1910년 가을에는 비만 내리면 무턱대고 밖을 이리저리 돌아다니느라 늘 물에 빠진 생쥐 꼴이 되었다. 그러다가 곧 열이 나 몸져누웠기 때문에 좋은 구실로 삼아 고향으로 돌아갔다. 정규 과목 수의 시험도 볼 수 없어서 첫해 강의는 거의 수료하지 못하고 허울 좋은 낙제로 4년의 학창생활을 보냈다. 그 4년째의 그리스로마문학사 시간에 조셉 코트[96] 강사가 연필의 뾰족한 곳을 손가락 사이에 끼우고 흔들며 자신의 코를 톡톡 두드렸다. 그리고 그가 자꾸 지명하는 학생의 이름이 희한해서 나는 어느새 외우고 말았다. 코트 씨는 아큐타가와라고 불렀던 것이다.

아쿠타가와가 소세키 선생님 댁에 오기 시작한 것은 훨씬 나중의 일이다. 그곳에서 나는 다시 아쿠타가와와 알게 되었고, 어쩐 일인지 아쿠타가와는 내게 친절했다. 내게는 우정이라기보다 벗의 은혜로 기억하는 일이 더 많았다.

기관학교 건 같은 것도 내가 보기에는 아쿠타가와가 적당한 인재를 찾았다고 생각하지 않는다. 내게는 할머니가 있었는데 그 당시 이미 여든에 가까웠다. 내가 박봉이고 가족이 많으며 매월 생활이 쪼들리고 있던 참에 기관학교의 일자리 하나가 늘어난 이야기였기에 할머니가 무척 기뻐했던 것은 말할 것도 없다. 아쿠타가와도 "자네 할머님이 기뻐할 테니까"라고 자주 말했다.

---

96) Joseph Cotte(1875~1949). 도쿄제국대학에서 라틴어, 고전문학 등을 가르쳤다.

할머니가 한번 아쿠타가와 씨의 집으로 가서 다시 부탁하고 오라고 말해서 요코스카로 갔다. 동네의 사정을 몰랐으므로 이리저리 돌아다닌 끝에 간신히 아쿠타가와의 하숙을 찾아냈다. 어둑하고 처마가 깊은 집이었던 것으로 기억한다. 시각은 저녁이었고 아쿠타가와는 없었다.

하숙의 아주머니 같은 사람이 곧 돌아올 겁니다, 하고 말해서, 그렇다면 나중에 다시 오겠습니다, 하며 그 집을 나왔지만 갈 데가 없었다. 늦가을의 으스스하고 추운 날씨였던 것 같다. 걸어가다가 다시 정거장 앞으로 돌아가고 말았다. 광장의 한쪽을 가르고 있는 벼랑 밑에 공중전화가 있고 안에 불이 켜져 있었다. 나는 그 안으로 들어가 어딘가로 전화를 걸었다. 어디로 걸었는지는 기억나지 않는다. 요코스카에는 아는 집이 없었고, 아쿠타가와의 하숙에 전화가 있었던 것 같지도 않다. 어쩌면 어딘가라는 정해진 곳이 없었는지도 모른다. 곧 기계 너머에서 교환수가 화를 냈다. 내가 그를 상대하며 얼마간 다툰 끝에 밖으로 나오자 이미 상당한 시간이 지나 있었다. 그래서 다시 조금 전의 하숙으로 가봤더니 아쿠타가와가 돌아와 있었다.

2층으로 안내되었고 양갱을 집은 것까지는 어렴풋이 기억하는데 그다음에 무슨 이야기를 했는지, 돌아올 때는 어떻게 했는지 전혀 기억나지 않는다.

도요시마 요시오의 수필집 『쓰이지 않는 작품』의 「교유단편」이라는 장에, 내가 도요시마를 찾아갔는데 집에 없어서 시간을 때우려 근처의 공중전화 박스에 들어가 교환수와 싸움을 했던 일이 실려 있다. 상대는 아쿠타가와였고 장소는 요코스카였다.

원래대로 사관학교의 교수로 일해야 하고, 겸무로 기관학교에 가려면 사관학교의 양해를 얻어야 한다고 생각했기 때문에 나는 당시 교장이었던 요쿠라[97) 소장을 방문하여 그일을 부탁해두었다. 나중에 부관인 대위가 무척 화를 내며 순서를 건너뛰는 일을 해서는 곤란하다고 나를 대놓고 힐난했다. 사관학교의 '문관 및 마필(馬匹)' 등으로 자조하며 문관의 말석에 있던 나는 바짝 오그라들어 요코스카의 기관학교 이야기도 이제 틀렸구나 하고 걱정했다.

어느 날 기관학교의 생도과장인 에토 대령이 사관학교로 와서 학교 당국과 교섭을 한 결과, 나는 매주 금요일 하루만 요코스카의 기관학교에서 겸무를 하게 되었다.

---

97) 요쿠라 기헤이(与倉喜平, 1868~1919). 일본 육군의 군인. 최종 계급은 육군 중장. 육군사관학교 교장(제20대).

"당신을 위해 조처한 게 아닙니다. 당신이 잠자코 있지 않으면 곤란하다는 해군기관학교의 의견이 있어서 교육총감부의 의향을 물어본 결과, 일주일에 하루만 기관학교에 겸무하도록 학교에서 명하는 것입니다."

아쿠타가와의 친절이 부관의 이런 말로 돌아와 나에게 좋은 결과를 가져다준 것이다.

이른 봄의 아직 추운 시기에 드디어 신임식(新任式)을 겸한 수업 개시 기일이 정해졌다. 마침 그 전날인 목요일 밤 친구의 결혼 피로연이 있었기 때문에 프록코트를 입고 오모리(大森)의 보스이로(望翠楼) 호텔로 갔다. 그 당시는 내게도 프록코트가 있었다. 오모리에서 집으로 돌아가지 않고 즈시(逗子)까지 갔고 역에서 가까운 숙소에 묵었다. 객실도 침구도 지저분해서 밤새 벼룩에 시달렸다. 이튿날 아침 준비를 하고 현관까지 나가 구두를 신기 위해 몸을 구부린 바람에 지병인 두근거림이 시작되었다. 미주신경 과민증, 또는 신경성 심계 항진증인가 하는 병이라고 한다. 발작이 일어나면 맥박이 180에서 200 정도가 되고, 조금 있으면 가라앉기도 한다. 하지만 어쩌다가 낫지 않아 결체로 이어지는 일도 있다. 숙소 현관에서 가만히 견디고 있었는데 하녀가 현관 마루까지 배웅을 나와 있어 다시 한번 들어가 쉬고 있다가 기차 시간에 늦는 바람에 신임식 시간에 맞춰 가지 못했다. 발작은 처음 있는 일이 아니어서 곧 진정될 거라고 생각해 괴로운 것을 참고 역까지 갔다. 기차를 기다리는 동안 심한 발작은 진정되었다. 하지만 다 낫지 않아 결체로 이어진 모양이었다. 기차 안에서 도쿄에서 출발한 도요시마를 만나 요코스카역에서 인력거를 타고 기관학교로 갔다.

교정은 곧바로 바다로 이어지고, 바람에 파도가 일렁이며 수면에 반사하는 빛이 어딘지 모르게 떠다니는 것 같았다. 광장에 난간이 달린 망대 같은 마루가 있고 계단이 달려 있었다. 나와 도요시마가 그 위로 올라가자 앞쪽에 정렬해 있던 전교생이 구령에 따라 일제히 거수경례를 했다. 구령의 기세도, 손을 드는 방식도 육군과 달랐다. 프록코트의 옷자락을 바닷바람에 휘날리며 중산모자를 벗어 답례를 했다. 그것으로 신임식은 끝났다.

교관실에서 담배를 피우고 있으니 아쿠타가와가,

"당했나? 나도 그걸 당했네" 하고 말했다.

그러고는 오전에 세 반에 걸친 세 시간의 수업을 끝내고 점심시간 후에 아직도 결체가 낫지 않은 가슴의 고통을 교내의 군의에게 호소했더니 군의는 잠깐 맥을 짚어보고는 깜짝 놀라더니 나를 의무실로 데려가 침대에 눕혔다.

발작이 악화하여 결체가 되었을 때는 좀처럼 낫기 힘들고, 특히 조용히 있으면 언제까지고 그 상태가 지속된다. 언젠가도 결체가 만 하루 동안 이어졌고, 지쳐서 잠이 들자 코를 곯았다고 하는데 눈을 뜨고 보니 역시 결체가 지속되고 있었다. 그때 나의 『명도』를 처음으로 출판해준 도몬도 쇼텐(稻門堂書店)의 고시바 곤로쿠(小柴権六)가 찾아왔다. 타고난 음성이 큰 사람이라 내 머리맡에서 아주 큰 목소리로 고함을 지르듯이 말을 걸었기 때문에 누워 있어도 가슴이 두근두근했다. 그런데 그 바람에 전날부터 시달리던 결체가 26시간 만에 싹 나았다. 해군기관학교의 의무실에서는 너무 조용히 있으니 오히려 낫기 힘들다고 생각했지만, 즈시에 도착한 이후부터 견디고 있었기 때문에 상당히 고통스럽기도 하고, 또 친절하게 말해주는 군의 앞이라 의사의 말에 맡겨두자고 마음먹고 침대에 편하게 누웠다.

신기한 인연으로 신임식 당일부터 기관학교의 신세를 지게 되었다. 도요시마도 몸조리 잘하게, 하며 돌아가고 그 밖의 선생들도 모두 돌아간 듯했다. 주위가 조용해지고 때때로 멀리 복도를 지나는 학생들의 발소리가 쏴아쏴아 하고 파도소리처럼 들려왔다가 사라졌다. 저녁이 되고 밤이 되어도 낫지 않았다. 군의의 명령으로 젊은 간호병이 내 옆에 붙어 있었다.

오늘밤에는 기관학교에서 묵는다고 도쿄의 집에 알리고 싶다고 말했더니, 시중의 전보를 보내는 건 귀찮으니 해군 전화를 통해 도쿄에서 댁으로 전보를 보내도록 하겠다고 말해주었다. 가슴을 얼음으로 식히기 위해 얼음주머니를 거는 장치에 문제가 있자 군의는, 학교 안에 있는 대장간 같은 곳으로 가서 침대 이쪽에서 저쪽으로 원호를 그리듯이 쇠를 펼쳐 오라고 간호병에게 명령했다. 간호병이 돌아와 이미 시간이 지났기 때문에 아무도 없더라고 말해서 얼음주머니는 끝내 걸지 못했다. 하지만 하나에서 열까지 굉장히 친절하게 대해주었고, 아무튼 의사가 붙어 있어서 죽어도 내 탓이 아니라는 안도감 속에 가슴의 고통을 남의 일처럼 다루며 푹 잠들었다.

이튿날 아침 눈을 떴을 때만 해도 아직 계속되고 있었지만 잠시 후 침대에서 일어나 다시 고쳐 앉는 바람에 마침맞게 나았다. 나은 후에는 무척 기분이 좋아 왠지 모르게 심장의 학질이나 뇌전증 같다는 생각이 들었다. 발작이 심할 때는 당장이라도 죽나 싶어서 몇 번이나 진지하게 각오하기도 했다. 낫고 나면 마치 거짓말처럼 시원한 기분이 들고, 결국 소란만 피운 결과로 끝나 언제나 죄스럽다. 기관학교의 신임식이 있은 지 몇 년 후 육군포공(砲工)학교의 별도 건물인 강당의 3층에서 오후 수업을 하고 있는데 갑자기 심한 발작이 일어나 서 있을 수가 없었다.

수업 중간이었지만 어쩔 수 없이 휴강을 하고 당번 학생에게 의무실 사람을 불러 달라고 부탁하고 교단의 책상에 기댄 채 고통을 견디고 있었다. 현기증이 나서 당장이라도 의식을 잃을 것 같았다.

곧 군의실의 하사관이 와주었기 때문에 나는 잠시 의무실에서 쉬었다. 어질어질하여 혼자서는 걷기 힘들어서 데려가 달라고 부탁했더니 그 하사관은 잠깐 내 맥을 짚어보고 거기서부터 계단 아래까지는 나를 부축하듯이 내려가게 해주었다. 하지만 교정으로 나가자 나를 내버려 두고 본부 쪽으로 달려갔다. 맥을 짚어보고 깜짝 놀라며 이미 시간이 지나 집에 돌아갔을 군의에게 학교의 사환을 보냈다. 그때 나는 그런 사정을 몰랐기 때문에 애써 부탁해서 강당까지 오게 했는데 어쩔 수 없다고 생각하며 아픈 것을 참으며 혼자 의무실까지 갔다.

그 후에 곧바로 조금 전의 그 하사관이 들어와 나를 진찰실 침대에 눕혔다. 그리고 등을 진 채 약병이 쭉 늘어서 있는 큰 유리문 선반 앞에 서서 뭔가를 하고 있었다. 그 뒷모

나의 「소세키」와 「류노스케」

습을 보며 누워 있으니 점점 심장의 고동이 심해지고 늑골 안쪽이 아프기 시작했다. 왠지 기분이 안 좋다고 생각하자마자 갑자기 가슴 안에서 고통스러운 덩어리 같은 것이 움직이나 싶더니 그것이 목덜미에서 올라가 양쪽 귀 안쪽에 부딪힌 듯한 가벼운 충격을 느꼈다. 그 순간 귀에서 뭔가 빠져나온 듯한 기분이 들어 안도하자 그 바람에 발작이 나았다.

'아, 나았습니다' 하고 내가 뒤를 향하고 있는 하사관에게 말할까 말까 망설일 때 갑자기 조용해진 복도 저편에서 아주 난폭한 발소리가 들리더니 느닷없이 군의가 문을 열고 뛰어들었다. 군복의 단추가 아직 전부 채워지지 않은 채 모자를 손에 들고 있었다. 내 옆에 선 군의의 얼굴을 보고 나는 정말 구멍이 있다면 들어가고 싶은 심정이었다. 발작이 나으면 그 뒤에는 정말 아무렇지도 않다. 10초만 더 늦게 진정되었다면, 그동안만 발작이 이어져주었다면, 엉망인 맥이 시간 외에 소동을 일으킨 데 대한 얼마간의 변명이 되었을 것이다.

나는 자신의 병력을 말하고 엎드려 고개를 숙이며 군의의 특별한 친절에 감사했다.

이때의 포공학교며 또 이전의 기관학교에서 일하고 있는 의사들의 친절은 나처럼 병이 있는 사람에게는 언제까지고 잊히지 않는다.

그런 모호한 병이 내 지병이다. 1918년 가을에 처음으로 심한 발작을 경험한 이래 오늘까지 15, 6년 동안이나 계속되고 있다.

마지막에는 사정을 모르는 다른 병으로 고생하는 대신 오랫동안 친숙한 이 지병으로 죽는다면 병이 쓸데없는 것이 되지도 않고, 여러모로 그 때문에 폐를 끼친 사람들에게 체면도 서고, 과부족 없이 딱 안성맞춤이라고 생각한다. 하지만 그렇게 잘될지 어떨지는 알 수 없다.

그럭저럭하는 사이에 기관학교에도 벚꽃이 피었다. 문 안 양쪽의 거목 가로수에 꽃이 만발하고, 그 막다른 곳의 환한 바다에는 눈부신 파도가 밀려오고 있다. 비가 내리면 교관실의 젖은 창밖을 바닷새가 스치듯이 낮게 날아 한 시간이 끝나고 쉬는 시간마다 귀를 기울이면 점점 커지는 파도 소리처럼 느껴지기도 한다.

점심을 먹는 식당에서 기관학교 중장인 후나바시(船橋) 교장과 아쿠타가와가 문학 이야기를 시작하여 좀처럼 결말이 나지 않았다.

"교장, 그건 아닙니다" 하고 아쿠타가와가 말했다. "재미있다는 의미가 다릅니다."

나의 「소세키」와 「류노스케」

늙은 교장은 아쿠타가와를 향해 싱글싱글 웃으며 끝까지 지지 않았다.

"그런 말을 해봤자 아무도 읽지 않을 거 아닌가. 사람들이 읽지 않아도 좋은 건가?"

그 자리에 있던 고등관들, 즉 해군사관학교의 교관이나 직원, 문관 교수가 식후의 차를 마시고 담배를 피우며 두 사람의 논의를 듣고 있었다. 늙은 교장은 재미있어하며 아쿠타가와에게 들러붙고 있는 듯하고, 아쿠타가와는 또 그것을 다 알고도 늙은 교장에게 한판 따내려고 달려드는 모습이었다. 그들이 하는 말은 애들 같은 시시한 논의였지만, 양쪽 다 공격적인 태도로 겨루고 있어서 끝날 줄을 몰랐다.

식사는 정각 12시에 시작하고 모두 모이면 한발 늦게 교장이 들어온다. 그리고 인사를 나누고는 식사를 시작한다. 아쿠타가와가 처음에 부임하여 사정을 몰랐으므로 자리에 앉아 먹기 시작했는데 정신을 차리고 보니 주변에 있는 사람들이 아직 일어나 있었다. 이상하다고 생각한 순간 교장이 들어오자 모두가 경례를 해서 무척 당황했다는 이야기를 했다. 그리고 내게 "그러니까 조심하게"라고 했다.

나는 고등학교에 다닐 때 방학에 오사카로 놀러가 기타구(北区) 조안마치(常安町)에 사는 친척인 목사를 찾아갔다.

그날 마침 신자들의 모임이 있으니 식사를 함께하자고 했다.

자, 들어오게, 하고 안내를 받아 방으로 들어가서 보니 복도로 이어져 있는 교회 쪽에서 온 듯한 손님 예닐곱 명이 이미 벽 가에서 입구의 미닫이문 쪽으로 쭉 앉아 있고, 그 앞에는 맛있어 보이는 초밥이 일 인분씩 쟁반에 담겨 있었다.

"자, 에이 씨는 이쪽으로"라고 해서 비어있는 자리에 앉자 주인인 목사는 모두를 둘러보며 "자, 그럼" 하며 가볍게 인사를 했기 때문에 나도 고개를 숙여 인사하고는 "잘 먹겠습니다" 하고 말했다. 그리고 하나를 집어 먹었다. 다음 것을 집으려고 했을 때 어쩐지 분위기가 이상해서 곁눈으로 주위를 둘러보니 줄지어 앉아 있는 사람들이 모두 고개를 늘어뜨리고 어중간한 손놀림으로 각자 입속으로 뭐라고 중얼거렸다. 아직 식전의 기도를 하고 있었는데 갑자기 나만 먹기 시작한 것이다. 못된 짓을 한 것을 깨닫고 두 번째를 집으려던 손을 어떻게 해야 좋을지 난감했다. 아무것도 아닌 착각이 음식과 관련되자 굉장히 난처한 일처럼 생각되는 것이다. 그러나 식당의 예절 같은 것은 아쿠타가와에게 배울 필요까지도 없이 육군 교수로서의 경험으로 이미 터득하고 있었다.

식당에는 식탁이 세로로 길게 말발굽 모양으로 놓이고,

그 맨 끝의 자리 한가운데에 교장이 자리를 잡는다. 교장과 마주한 앞자리는 매일 다른 사람이 교대로 앉는다. 그 자리에 아쿠타가와가 앉았을 때 늙은 교장과 논의가 시작된 것이다.

국과 반찬 하나에 밥을 먹는 것이라 젓가락을 든 후 10분이나 15분이면 모두 다 먹는다. 그 후에 잠시 잡담을 나누며 시간을 보내고 30분이 되면 교장이 일어나 식탁을 떠나고, 이어서 모두가 줄줄이 각자의 방으로 돌아가거나 아니면 안락의자가 줄지어 놓여 있는 별실의 끽연실로 가서 오후 1시가 될 때까지 쓸데없는 잡담을 늘어놓는다. 끝나는 시각은 1분도 틀리지 않고 늘 정확히 지키는데 아쿠타가와와 늙은 교장의 논의는 그때부터 5분이 지나도, 10분이 지나도 끝날 줄을 몰랐다. 특별히 용무가 없는 사람은 괜찮지만 오후 수업 전에 조사라도 해야 할 사람은 아마 난처했을 것이다. 용무가 있는 사람은 교장이 일어나기 전에 가볍게 인사하고 식당을 나가는 관례도 있다. 하지만 그날처럼 교장과 아쿠타가와의 응수가 그 자리에 있는 모든 사람의 주의를 끌고 있을 때는, 특별히 정해진 시각이 지났어도 교장이 아직 지지 않고 논의를 계속하고 있었기 때문에 도중에 자리를 뜨면 에둘러 빈정거리는 것 같기도 해서 더욱 일어서기 힘들었을 것이다. 결국에는 교장이 와하하하 하고 파도가 부서지는 듯이 큰 소리로 웃으며 일어났는데 그때 아쿠타가와가 어떤 얼굴을 했는지는 기억나지 않는다. 이야기가 어떻게 끝났는지도 전혀 기억나지 않지만, 아주 밑도 끝도 없는 한가한 논의였다.

식당에 대한 추억 중에는 보이 우두머리라는 사람에 관한 기억이 있다. 넓은 식당의 한구석에 식사를 시작할 때부터 끝날 때까지 한 해군 병사가 단정한 복장으로 서 있었다. 식탁 사이를 돌아다니는 보이에게 차를 달라는 말을 하지 못했을 때 또는 커틀릿에 간장을 치려는데 가까이에 병이 없을 때 살짝 고개를 들어 보이 우두머리에게 신호를 하면 곧바로 보이를 보내준다. 보이는 흰색 옷을 입은, 변두리 이발소의 어린 점원 같은 아이다. 해군에서 보이 우두머리는 평범한 사람일지 모르나 내게는 진기했기 때문에 떠오른 것이다.

커틀릿, 양배추롤, 그 밖의 서양 요리 같은 반찬이 자주 나왔는데 결코 소스를 쓰지 않았다. 사관학교에서는 장교 집회소인 고등관 식당의 소스 병 입구에 하얀 벌레가 있었다고 해서 그곳에 오래 출입하던 도시락집의 평이 좋지 않았다. 밥이 딸린 일 인분에 11전 하는 양식이었으므로 벌레가 있었던 소스라면, 오래된 것은 별도로 하고 아무튼 집에서 만든 초간장에 시치미토가라시[98]를 넣어 끓인 것보다 고급품을 쓰고 있다는 노력의 증거가 될 것 같기도 하다. 하지만 그런 해명은 통하지 않았던 모양이다. 기관학교에서도 절대 소스를 쓰지 않는다. 다들 뭐든지 간장을 친다. 서양에 갔다 돌아온 사람이 흔히 소스보다는 간장이라고 말하는 것처럼 해군은 세계를 두루 돌아다니기 때문에 역시 간장을 선호하는 것일까, 하고 혼자 생각했다.

육군에서는 직명에 경칭을 붙이기 때문에 학교에서는 교장 각하, 교관님이라고 부른다. 교관님이 연공을 쌓아 고등관 이등 또는 칙임 대우가 되면 교실에서 생도는 질문할 때도 손을 들어 '교관 각하'라고 부르지 않으면 안 된다. 해군은 그냥 직명만 부르는 습관이 있으므로 '교장', '교관'이라고 부르면 된다. 해군 병사가 '함장'이라고 부르는 것도 자연스럽다.

아쿠타가와가 늙은 교장과 논쟁을 벌였을 때 자꾸만 "교장", "하지만 교장"이라고 부르던 목소리가 희미하게 귓가

---

98) 고춧가루에 후추, 진피, 양귀비씨, 삼씨, 산초, 파래 따위를 섞어 만든 일본의 향신료. 우동이나 메밀국수 따위에 뿌려 먹는다.

에 남아 있다.

　오후가 되어 수업 짬짬이 한가한 시간에 멍하니 담배를
피우고 있으면 쥐 죽은 듯 조용한 먼 교정에서 피리리, 피리
리 하는 피리 소리에 따라 어쩐지 좌르르, 좌르르 하는 소리
가 규칙적으로 단락을 지으며 들려왔다. 심심해하던 때라서
뭐지, 하고 나가보았다. 바다로 이어진 푸른 잔디가 깔린 교
정 한구석에 허리 정도 높이의 가로로 긴 단 앞에 한 무리의
기관병이 삽을 들고 줄지어 서서 자기 발밑에 쌓여 있는 석
탄을 퍼서 앞의 선반에 던져 넣고 있었다. 그 동작이 구령에
따라 일률적으로 이루어지기 때문에 내던져진 기세로 삽에
서 미끄러져 떨어지는 석탄 조각에도 기운이 전해져 한꺼번
에 좌르르, 좌르르 하고 울리는 것이었다. 약간 탄력이 붙자
대장은 구령을 그치고 그 대신 피리를 부는 듯했다. 그 소리
가 석탄이 떨어지는 소리의 틈을 채우며 피리리, 피리리 하
고 들려온 것이다.

　기관병이 있는 쪽은 같은 기관학교 중에서도 우리가 근
무하는 생도과와는 별도로 연습과라는 것이 있다. 그런데
그쪽 학생은 해군 병사이기 때문에 생도과의 생도보다 나이
도 위고 몸도 커서 어른스러웠다.

　날씨가 좋은 날 교정으로 나가보았다. 삽을 총처럼 어깨

에 멘 한 무리의 기관병이 대장의 구령에 따라 간격을 둔 채열을 짓고 삽을 비스듬히 들었나 싶더니 구령이 한 번 떨어지자 일제히 굵고 탁한 목소리로 하나둘, 하나둘 하며 손에든 삽을 앞으로 쑤욱 내밀고 아무것도 없는 공중을 도려내는 듯한 동작을 하고는 다시 몸 쪽으로 끌어당겼다. 곧 대장이 피리리, 피리리, 하고 피리를 불자 수십 개가 되는 삽이빠르지도 느리지도 않게 앞으로 뻗기도 하고 도려내는 듯한동작을 되풀이했다. 나는 그것에 감동을 받아 바닷바람을맞으며 무심코 그 조련이 끝날 때까지 견학했다.

요코스카로 가는 금요일에는 춘하추동 언제나 아침 7시에 도쿄역을 출발하는 기차를 탄다. 다카다오이마쓰초의 집에서 인력거로 한 시간이 좀 안 걸리기 때문에 준비가 빠를때는 6시 전에 집을 나서면 해가 늦게 뜨는 겨울에는 거리가아직 깜깜하다. 셀룰로이드를 붙인 포장의 창으로 인력거 초롱의 불그스름한 등불을 바라보면 쓸쓸한 기분이 든다. 그래서 가는 붓대보다 가느다란 고간지 촛불(仰願寺蠟燭)[99]을 들고 인력거를 탄 다음 거기에 불을 붙이고 가만히 한 손으로

---

99) 에도 시대에 아사쿠사(浅草)에 있던 고간지(仰願寺)의 주지가 주문하여 만들게 한데서 유래한, 불전에 켜놓는 작은 초.

들고 있었다. 그 빛으로 신문을 읽는 것이 아니고 그저 포장 내부를 밝게 해서 작은 방을 만들 생각이었다. 에도가와(江戶川)에서 오마가리(大曲)를 지나 이다바시와 구단시타 사이에서 밖이 밝아오면 작은 촛불을 껐다.

때로는 전날인 목요일 밤에 요코스카로 가서 스이코샤(水交社)[100]에 묵었다. 도쿄에서 저녁을 먹고 가기도 하고, 그쪽으로 가서 밥을 먹을 때도 있었다. 어느 날 저녁 스이코샤의 식당에서 술을 마시고 있었는데 맛있어서 과음한 모양이었다. 앗파레(天晴)라는 히로시마 술이 스이코샤에 들어와 있었는데 그 이름이, 나의 고향 친척이 시집간 술 만드는 집의 술 이름이었던 것 같았다. 그 일을 멍하니 생각하다가 쓸데없이 한두 병을 더 마셨는지도 모른다. 이제 밥을 먹고 방으로 들어가 자려고 했다. 밥상 옆에 놓여 있는 작은 밥통에서 스스로 밥을 퍼서 거기에 차를 부어 먹으려다 문득 맞은편을 봤다. 주변의 해군복에 섞여 카키색 사관후보생 둘이 내 식탁 쪽으로 걸어왔다. 해군사관에게 이끌려 와서 밥을 얻어먹게 된 것이라고 생각했다. 그리고 옆으로 왔을 때 보니

---

100) 1876년 해군성의 외곽단체로 창설된 일본 해군장교의 친목·연구 단체다. 해군 장교 전용의 여관과 찻집 등도 운영했다. 회원과 시설 이용자는 해군사관, 고등 문관, 사관후보생 등 해군 간부 관계자로 한정되었다.

내가 가르치는 생도였다. 그쪽에서는 처음부터 알고 있었을지도 모른다. 내 식탁 앞에 똑바로 서서 경례를 했다. 그래서 나도 엉거주춤한 자세로 답례를 했다. 그 바람에 뭐가 걸렸는지 모르지만 밥그릇의 오차즈케가 쏟아져 식탁 위에서 통로까지 밥풀투성이가 되어 위신이 말이 아니게 되었다.

육군도 해군도 군대의 학교에는 때때로 검열이 있다. 사관학교에서는 검열이 무척 까다로워 시작 전부터 야단법석이다. 해군도 까다로울 거라고 생각하지만 우리는 겸무라 금요일에만 얼굴을 내밀기 때문에 다른 날의 일은 잘 모른다. 운 나쁘게 마침 금요일에 검열관인 해군 대장이 학교로 오게 되었다. 게다가 내 수업을 참관한다고 했다. 그래서 프록코트를 입고 갔다. 경계하며 수업을 하고 있으니 복도에서 발소리가 들리고 검열관이 수행원을 데리고 들어왔다. 머리가 반질반질 벗겨진 늙은 제독이었다. 체격은 작았지만 민첩하고 용감해 보였다. 주변의 공기가 갑자기 바짝 죄어진 듯한 기분이 들었다.

나는 미리 배웠던 대로 곧바로 수업을 중지하고 생도를 기립하게 해놓고 경례와 보고를 하기 위해 교단에서 내려갔다.

그런데 그사이에 검열관인 해군 대장이 교단을 향해 한두 걸음 다가왔기 때문에 마침 교단에서 내려간 나와 부딪칠 만큼이나 접근했다. 그래서 키가 큰 나는 늙은 제독의 머리 위에서 절을 해야 하는 위치가 되었다. 뒤로 물러나려고 하면 교단이 있는데, 교단 위에서 경례를 해서는 안 된다는 명령을 받았었다. 경례를 하기에 사정이 좋지 않으니 조금 뒤로 물러나 달라고 검열관에게 말할 수도 없었다. 그래서 그냥 그 위치에서 지금 이러이러한 수업을 하고 있다는 보고를 하고 식은땀을 흘렸다. 검열관은 그 무서운 얼굴에 흘러넘치는 듯한 인자한 웃음을 띠고 내게 가볍게 고개 숙여 인사했다.

저녁에 도쿄 다바타에 있는 아쿠타가와의 집으로 찾아갔다. 그런데 오랫동안 2층 서재에서 기다려야 했다. 주위가 어둑해질 무렵 계단에서 발소리가 들려왔다. 올라온 아쿠타가와를 보니 가문의 문양을 넣은 검은색 예복인 하카마를 입고 흰 다비를 신고 있었다.

"오래 기다렸지? 지금부터 혼례를 해야 해서 말이네"하고 말했다.

그날로부터 한참 지나 나는 요코스카에서 돌아오는 기차를 타고 있었다. 당시 이등칸은 창을 따라 좌석이 길게 뻗어 있었다. 나는 신발을 벗고 그 위에 멍하니 앉아 있었다. 그때 가마쿠라에서 아쿠타가와가 새색시를 데리고 탔다. 그리고 내게 소개했다. 나는 당황하여 좌석 위에서 무릎을 꿇고 손을 짚으며 인사했다.

"기차 안에서 그렇게 인사하는 사람은 없을 거네." 아쿠타가와가 이렇게 말하며 웃음을 터뜨렸다.

가마쿠라의 신혼집에도 한 번 찾아간 적이 있다. 나는 오랫동안 도쿄에 살고 있어 아직 가마쿠라에 가본 적이 없었다. 그때 처음으로 가마쿠라에서 내렸다. 조금 경사진 마당에 연꽃이 있는 작은 연못이 있고 금붕어가 헤엄치고 있었던 것 같다. 무슨 일로 갔는지는 잊어먹었다.

나도 점차 기관학교에 익숙해졌고, 그에 따라 때때로 지각을 하기 시작했다. 도요시마는 자주 휴강을 했다. 지각을 한다는 것은 도쿄역에서 기차를 놓쳤기 때문인데, 그다음 요코스카행 기차를 기다렸다 타고 가면 아무래도 첫 시간은 결강하게 된다. 굉장히 민망한 일이어서 앞으로는 주의하려고 생각하지만 여전히 지각이 속출한다.

점심시간에는 자주 교정을 산책했다. 물가의 조개를 줍기도 하고 돌을 던지기도 하며 일주일에 하루씩 바다를 바라보는 것은 즐거운 일이었다. 생도들도 교정으로 나와 담배를 피웠다. 육군사관학교에서는 생도의 끽연을 엄금하고 술은 허용했다. 그래서 졸업식 같은 행사에서는 술에 취한 생도에게 헹가래를 받는 교관도 있었다. 해군기관학교에서는 술을 엄금하고 담배는 허용했다. 생도들은 줄곧 담배를 피우며 다들 그 근방을 서성거렸다. 정신을 차리고 보면 모두 어중간한 곳에 서 있고, 담에 기대어 있거나 쭈그려 앉아 있는 사람은 한 사람도 없었다. 그 이유를 물었더니 군함을 타고 갑판에 서 있을 때를 위한 연습이라고 했다. 휴식 시간에 쭈그리고 앉아 있거나 기대어 있는 사람은 벌을 받는다.

그런 생각이 점점 발전하여 해군기관학교의 생도는 앞으로 흔들리는 배 위에서 사고하고 판단해야 하니 학창 시절에 교실에 차분히 앉아서만 배우면 도움이 되지 않는다, 수업을 받을 때도 우뚝 선 채 아무것에도 기대지 않고 듣고 이해할 필요가 있다, 하고 생각한 간부가 있어 그 안이 실시되었다.

다행히 내 교실은 그 화를 면했지만 도요시마는 그 실험에 이용되었다. 그 교실에서는 일어났을 때 가슴께에 오는 책상의 가늘고 긴 다리가 숲처럼 늘어서 있었다. 교단 위 선생님의 책상에도 마찬가지로 신토(神道)의 장례식 때 공물을 올리는 대 같은 것이 새롭게 놓여 있었다. 생도는 입학시험의 체격 검사에서 대체로 키가 비슷한 사람을 뽑기에 상관없지만 선생님은 크고 작은 사람이 있어 불편한 경우도 있을 거라며 걱정했다.

도요시마는 요코스카로 오고 나서 곧 육군중앙유년학교를 그만뒀다. 나는 여전히 육군 겸무의 문과 교관이었다. 그럭저럭하는 사이에 시베리아 출병의 논공행상이 발표되었다. 기관학교의 교관들은 후방에 복무했다는 명목으로 상금을 하사받았다. 도요시마는 백 엔을 받았다. 나는 대금업자에게 시달렸고 무척 가난했기 때문에 간절하게 바랐지만 받지 못했다. 나의 경우는 본관인 육군 쪽에서 받으라는 것이었다. 그런데 육군의 논공행상은 문관에게는 해당하지 않았기 때문에 그것으로 끝나고 말았다.

머지않아 아쿠타가와는 기관학교를 그만두었다.

1923년 9월 1일 간토대지진으로 요코스카는 전멸하고 기관학교도 불타고 말았다. 9월 중순이 지나 드디어 기차가 다시 요코스카까지 운행하는 것을 기다리지 못하고 나는 불탄 학교를 보러 갔다. 벚꽃나무 가로수의 줄기가 새까맣게 타버려 건너편의 어두운 바다로 이어져 있었다. 중년의 꿈 한 토막이 타서 없어진 듯한 기분이 들었다.

지진 후 기관학교는 한동안 에타지마(江田島)의 병학교에 얹혀 있었다. 그러고 나서 신마이즈루(新舞鶴)로 옮겨갔기 때문에 도쿄에서 다닐 수가 없었다. 그래서 겸무 교관 일은 자연스럽게 중단되고 말았다.

그 후 이따금 아쿠타가와의 집에 놀러 가면 그는 아래층의 다다미방에서 활기차게 이야기를 하기도 하고, 2층 서재에서 울적한 얼굴을 하고 있기도 했다.

"2층 난간에서 담배꽁초를 버리는 손님이 있다네. 부아가나지. 돌아가 달라고 말하고 싶다니까."

이렇게 말하며 잔뜩 골을 낸 일도 있다. 점점 날카로워지고 말수도 많아지다가 갑자기 입을 다물어버려 모호한 표정이구나, 하고 생각하고 있었더니 7월 24일의 비보[101]를 들었다.

야나카의 장례식장에서 멍하니 일어나 돌아온 후 정신을 차리고 보니 가느다란 대나무 지팡이를 두고 온 것이 생각났다. "아쿠타가와 씨가 짚고 가시겠지요" 하고 식구가 말해 갑자기 정신이 또렷해져 견딜 수가 없었다.

모레가 8주기인 7월 24일이다. 다바타의 덴넨지소켄(天然自笑軒)이라는 요리점에서 치러지는 갓파기(河童忌)는 내게 1년에 한 번 문단 사람들을 만나는 기회다. 매년 변치 않은

---

101) 아쿠타가와 류노스케는 1927년 7월 24일 새벽, 다바타의 자택에서 비가 세차게 내리는 가운데 치사량의 수면제를 복용하고 자살했다. 서른다섯의 나이였다. 스스로 자살의 이유를 "장래에 대한 그저 막연한 불안"이라고 했다.

사람들의 얼굴을 보는 것은 고인을 그리워할 가장 좋은 실마리이다. 갓파기 때마다 아쿠타가와의 아이들이 몰라볼 만큼 자라가는 미더움은 고인의 추억을 1년마다 밝게 하는 것 같은 기분이 든다.

후난의 부채

내가 아쿠타가와의 서재에서 돌아가려고 하자 아쿠타가와가 자신도 우에노 사쿠라기초(桜木町)까지 병문안을 가야 하니 같이 나가자며 나를 기다리게 해놓고 준비하러 내려갔다.

현관을 나설 때 선물용 과자 상자 같은 모양의 꽤 큰 꾸러미를 안고 있었던 것 같다. 그날따라 아이들이 앞뜰에서 놀고 있고, 부인도 막내인 갓난아기를 안고 현관 밖에 서 있었다.

다녀오세요, 하는 소리에 아쿠타가와는 일일이 응했다. 아쿠타가와는 대문까지 가다가 도중에 다시 돌아가 부인의 손에 안겨 있는 갓난아기에게 "그래, 그래" 하기도 했다.

어쩐지 신기한 것 같기도 하고 또 당연한 것 같기도 했다. 더운 여름 해가 내리쬐는 뜰의 흙과 그 위에 점재한 사람의 모습이 내 기억에 남아 있다.

나의 「소세키」와 「류노스케」

대문을 나서자 울타리 옆에 커다란 개가 있었다.

고갯길을 내려가 도칸야마(道閑山)[102] 아래의 길을 어슬렁 어슬렁 걸었다.

"우리들 머리도 위험하네."

"병세는 어떤가?"

"무엇보다 아내가 딱해서 말이야." 여기서 말을 끊고 아쿠타가와는 길 왼쪽으로 붙어서 갔다.

"최근에 나온 책을 주고 싶은데 다 떨어져서."

그러더니 그 옆에 있던 책방으로 성큼성큼 들어가 느닷없이 카운터 앞에 버티고 서서 벼룻집을 내달라고 했다.

가게 사람이 내밀자 『후난의 부채(湖南の扇)』의 안표지에 "핫켄 선생님 혜존, 류노스케"라고 서명을 하고 종이에 싸서 내게 주었다.

"책방에서 내 책을 사는 건 아깝군그래" 하고 아쿠타가와가 말했다.

도자카 길에서 헤어져 나는 자갈밭의 임시 거처로 돌아갔다.

그러고는 며칠 후 다시 한번 만났을 때 아쿠타가와는 비

---

102) 니시닛포리 욘초메에 있는 고지대의 총칭.

몽사몽인 풍류인이었다. 어둑한 도코노마 앞에 놓은 등나무 의자에 몸을 파묻고 손님 앞에서 정신없이 자고 있었다. 별안간 눈을 뜨고 모호한 대응을 하기도 했다.

"그렇게 약을 너무 많이 먹으면 몸에 해롭네."

"괜찮네. 게다가 저번에 속에서 배탈이 났었으니까."

이야기를 계속하려고 하자 이미 자고 있었다.

그 후 이삼일의 날짜는 기억이 확실하지 않지만, 아마 24일이었을 것이다. 자갈밭의 숙소에서 아직 잠을 자고 있을 때 카운터에 있는 사람이 전화입니다, 하며 불러 깨웠다.

그즈음 나는 몇 년 후 가난뱅이로 떨어지기 직전의 고비였기 때문에 주위 사람들에게 폐를 끼쳤다. 그 일단을 아쿠타가와에게 이야기했더니 어떤 출판사에 이야기를 해줘서 일을 시작하기도 전에 적지 않은 돈을 조달받았다.

"내가 가지 않으면 안 되고, 지금 가면 선전용 활동사진에 찍히게 되겠지만 뭐 자네를 위해서니까, 가세."

이렇게 하여 자동차를 타고 아직 바라크 건물이었던 시타마치[103]의 그 출판사로 갔더니 아쿠타가와가 이야기를 해

---

103) 에도 시대부터 상공업이 발달한 직인들의 거리로, 주택지인 야마노테(山の手)와 대비된다.

나의 「소세키」와 「류노스케」

주어 바로 천 엔을 받게 된 것이다.

"준비가 되었습니다" 하고 몇 명이 말해서 아쿠타가와는 머리를 긁적이며 밖으로 나갔다. 내게도 사진을 찍으라고 해서 함께 거리로 나가 전집 이름을 인쇄한 깃발로 둘러싸인 곳에서 활동사진을 찍었다.

그때 만난 출판사 사람이 24일 아침 전화로 내게 비보를 전했다.

"아쿠타가와 씨가 돌아가셨습니다만."

나는 어떤 대답을 했는지 전혀 기억나지 않는다.

"아직 모르고 계실 것 같아서요."

"자살했습니다."

"마약을 잔뜩 먹고."

"그럼 안녕히 계세요."

아쿠타가와의 집으로 가서 부인에게 애도의 말을 한마디 한 것 같지만, 확실한 기억은 아니다. 현기증이 날 듯한 하늘을 바라보며 흔들흔들 고갯길을 내려왔다. 도로에 자동차가 잔뜩 늘어서 있고 길이 좁아 제대로 걸을 수가 없었다. 길가의 아주머니가 "70대나 왔어요"라고 한 말만은 확실히 귀에 들어와 나는 '그 참 대단하군' 하고 속으로 감탄했다.

아쿠타가와는 담배에 불을 붙일 때 손가락에 끼운 성냥

갑을 두세 번 흔들어 소리를 내는 버릇이 있었다.

아쿠타가와가 죽은 후 문득 정신을 차리고 보니 내가 담배에 불을 붙일 때 늘 성냥갑을 흔들었다. 이전에는 그런 버릇이 없었다. 또한 아쿠타가와의 흉내를 낸 기억도 없다.

나는 그 사실을 깨달았을 때 죽은 벗을 그리워하는 방편으로 이 버릇을 버리지 말자고 결심했다.

세월은 역시 감상을 치유하는 법이라 이 원고를 쓰며 생각해봐도 지금의 나는 성냥갑을 흔들지 않는다. 언제쯤부터 그만두었는지, 물론 그것도 알지 못한다.

이제 붓을 놓고 몇 년 만에 성냥갑을 흔들고 담배에 불을 붙여 한 모금 하려고 한다.

나의 「소세키」와 「류노스케」

갓파기

어젯밤은 8년째의 갓파기였다.

8년 전에 일단락을 지은 고인과 그 후 8년 사이에 일어난 내 신상의 변화를 생각하지 않을 수 없었다.

아쿠타가와의 사인에 대해서는 여러 가지 복잡한 상상이 이루어졌지만, 그런 여러 가지 원인에 더해 너무 더워서 화가 난 나머지 죽었을 거라고 나는 생각했다.

그해에는 왜 그렇게 더웠을까, 하고 생각할 정도였다.

그 후 매년 7월 24일은 더웠다. 다음은 다바타의 요릿집 덴넨지소켄(天然自笑軒)에서 열리는 갓파기 석상에서 사토 하루오 씨가 읊은 교카(狂歌)[104]이다.

---

104) 에도 시대 후기에 유행했던 풍자와 익살을 주로 한 단카(短歌).

해마다 내리쬐는 더위인가
완전히 기와가 된 몸은
年年に照りつけられる暑さかな
瓦となりて全かる身は

다음은 기쿠치 간 씨의 하이쿠이다.

해마다 24일의 더위여라
年每の二十四日のあつさ哉

다들 밥상 앞에 앉아 젓가락을 움직이기보다는 땀을 닦
느라 바빴다.

나는 아쿠타가와가 죽기 이틀 전에 그를 만났다. 그때는
마약의 양이 부족해서인지 아직 깨어 있는 참이었다. 물론
나는 그런 사실을 알지 못했기 때문에 술주정뱅이처럼 곤드
레만드레 취해서 아쿠타가와가 이상하구나, 하고 생각했을
뿐이다. 그 며칠인가 전에 만났을 때 아쿠타가와가 내게 자
신의 복안을 이야기했었다. 그 이야기를 들었을 당시는 대
체로 내 머릿속에서 조리가 서고 맥락도 통했기 때문에 지
금 생각하면 아무리 졸렬하더라도 내 문장으로 그것을 써두

나의 「소세키」와 「류노스케」

었으면 좋았을 거라고 후회한다. 닛포리의 화장장에서 구메 마사오에게 아쿠타가와로부터 복안을 들었다는 이야기를 했다. 자세히 이야기할 여유가 없어서 그것으로 끝나고 말았는데, 적어도 구메에게만은 그 이야기를 전해두었다면 좋았을 걸, 하고 안타깝게 생각한다.

양탄자, 모델인 여자, 화공, 꿈속의 살인, 모델의 실종, 내 기억에 남아 있는 줄거리는 이것뿐이다. 하지만 지금 나는 그런 시사만으로도 글로 쓰려고 하면 못할 것도 없을 것 같다. 다만 이제 와 고인이 의도한 것과 다른 글이 나올까 봐 도저히 시작할 엄두가 나지 않을 뿐이다.

어젯밤의 갓파기는 예년과 달리 시원했다. 그 때문에 약간 쓸쓸함을 느꼈다. 객실에서는 환한 등불 아래 매년 다르지 않은 면면의 고인 친구들이 조용히 술잔을 기울이고, 어둑한 뜰에는 지나가는 비가 소리를 내며 쏟아졌다.

갓파기의 정원석, 어두운 비 내리는 밤이어라

河童忌の庭石暗き雨夜かな

멧돼지의 낮잠

공복일 때 책을 읽거나 글을 쓰면서 조금만 더, 조금만 더 하고 생각하면 의외로 순조롭게 진행될 때가 있다. 식사하러 일어나 배불리 먹으면 기분이 완전히 바뀌고 만다. 눈꺼풀은 무겁고 손발은 나른해진다. 그러면 더이상 아무 일도 할 수 없게 된다. 나는 그런 체질인 모양이다.

친구 중에는 배가 고프면 아무 일도 할 수 없다고 말하는 사람이 있다. 일만 못 하는 것이 아니라 갑자기 얼굴빛이 시들고 표정도 험악해진다. 다행히 내가 연장자라서 아무 일도 없지만, 상대에 따라서는 들이받을 것만 같은 기세다. 또는 순식간에 기운이 없어져 빈사의 형상이다. 오래 기다리셨습니다, 하고 식사가 시작되면 먹으면서 순식간에 힘을 회복하여 배가 터지게 처넣고 나서, 자, 나머지 일을 해치웁시다, 하며 일어나 발랄한 기세를 드러낸다.

나의 「소세키」와 「류노스케」

그 변화가 한심하고 동물적이라고 생각하고 싶지만, 나 같은 사람이 더 보기 흉할지도 모른다. 동물적이라는 것은 특별히 어떤 짐승 같다는 뜻이 아니라 개념상의 비방에 지나지 않는다. 그런데 먹으면 곧 졸린다는 것은, 나쁘게 생각하는 사람의 관점에서 보면 졸릴 때까지 먹는다는 것이고 곧 돼지를 떠올린다. 하지만 돼지가 조는지 어떤지는 잘 모른다. 하지만 멧돼지의 낮잠이라는 말은 있다.

학교 선생을 하고 있던 당시, 동료 중에 다 같이 점심을 먹고 나면 그 자리에서 금세 졸기 시작하는 사람이 있었다. 나도 그 계통이라며 스스로를 타일렀다.

공복에 화를 내는 또 한 명의 친구는 지방 학교에서 선생을 하고 있었다. 낙제를 판정하는 회의 등의 논의가 복잡해져 정오가 지나도 좀처럼 식사를 하지 못하게 되면 점점 화가 나는 것 같다. 그런 학생에게 신경 쓸 일은 없지 않은가. 규칙대로 떨어뜨리자. 그런 사정을 고려할 필요는 없다고 생각한다. 즉결을 희망한다. 이렇게 말하면 많은 사람들이 그렇게 결정하고, 교무원이 성적 원부에 낙제라는 도장을 날인한다. 그러고 나서 식사가 시작된다. 배 속이 점차 따뜻해지면 아무래도 조금 전의 그 학생의 사정을 좀 더 잘 살펴봐야 한다는 생각이 들기 시작한다. 그러나 일단 회의에서 결정된 일을 뒤집는 일은 허락되지 않는다. 배가 부른 후의 온화하고 자애로우며 관대한 마음으로, 언제까지고 그게 가엾게 생각되어 불안감을 견딜 수 없다.

내게는 관료적인 기질이 있는 듯 정해진 모임 시간에 늦게 오는 것을 좋아하지 않는다. 특히 자신이 간사라든가 사회를 맡게 된 경우에는 한층 더 답답하게 생각한다. 학교 교수이던 당시, 나는 항공연구회 회장으로서 학생의 로마 비행을 실현했다.[105] 그것을 위한 준비, 연락, 협의 등이 필요하여 식사 시간에 모이는 일이 자주 있었고, 대체로 내가 사회를 맡았다. 나는 먼저 주방장을 불러 식사는 6시부터라고 말하면 6시에 반드시 시작한다, 이쪽에서 결코 늦지 않는 대신 그쪽에서 준비가 되어 있지 않아 조금만 더 기다려달라고 하면 곤란하다, 정각 6시에 식당으로 안내해주었으면 한다, 고 담판해둔다.

참석자는 그렇게 되지 않는다. 몇 시에 모임을 갖고 싶다

---

105) 1931년 5월 29일(우치다 햣켄의 생일), 호세이 대학 항공연구회 소속 학생이 조종간을 잡은 쌍엽 프로펠러기 '청년일본호'가 로마를 향해 떠났다. 그 2년 전인 1929년 호세이 대학에 처음으로 항공연구회가 설립되었고 그 회장이 우치다 햣켄이었다. 학생의 로마 비행을 최초로 계획한 것도 그였다. 우치다 회장이 흔드는 하얀 깃발을 신호로 하네다를 떠난 '청년일본호'는 시베리아에서 우랄산맥을 넘어 독일, 영국, 프랑스를 거쳐 8월 31일 로마에 도착했다.

나의 「소세키」와 「류노스케」

고 말해두어도 좀처럼 모이지 않는다. 식사 시간도 함께 알려두었으나 그 시간이 지나도 오지 않는다. 모두 모였을 때 대체적인 협의를 하고, 그러고 나서 회식으로 옮겨가는 순서를 정해두어도 전혀 그대로 되지 않는다. 그래서 나는 정해진 시각이 되면 사람 수가 부족하더라도 상관하지 않고 식당에서 식사를 시작해버린다. 조금 늦게 와서 이미 식사가 한창인 것에 당황한 참석자를 거들떠보지도 않고 포크를 든 채 가볍게 고개를 숙여 인사를 해둔다.

사람을 기다리는 데 까다로워서 나도 연회 등에 지각하는 것을 싫어한다. 그런데 시간이 되기 전부터 난장판을 벌이며 막 나가려고 할 때 누가 찾아오거나 곧바로 답장을 써야 하는 속달 우편이 오거나 몸 상태가 좀 안 좋아지거나 다시 한번 뒷간에 가고 싶거나 하는 일이 꼭 일어난다.

약속한 곳에 가보면 물론 정해진 시각은 지나 있다. 사람들이 대체로 모여 있어 늦게 온 나를 모두가 빤히 쳐다보는 것은 거북하다. 그래서 연회가 있을 때마다 이번에는 기필코 늦지 않겠다는 결심을 새로이 한다.

그러면 또 너무 빨리 가서 접수도 준비되어 있지 않고 간사도 어디에 있는지 옆 사람에게 물어 찾아다녀야 한다. 끽연실 한구석에 진을 치고 담배를 뻑뻑 피우며 나중에 온 사

람들을 한 사람 한 사람 바라보는 사이에 배가 고파지고 약
간 짜증이 난다. 공복에 화를 내는 사람의 마음이 이해되어
역시 그렇군, 하고 생각하는 일도 있다.

매년 7월 24일의 갓파기도 좀처럼 음식이 나오지 않는
감질나는 모임이다. 안내장에 오후 몇 시부터라고 쓰여 있
는 것은 모이라는 시각이지 식사를 하는 시간이 아니겠지만
간사의 위장이 약한 것인지, 요리사가 굼뜬 것인지 아무리
기다려도 밥이 나오지 않는다. 작년 갓파기에는 정해진 시
각이 조금 안 될 때부터 앉아 있었기 때문에 더더욱 배가 고
팠다. 점점 사람이 모이고 자리가 북적거렸다. 그러고는 다
시 점차 조용해졌다. 여기저기에서 드문드문 이야기하는 소
리가 들리고 말을 하지 않는 사람들은 자기 앞 다다미의 결
을 내려다보거나 뒤로 돌아 어둑한 뜰을 바라보고 있었다.
이제 나올 때가 되었다고 생각하고 그 채비인 듯 뒷간에 가
는 사람이 많아졌다. 가만히 고개를 숙이고 팔짱을 끼고 있
는 사람도 꼭 고인에 대한 추억에 잠겨 있는 것은 아니다.
허기진 배를 움켜쥐고 참고 있을지도 모른다. 물론 그 사람
들 중에는 공복감에 화를 내는 계통의 사람도 있을 것이다.
내 옆에는 사토 하루오[106] 씨가 있고, 그 옆이 고지로 다네
스케[107] 씨였다. 그 앞은 잘 기억나지 않지만 어쩌면 그 방

나의 「소세키」와 「류노스케」

면에서 찾아온 사람일 것이다. 다음은 결코 나 한 사람의 취향이 아니고, 다만 내가 하이쿠로 정리한 것에 지나지 않는다. 해마다 기념을 위해 여러 사람이 쓴 장부에는 실려 있지 않으니 여기에 채록해둔다.

갓파기, 허기진 배에 먹는 밥맛

河童忌やすき腹に食ふ飯の味

---

106) 佐藤春夫(1892~1964). 소설가. 『전원의 우울』 등의 작품이 있다.
107) 神代種亮(1883~1935). 교정자.

아쿠타가와 교관의 추억

도쿄고등학교 교수 구로스 고노스케[108] 씨는 다이쇼 연간에 해군기관학교의 교관을 하고 있었다. 그 당시 아쿠타가와와 친교가 있었던 것은 진작부터 알고 있었다. 그래서 이번에 보급판 '아쿠타가와 전집 간행회'의 월보에 고인에 대한 추억을 부탁받았을 때 구로스 씨의 기억에 남아 있는 아쿠타가와와의 추억을 듣고 기록해두고 싶었다. 다행히 얼마 전 구로스 씨를 만날 기회가 있어 그 당시의 여러 가지 일을 들을 수 있었다. 그래서 내 손으로 그 대강을 발췌하기로 한다. 글 중에 별도의 원고로 쓴 단장(短章)과 중복되는 부분이 한두 군데 있는 것은 이 글을 나중에 정리했기 때문이다. 독자 여러분의 양해를 바란다. 구로스 교수는 이렇게

---

108) 黒須康之介(1893~1970). 수학자. 1919년에 해군기관학교 교수가 되었다.

나의 「소세키」와 「류노스케」

말했다.

"아쿠타가와 씨는 저보다 조금 일찍 기관학교의 교관이 되었습니다. 그래서 제가 새로 부임하여 학교 안에서 인사하러 돌아다닐 때 처음 대면했습니다. 1917년 7월 22일, 월급날 정오가 되기 전의 일입니다. 제가 선임 교수인 아라카와 오토요시(荒川乙吉) 씨를 따라갔다가 교정으로 나가는 계단이 있는 데서 아쿠타가와 씨를 만났습니다. 해안에서 가까운 이화학 교실의 별관 쪽에서 물리 담당인 미야자와 씨와 화학 담당인 사이토 씨, 그리고 아쿠타가와 씨가 나란히 오고 있었습니다. 제가 아라카와 씨의 소개로 신임 인사를 하자 사이토 씨도, 미야자와 씨도 뭐라고 말해주었지만 아쿠타가와 씨만은 한마디도 하지 않고 기세 좋게 고개를 숙였다가 곧바로 들었는데, 그것으로 끝이었습니다.

그해 9월 말인가 10월 초쯤, 교장으로부터 문관 일동이 초대받은 일이 있었습니다. 그 연회가 늦은 시간까지 이어졌지요. 당시 가마쿠라에서 살던 아쿠타가와 씨는 기차가 없어서 요코스카에 있는 제 하숙에 묵었습니다. 미지근한 욕조에 들어간 후 잠을 자고 이튿날 아침에 일어났습니다. 아쿠타가와 씨는 제 하숙이 꽤 마음에 든 모양이었습니다. 창으로 건너편을 가리키며 그 별채를 빌리자고 했습니다.

아니, 거기는 어젯밤에 들어간 목욕탕입니다, 하고 가르쳐 준 일도 있었습니다.

그런 연유로 저와 아쿠타가와 씨는 점점 친해졌습니다. 이듬해인 1918년, 아마 5월 초라고 생각합니다만, 저는 아쿠타가와 씨와 함께 관의 명령으로 에타지마의 해군병학교로 출장을 가게 되었습니다. 당시에는 대형 침대가 있는 기차가 있었는데, 아마 4엔 50전이었을 겁니다. 둘이서 그 침대에서 자며 갔습니다. 그쪽에 도착하여 병학교의 수위에게 무시당했습니다. 수위는 우리 두 사람을 앞에 기다리게 해놓고 본부인가 어딘가에 전화를 걸더군요. 지금 기관학교 교관 두 명이 본교를 참관하러 왔다는 말을 했습니다. 그래서 아쿠타가와 씨가 발을 동동거리며 흐음, 흐음 하고 으르렁거렸지요.

그날 밤 스이코샤에 묵었습니다. 자기 전에 소변이 마려워 둘이서 복도를 따라가자 변소로 가는 길의 문이 닫혀 있고 자물쇠가 채워져 있었습니다. 그래서 그럼 하는 수 없지, 하고 방으로 돌아와 참고 잤습니다.

잠시 후 아쿠타가와 씨가 꾸역꾸역 침상에서 일어나 창문을 열더니 그 밖에다 소변을 봤습니다. 저는 자는 척하며 잠자코 있었습니다.

나의 「소세키」와 「류노스케」

이튿날 눈을 뜨자 아쿠타가와 씨는 제일 먼저 어젯밤의 그 창으로 가서 창문을 열고 열심히 아래를 내려다봤습니다. 어둑한 곳이어서 아래에 뭐가 있었는지 몰랐기 때문에 상당히 신경이 쓰였겠지요. 그러고 나서 아쿠타가와 씨가 간밤의 일을 털어놨습니다.

돌아갈 때는 여러 곳을 둘러봤습니다. 우지(宇治)의 만푸쿠지(萬福寺)를 안내해주기도 하고 또 나라(奈良)에 가서 호류지(法隆寺)도 봤습니다. 아쿠타가와 씨는 처음이 아니었던 것 같지만 저를 안내해줘야겠다는 마음도 있었던 것 같습니다. 그런 곳을 둘러봤기 때문에 아쿠타가와 씨도 다소 고미술에 압도당한 것 같았습니다. 호류지에서 아주 가까운 숙소에 묵었습니다. 숙소에 도착한 것은 저녁 6시 반경으로, 비가 내렸습니다. 그 여관은 현관에 전등 하나가 있을 뿐이고, 객실에는 남포등만 있었기 때문에 어둑해서 잘 보이지 않았습니다. 어렴풋한 미닫이문의 그림을 보고, 과연 이곳에는 오래된 물건이 있군, 하고 아쿠타가와 씨가 감탄하며 말했습니다. 그런데 이튿날 아침에 보자 비에 젖은 자국이었습니다.

그리고 도착한 그 밤 숙소에서 목욕탕에 들어갔습니다. 그곳도 어둑했는데 욕조 두 개가 나란히 있었습니다. 아쿠타가와 씨가, 자네는 그쪽에 들어가게, 난 이쪽에 들어갈 테니, 하며 저를 무척 배려해주었습니다. 제가 들어간 욕조는 진짜 고에몬부로(伍右衛門風呂)[109]였는데 아쿠타가와 씨 쪽은 물통이고 안은 텅 비어 있었습니다. 아쿠타가와 씨는 그 안에서 긴 정강이를 들어 올리고 내가 나오기를 기다리고 있었습니다. 그 당시 앞니 옆의 이가 빠진 사람 좋게 웃던 얼굴이 지금도 눈앞에 생생히 떠오릅니다. 이튿날 아침에 보니 아쿠타가와 씨가 들어간 통은 숯이라도 넣어둔 것인지 안쪽이 새까맣게 더럽혀져 있었습니다.

이 일도 아마 1918년이었을 겁니다. 이탈리아의 바이올리니스트 에밀리오 콜롬보가 일본에 와서 우에노의 음악학교 강당에서 연주회를 열었습니다. 나는 아쿠타가와 씨와 함께 그곳에 갔습니다. 그때 아쿠타가와 씨는 대학생복을 입고 왔습니다. 평소에는 대체로 검은 옷에 중산모를 썼습니다. 연주회가 끝나고 나서 우에노의 산기슭에 있는 찻집에서 마실 것을 벌컥벌컥 마셨습니다. 또 소변 이야기입니다만, 우에노의 변소에서 나란히 소변을 봤는데 소변이 그렇게 오랫동안 나온 일은 그 후로도 없었던 것 같습니다. 두

109) 가마솥 밑에서 직접 불을 때는 무쇠 목욕통.

사람 사이에 칸막이가 있어 양쪽에 나란히 섰습니다. 서로 몇 번이고 들여다보며 아직인가요, 아직인가요, 하고 물어봤습니다.

아쿠타가와 씨는 학교의 답안 조사에 늘 느렸습니다. 그리고 신고서나 보고서 같은 것은 혼자 쓸 수 없어서 대체로 제가 아쿠타가와 씨에게 문안을 가르쳐주었습니다. 한 예를 들자면 당시에는 물가가 급격하게 올라서 봉급령의 봉급액으로는 부족한 상황이었습니다. 그래서 임시 수당이라는 것이 지급되었지요. 그것이 실시되기 전에 우리가 월급으로 부족하다는 사정을 써서 제출하게 되었습니다. 그런데 아쿠타가와 씨는 좀처럼 쓸 수 없었는지 몇 번이나 제 책상으로 의논하러 왔습니다. 지금 부족한 것은 어떻게 하고 있느냐고 묻는 항목에 처음에는 부모에게 받고 있다고 썼다가, 그 뒤에 이렇게 쓰면 그게 불가능한 사람에게는 좋지 않을지도 모르니까 이건 지우고, 그래서 뭐라고 쓰면 좋을까, 하는 것까지 의논해왔습니다.

그러고 나서 몇 년 후 우연히 교관실에 저와 아쿠타가와 씨만 있을 때였습니다. 아쿠타가와 씨가 갑자기, 자신은 이대로 교사를 계속할지 또는 작가로 살아갈지를 결정할 생각이라는 이야기를 했습니다. 그 직후에 마침 병으로 결근했습니다. 그러고는 아무리 지나도 학교에 얼굴을 비치지 않았습니다. 그 무렵 게이오나 교토의 대학에서 아쿠타가와 씨에게 오지 않겠느냐는 제의를 하고 있다는 이야기도 들렸기 때문에 학교에서도 조금 걱정하는 것 같았습니다. 아쿠타가와 씨 쪽의 주임 교관인 도시마 사다 선생이 저를 불러서 아쿠타가와가 뭐라고 하지 않았느냐고 물었습니다.

아쿠타가와 씨는 그것으로 학교를 그만두고 말았습니다.

아쿠타가와 씨는 그래 봬도 꽤 심술궂은 데가 있었습니다. 몇 년 후인 1923년 4월 제가 큰 치질 수술을 받았습니다. 그 후 요양하러 유가와라에 가 있었는데 어느 날 길에서 아쿠타가와 씨를 만났습니다. 아쿠타가와 씨는 사사키 모사쿠[110] 씨 등을 데리고 왔습니다. 자신도 치질이 있는데 용기가 없어서 수술을 피하고 있었다는 겁니다. 그래서 자꾸 내 수술에 관한 악담을 했는데, 치질은 수술해도 낫는 게 아니라고 역설했습니다. 그래도 부족했는지 나중에 긴 편지를 보내왔습니다. 그 편지는 아쿠타가와 전집 간행회 쪽으로 보내두겠습니다.

그때 아쿠타가와 씨 등의 숙소는 나카니시야(中西屋)였고,

---

110) 佐佐木茂索(1894~1966). 소설가, 편집자. 문예춘추사(文藝春秋新社) 사장.

　　　　　　　　　　나의 「소세키」와 「류노스케」

저는 아마노야(天野屋)에 있었습니다. 길에서 만난 후 숙소로 찾아가 여러 가지 이야기를 나눴습니다. 아쿠타가와 씨에게는 이미 아이가 있었습니다. 다바타의 집에서 자고 있으면 아침 일찍 아이가 시끄럽게 굴어 잠이 깨어 곤란하다, 그렇게 일단 눈을 뜨면 다시 잘 수 없기 때문에 그것에 대비하기 위해 전날 밤부터 2층 방에도 일단 침상을 깔아두고 아이가 떠들어서 잠이 깨도 그대로 눈을 감은 채 손으로 더듬어 계단을 올라가 2층 잠자리로 기어든다는 이야기를 했습니다.

나중에 그 후의 일을 떠올리면 안타까운 일뿐이지요."

시라하마카이

시라하마(白浜)라는 곳은 요코스카에서 전에 해군기관학교가 있던 주변을 말한다고 한다. 나는 1923년 간토대지진 전까지 5, 6년간 매주 한 번씩 겸무로 기관학교에 나갔지만 그런 이름은 알지 못했다.

그래서 시라하마카이(白浜会)의 통지를 받고 신기하게 생각했는데, 전에 해군기관학교의 문관 교관을 했던 사람들의 친목회라고 해서 몇 년 만에 옛 동료의 얼굴을 보고 싶은 생각에 참석하기로 했다.

문단에 관계가 있는 사람으로는 도요시마 요시오가 당시의 프랑스어 교관이었다. 도요시마도 나온다고 해서 기대하고 갔다.

10월 22일 저녁, 가을치고는 찬바람이 불던 밤, 쓰키지의 요정은 처음 가는 곳이라 좀처럼 찾지 못하고 헤매는 중에 몸이 차가워졌다.

모인 사람은 여덟 명이었다. 그중에는 우리보다 앞선 시대의 늙은 교관도 있고 또 내가 그만둔 후에 들어온 젊은 교관도 있었다. 낯익은 사람은 절반밖에 안 되었다. 나 같은 어학 교관 외에 수학, 물리, 화학 선생이 있었는데 석상의 화제는 옛날에 대한 추억보다는 바보 같은 소리였다. 그렇게 되면 여러 차례 아쿠타가와 류노스케라는 이름이 모두의 입에 올랐다.

해군기관학교의 바보 같은 이야기 중에서 늘 핵심이 되는 인물은 그날 밤 그 자리에 없었던 모 선생이었는데, 아쿠타가와가 그 사람의 얼굴을 마주 보고 바보, 바보라고 말했다는 이야기가 나왔다.

그 자리에 있던 구로스 교수는 신임 때 아쿠타가와가 "잠깐 소개하지" 하며 그 사람 앞으로 끌고 가서,

"이 사람이 누구누구 씨라는 유명한 바보요"라고 해서 당황했다는 이야기를 했다.

바보 이야기는 결국 음담으로 빠지게 되는데,

"식사 후 끽연실의 헬담에서도 아쿠타가와는 지지 않았다"는 이야기였다. 헬담이라는 게 뭐냐고 내가 물었더니, 지금껏 헬담도 몰랐느냐며 웃었다. 잊어버렸는지도 모르지만,

아무래도 처음부터 몰랐던 것 같다.

스케베(助平, 호색한)의 조(助)가 영어 help이고, 그것이 줄어 헬담(hel談, 음담패설)이 된 거라고 설명해주었다. "이건 해군 용어네"라고 확인까지 해주었다.

「이 기쁨 누구에게 말할까」라는 작품은 아쿠타가와가 헬담을 끝까지 담아두지 못하고 소설에 써서 조심스럽게 남의 이름으로 발표한 거라는 이야기도 나왔다.

나는 그 소설을 읽지 않았으므로 진짜인지 가짜인지 모르지만, 그 자리에서는 다시 그 소설의 줄거리에 대한 복습이 시작되었다.

"아쿠타가와가 그렇게 되지 않았다면 아직 살아 있을까?"

"글쎄."

"뭐라고도 할 수 없겠지."

"오늘밤 이 자리에 있다면 좋을 텐데."

이런 이야기도 나오는 등 자리에 없는 아쿠타가와가 몇 번이나 좌중의 중심이 되었다. 그러고는 식사가 끝날 무렵 특별히 큰 접시에 복어 회가 나와 다시 술을 마셨다.

가을바람 장지로 끊고 받은 복어 밥상

秋風を障子に切りて河豚の膳

　　　　　　　　　　　　　　나의 「소세키」와 「류노스케」

거북이 우는구나

1

미사키(三崎) 해변의 벼랑 위에 있는 절에 언젠가 큰불이 났을 때 갈림길이 된 돌담과 돌담 사이에서 바닷바람에 날아온 불꽃이 옮겨붙어 불타올랐다. 본당이 큰 불덩어리가 되어 타오르며 벼랑에서 바닷속으로 굴러떨어졌다. 붉게 물든 파도가 검은 물가에 밀어닥쳐 부서졌다.

그 경치를 본 것이 아닌데도 몇 번이고 내 뇌리에 생생하게 비쳤다. 미사키에 간 것은 단 한 번으로, 그 이전에도 이후에도 간 일이 없었다. 그 절의 방 하나를 빌려 전지 요양을 하던 친구가 객혈을 했을 때 당장 오라는 전보를 받고 달려간 것이다.

내가 갔을 때 객혈은 가라앉았지만 친구는 심하게 풀이

죽어 창백한 얼굴에 눈만 빛나고 있었다. 이튿날 그 절에서 지가사키의 병원으로 옮기게 되어 있었다. 나도 함께 따라 가기로 해서 그날 밤에는 절에 묵었다. 저녁이 되자 깜짝 놀랄 만큼 예쁜 아가씨가 밥상을 들고 왔다. 절이었는데도 보통의 비린내 나는 음식인 전복 장국이 놓여 있었다.

밥상이 나오기 전에 친구가 술을 마시겠느냐고 물어서 마시겠다고 했으므로 데운 술도 곁들여 나왔다. 미인이 따라주는 술을 한 잔 기울였고, 친구의 폐병도 그리 걱정할 일이 아닌 것 같은 기분이 들었다. 저 미인은 누구냐고 물었더니 그 절의 딸이라고 했다. 그때는 가을이었는데 여름이면 일고(一高) 학생이나 대학생이 수영 합숙훈련을 와서 이 절에 묵는다고 한다. 그런 사람들에게 이곳 아가씨는 유명해서 그들은 해마다 여름이 되기를 학수고대하며 얼굴을 보러 찾아온다는 것이었다.

그뿐인 이야기였다. 이튿날 절을 떠나 지가사키로 옮기고 나서 친구는 병상에서 그 아가씨의 모습을 눈에 그렸는지 어땠는지 모르지만, 나는 예뻤다는 기억뿐 그 모습조차 곧 잊고 말았다. 그런데 어떻게 된 일인지 그해 겨울 신문에서 미사키 대화재 기사를 읽었을 때 갑자기 절이 불타는 광경을 상상하고 절이 화염 덩어리가 되어 어두운 바다로 떨어

나의 「소세키」와 「류노스케」

졌다는 것은, 아가씨의 소매에 불이 붙었다는 것을 그런 식으로 생각하는 거라고 느끼고는 스스로 지웠다. 그 당시의 아쿠타가와를 생각하면 바로 미사키의 절이 화재에 불탔을 때의 불꽃이 머릿속에 어른거린다.

2

다바타의 아쿠타가와 류노스케의 집 2층에는 계단이 둘 달려 있었던 것 같다. 높은 곳에 지어진 큰 집이었는데 2층에는 방이 하나밖에 없었던 게 아닌가 싶다. 어쩌면 내가 모르는 뒤쪽에 또 다른 방이 있었을지도 모르지만, 뜰 밖에서 올려다보면 늘 안내되는 그 방 하나뿐인 것 같았다.

그곳이 아쿠타가와의 서재이다. 또 그곳으로 자주 손님을 안내했다. 나나 사람들이 초대를 받아 계단을 올라가면 유리문 안쪽의 복도가 나온다. 그 오른쪽이 서재다. 복도 끝에 또 하나, 건너편으로 내려가는 다른 계단이 있다는 것은 몰랐다. 나는 한 번도 그 계단을 오르내린 적이 없었다.

아쿠타가와는 내가 무슨 이야기를 하든 듣고 있는 것 같기는 하지만 그가 하는 말은 흐리멍덩했다. 혀가 돌아가지 않는 건지 뒤얽힌 건지 도무지 무슨 말을 하는지 알 수가 없었다. 어떻게 된 거냐고 물으니 어젯밤에 약을 너무 많이 먹었다고 했다. 그래서는 안 된다고 말하자, 물론 안 되지만 그렇게 말하자면 자네도 술을 마시고 취하지 않나, 하고 말하나 싶더니 남 앞에서 고개를 숙이고 잠들어버렸다.

어쩔 수 없어서 상황을 보며 가만히 앉아있는데, 또 눈을 뜨고 아, 미안, 미안. 그만 잠들고 말았네, 그래도 자네, 정말 졸리는군, 하며 살짝 웃는 듯한 얼굴이 되기도 했다.

나는 뭘 하러 온 것인지, 뭔가 부탁할 일이라도 있었던 것인지 잊었지만 마주 앉아있어도 해결이 되지 않았기 때문에 그만 돌아가려고 했다. 실례하네, 하며 일어서려고 하다가 문득 돌아갈 전차 삯인 잔돈이 없다는 것을 깨달았다. 운 좋게 그것을 떠올린 것이다. 그때는 내게 전차 삯 정도가 없지는 않았다고 생각한다. 지갑에 얼마간 갖고 있었던 것 같지만 어쩐지 올 때의 경험으로, 돌아갈 때는 잔돈을 준비해야 한다고 생각한 일을 떠올린 것이다.

그 시절의 전차 삯이 5전이었는지 7전이었는지는 잊었다. 하지만 10개피짜리 담배 골든배트[111]가 5전이었다가 6전으

---

111) 1906년 발매된 이래 대중용으로 보급된 담배.

로 인상된 것을 골든배트의 애용자였던 아쿠타가와가 신경 쓰며 골든배트는 5전이 아니면 골든배트 같은 생각이 들지 않네, 안 그런가, 자네, 하고 말한 일이 떠올랐다. 그러므로 전차 삯도 대체로 그쯤이었을 것이다.

내가 이제 돌아갈 텐데 돌아갈 전차 삯인 잔돈이 없다고 하자 좋아, 잠깐 기다리게, 하고는 비틀비틀 일어났다. 앞으로 거꾸러지지나 않을까, 하고 나는 조마조마했다. 휘청거리는 발걸음으로 걸어서 내가 조금 전에 올라온 계단을 내려갔다.

이제 돌아가려고 했기 때문에 일어난 나도 복도로 나가 뜰을 내려다보기도 하고 건너편 하늘을 바라보고 있었는데 그는 좀처럼 돌아오지 않았다. 아래로 내려오라는 것인지도 모른다고 생각할 때쯤 복도의 다른 쪽 끝에 있는 또 다른 계단에서 그림자가 흔들리는 모습으로 올라왔다. 여름이어서 홑옷을 입고 있었는데 그 옷자락을 벌리고 정강이를 드러내며 거기에 멈춰 섰으나 잠시도 가만있지 않고 전후좌우로 흔들고 있었다. 그리고 내 앞으로 두 손을 내밀었다. 두 손바닥 위에 은화와 동화가 섞인 잔돈이 수북이 쌓여 있었다. 마치 뒤주에서 쌀을 두 손에 고봉으로 담아온 듯한 모습이었다.

나를 향해 그 손을 내민 채 아쿠타가와 자신도 감탄한 듯한 얼굴로 바라보고 있었다. 왜 그렇게 많이 가져온 건가, 하고 물으니 지갑에 든 것을 옮겼더니 이렇게 많았다네, 나는 이 안에서 집을 수가 없으니까 자네가 가져가게, 하고 말했다.

아쿠타가와의 손바닥에서 10전짜리 동전 하나를 집어 손에 쥔 채 가겠다고 했다. 아쿠타가와가 한 발을 서재로 들여놓고 흑단 책상 위에서 두 손을 펼친 바람에 잔돈이 짤랑짤랑 흩어졌고 책상에서 떨어진 동전은 그 근방을 굴렀다.

밖으로 나오고 나서도 그 10전짜리 동전을 손에 쥐고 있다가 전찻길로 나가 전차를 타고 표를 사서는 차장에게 건넸다.

그 시절, 나는 집을 나와 혼자 와세다의 종점 근처의 하숙집에서 숨을 죽이고 있었다. 하숙집에는 전화가 있었다. 10전짜리 동전을 받은 하루인가 이틀 후에 그 전화로 아쿠타가와가 자살했다는 소식을 들었다.

3

나는 중산모를 좋아한다. 그래서 어디를 가든 중산모를

나의 「소세키」와 「류노스케」

쓰고 다녔다. 결국에는 스탠딩 칼라 양복을 입고 중산모를 쓰고 있었기 때문에 지금 생각하면 조금은 우스웠을지도 모른다. 그러나 나는 그렇게 생각하지 않았던 것 같다. 그러므로 아무렇지 않게 그런 모습으로 사람들을 찾아갔을 것이다. 그 모습이 어땠는지, 아쿠타가에게는 굉장히 신경이 쓰인 모양이었다. 그는 내 얼굴을 보면 언제나 자네는 무섭네, 무서워, 하고 말했다.

2층 서재로 안내되었지만 주인인 아쿠타가와는 없었다. 기다리고 있는 동안 또 나중에 온 손님이 2층으로 올라왔다. 세 명이었는데 그중 두 사람은 여자였다. 모르는 얼굴이기도 하고 혼잡해졌기 때문에 나는 그 사람들에게 살짝 고개를 숙여 인사만 하고 다다미방 안쪽으로 들어갔다. 그리고 책상이 놓여 있는 곳보다 더 안쪽인 책장의 그늘진 벽 가에서 벽에 기대어 가만히 앉아있었다.

꽤 시간이 지나고 나서 아쿠타가와가 올라왔다. 아직 건강하던 때로, 그곳에 있는 세 손님에게 붙임성 있게 말을 걸었다. 재미있는 듯한 이야기를 들으며 잠자코 있었지만 곧 말을 붙일 계기가 생겨 나는 그 벽 가에서 저기, 아쿠타가와, 하고 불렀다.

그러자마자 그는 앉은 채 벌떡 일어난 듯한 모습을 했다.

"앗 깜짝이야."

아쿠타가와는 과장된 목소리로, 그러나 진지한 표정으로 이쪽을 봤다.

"아아, 깜짝이야. 무섭네, 자네. 그렇게 어두운 데서 잠자코 웅크리고 있으니 말이야."

"웅크리고 있지 않았네. 왜냐면 나는 전부터 있었으니까."

"그게, 그게 무섭다네. 잠자코 있으니까."

"삼가고 있었네."

"새까만 양복을 입고 그렇게 어두운 데서 삼가고 있으니까 무섭다네. 무섭지 않나?" 이번에는 세 손님 쪽을 향했다.

그러고는 아주 시끄럽게 무턱대고 지껄여댔다. 상대가 되어 따라갈 수 없을 듯한 기세로 입에 침을 모아 혼자 계속 떠들었다.

아무래도 기대한 것과 상황이 다른 것 같은 기분이 들었고, 또 특별한 용무도 없었기 때문에 세 손님보다 먼저 돌아왔다. 하지만 아쿠타가와의 신변이 어쩐지 개운치 않은 것 같아 기분이 나빴다.

나의 「소세키」와 「류노스케」

4

5월 초, 춘분으로부터 88일째 되는 날 무렵 아쿠타가와를 찾아갈 생각으로 집을 나선 일이 있다. 어떤 길로 가다 헤맸는지 모르지만, 낯선 들판이 나와 어디로 가야 할지 알 수가 없었다.

저녁을 빨리 먹고 나오긴 했지만 아무리 지나도 해가 저물지 않았다. 아직 들판의 지면에 푸른 기를 띤 빛이 남아 있었다. 어디에나 풀이 움트기 시작한 계절인데도 어찌 된 셈인지 들판 가득 맨땅이고, 그 한복판 주변에 커다란 나무 한 그루가 저녁 하늘을 향해 우뚝 솟아 있었다. 발밑은 밝지만 올려다본 큰 나무의 꼭대기는 어두웠다. 나는 점점 숨이 막히고 가슴이 단단히 죄는 듯했다. 아무것도 없는 곳에 서 있기가 불안해졌다. 큰 나무의 밑동으로 가서 줄기에 기대고 어떻게 할지를 생각했다.

들판 가장자리에 늘어서 있는 집들의 지붕 너머로 언덕인 듯한 그림자가 보였다. 아쿠타가와의 집이 있다는 예상은 틀리지 않았다. 들판을 가로질러 그쪽으로 나아갈 수 있을 것 같은 길을 찾으면 된다고 생각했다. 하지만 그렇게 생각한 쪽으로 걸어갈 수가 없었다. 가만히 서 있어도 가슴이 답답했다. 그쪽으로 가려고 생각하면 더욱 불안해졌다.

잠시 멈춰 서 있는 동안 결국 해가 저물고 들판이 큰 어둠 덩어리가 되었다. 건너편 집들 사이로 새어 나오는 빛이 점점이 날카롭게 빛나기 시작했다. 빛줄기가 똑바로 내 눈으로 날아와 신호를 보내는 것처럼 보였다. 불안하고 어쩐지 기분이 나빠서 그대로 있을 수가 없었다.

결국 과감히 다바타의 아쿠타가와 집에 찾아가는 것을 그만두고 그대로 돌아왔다. 단념하고 돌아오려고 했더니 어딘가에서 뭔가가 울고 있었다. 모호하고 멀어서 무슨 울음소리인지 알 수 없었다. 어두워지고 나서 갑자기 주변이 따뜻해진 것 같은 기분이 들기 시작했다. 돌아가려고 생각하고 걷기 시작했더니 조금 전만큼은 답답하지 않았다.

5

아쿠타가와가 친하게 지내던 친구의 머리가 이상해져서 그 계통의 병원에 입원했다. 그 사건에 아쿠타가와는 크게 놀란 듯했다. 사람의 얼굴만 보면 자네는 이상하네, 미치광이야, 하는 식으로 말했다.

나의 「소세키」와 「류노스케」

"그런 말을 하는 것은 자네가 병에 대한 자각이 없기 때문일 뿐이지 결코 자네가 건강하다는 증거는 아니네." 이렇게 말하며 남의 눈 속을 물끄러미 쳐다봤다.

여느 때의 그 서재에서 이야기하고 있었는데, 이야기가 끊겼을 때 이렇게 말했다.

"오늘 나는 병문안을 가려고 하네. 실례지만 거기까지 같이 가세."

그러더니 일단 아래층으로 내려가 옷을 갈아입고 왔다. 준비해 둔 것인지 식구로부터 과자 상자 같은 보자기를 받아 안고는 함께 나갔다.

걸으며 어떤 상태냐고 물으니 점점 안정되고 있는 모양이네, 그런데 말이야, 역시 무섭네, 하고 말했다. 조용한 목소리로 이렇게 말하고 나서는 잠자코 있었다.

전찻길로 나가는 모퉁이의 두세 집 앞에 책방이 있었는데 그 안으로 성큼성큼 걸어 들어갔다. 아직 헤어지기 전이라서 나도 함께 들어갔다.

가게 안에서 이런 말을 했다. 내 새 책이 나와서 주려고 확보해두었는데 손님이 가져가서 없어지고 말았네. 내 책을 책방에서 돈을 내고 사는 것은 이상하군. 무엇보다 아까워.

책장에서 『후난의 부채』 한 권을 빼 들고 벼룻집을 꺼내 카운터에서 사인을 해서 주었다. 가게 사람이 포장지에 싸서 주는 것을 내가 받아 손에 들고 함께 밖으로 나왔다.

문병 선물인 과자 상자를 안은 아쿠타가와는 내가 타는 전차와는 반대 방향의 전차를 타고 갔다. 내가 탈 전차는 좀처럼 오지 않았다. 『후난의 부채』의 포장지가 들고 있는 손의 기름기로 착 들러붙었다.

6

다바타의 집으로 찾아가게 된 초기 무렵, 2층의 서재로 안내되어 기다리고 있는데 아무리 기다려도 올라오지 않았다. 사람을 안내해두고 잊어버린 건가, 하고 생각할 때쯤에야 계단을 올라왔다.

거기에 우뚝 선 모습을 보니 가문의 문양이 들어간 검은색 하카마를 입고 흰색 다비를 신고 있었다. 그 옷차림으로 내 앞에 앉았다.

"미안, 미안. 기다리게 해서 미안하네. 오늘은 이제부터 혼례식을 해서 말이야."

당황하고 있으니, 이어서,

나의 「소세키」와 「류노스케」

"내 혼례라네" 하며 재미있다는 듯이 내 얼굴을 마주보았다. "하지만 아직은 시간이 있어"

당시 아쿠타가와는 요코스카의 해군기관학교 교관이었고 나도 일주일에 하루만 나가는 겸무 교관이었다. 신혼인 아쿠타가와는 가마쿠라에 집을 얻어 살며 이따금 도쿄로 올라오는 것 같았다.

그 시절에는 아직 도쿄와 요코스카를 다니는 전차가 없었다. 이등칸은 물론이고 일등칸까지 달린 기차가 다니고 있었다. 일등칸도 이등칸도 좌석은 지금 같지 않게 창을 따라 길게 이어져 있었다. 그래서 나는 요코스카에서 돌아오는 기차 안에서 구두를 벗고 좌석 위로 올라가 창 쪽을 향해 정좌를 하고 있었다.

기차가 가마쿠라역에 도착했을 때 우연히 아쿠타가와가 새색시를 데리고 같은 칸으로 들어왔는데 나는 그것을 모르고 있었다. 말을 걸어와 돌아본 순간 재빨리 새색시를 소개했으므로 나는 몹시 당황하여 의자 위에 앉은 채 거기에 손을 짚고 초대면의 인사와 축하의 말을 했다. 부인은 찻간으로 막 들어왔으므로 물론 서 있는 채였다. 하지만 나는 무릎을 꿇고 인사를 했으므로 불편한 모습이었다. 그 광경을 보고 다시 움직이기 시작한 기차에 흔들리면서 아쿠타가와는 몸을 비틀듯이 배를 잡고 웃었다.

7

이미 저녁이었는지도 모른다. 장신의 아쿠타가와가 어둑한 서재 안에서 일어나 교창에 걸어둔 액자 위로 손을 뻗나 싶더니 거기에서 백 엔짜리 지폐를 꺼내와 내게 건넸다.

돈이 궁하다는 이야기를 하고 있었지만 그 자리에서 변통하여 받을 줄은 몰랐다.

당시의 백 엔은 아마 지금의 2만 엔 정도, 아니면 상당히 오래된 이야기라서 더 될지도 모른다.

"자네는 내가 제일 잘 알고 있네. 나는 알고 있지."

하고 말했다.

"부인도 어머니도 진정 자네를 몰라."

그리고 또 다른 때,

"소세키 선생님의 문하에는 스즈키 미에키치와 자네와 나뿐이네."

하고 말했다.

아쿠타가와가 자살한 여름은 무척 더웠다. 그런 더위가

　　　　　　　　　　　　　나의 「소세키」와 「류노스케」

며칠이나 계속되어 숨을 쉴 수 없을 것 같았다. 너무 더워서 죽어버렸다고 생각하고 또 그것으로 된 거라고 생각했다. 원인이나 이유가 여러 가지 있어도 그건 그것이고, 역시 굉장한 더위였으므로 아쿠타가와는 죽어버렸다.

8

거북이 우는구나, 꿈은 쓸쓸한 연못가

亀鳴くや夢は淋しき池の縁

거북이 우는구나, 둑의 어스레한 소나무

亀鳴くや土手に赤松暮れ残り

우치다 햣켄 선생의 저작집은 1933년에 간행된 『햣키엔
수필(百鬼園隨筆)』부터 최근의 『파도가 넘실넘실(波のうねう
ね)』까지, 헤아리자면 마흔 권 남짓 된다. 창작집 『명도(冥
途)』, 『뤼순 입성식(旅順入城式)』, 하이쿠집, 일기, 장편 『가짜
나는 고양이로소이다(贋作吾輩は猫である)』, 일기 『도쿄 소진
(東京燒尽)』 등을 제외하면 약 서른 권이다. 한 권에 약 40편
의 글이 수록되어 있다고 하면 얼추 천 편 이상의 글이다. 그
중에서 나쓰메 소세키와 아쿠타가와 류노스케에 관한 글을
모두 여기에 모았다.

차례는 쓰인 연대순이 아니라 저작집의 간행 순서로 늘
어놓았다. 그런데 「아카시의 소세키 선생」이 1933년에 간행
된 『햣키엔 수필』에 실려 있어 가장 오래된 글이다.

「소양기」, 「소세키 선생이 남긴 코털」, 「호랑이 꼬리」는

1934년에 간행된 『무현금(無絃琴)』에 수록되었다.

「빈둥기」, 「소세키 선생 임종기」는 1935년에 간행된 『학 (鶴)』에 수록되었다.

「소세키 선생에 대한 추억 보충」, 「13호실」(이와나미쇼텐 잡지 〈사상(思想)〉 소세키 기념호 게재. 원제 「쓰키지 활판소 13호실(築地活版所十三号室)」)은 1936년에 간행된 『우초텐(有頂天)』에 수록되었다.

「소세키 선생의 파지」는 1938년에 간행된 『언덕의 다리 (丘の橋)』에 수록되었다.

「소세키 산방의 설날」, 「소세키 선생의 내방」, 「소세키 축음기」는 1939년 봄에 간행된 『귀원횡담(鬼苑橫談)』에 수록되었다.

「소개장」, 「소세키 단편」도 마찬가지로 1939년 가을에 나온 『국화 비(菊の雨)』에 수록되었다.

「홍차」, 「책상」은 1941년에 간행된 『배의 꿈(船の夢)』에 수록되었다. 「소세키 산방, 밤의 문조」에서 「신간」까지의 다섯 편과 「소세키 하이쿠 감상」, 「대작」은 모두 1951년, 1952년에 간행된 『수필 억겁장(隨筆億劫帳)』, 『귀원의 거문고(鬼園の琴)』에 수록되었다. 「소세키 잡담」은 1946년 3월 모 제약회사를 위한 강연 기록이다. 「소세키 하이쿠 감상」이 1932

년에 쓰인 사정은 「대작」에 분명히 나와 있다. 그렇다면 이 책에서는 이 글이 가장 오래된 것이다.

「『털머위 꽃』에서」부터 각 편은 1961년 지쿠마쇼보(筑摩書房)에서 간행된 『털머위 꽃』에 수록(같은 제목으로 요미우리신문에 14회 연재)되었다. 「구일회」는 1960년에 나온 『도카이도 가리야역(東海道刈谷駅)』에 실린 「삼회 메모(三会覚え書)」 중의 제1장이다.

***

『햣키엔 일기첩』은 1935년 봄에 간행되었다. 29세 때인 1917년부터 1919년까지의 일기다. 『속 햣키엔 일기첩』은 그 이듬해인 1936년에 간행되었다. 당시에는 드문 일이었지만, 1922년까지의 극명한 일기가 퇴고를 하지 않고 그대로 간행되었다. 이 책 권두의 일러두기 끝에,

"1. 이 책의 성격상 어쩔 수 없이 독자가 여기저기 골라 읽는 것은 특히 저자가 간절히 원하는 바이다"라고 쓰여 있다. 30년이 지난 현재, 특히 선생의 허락을 얻어 그 일기첩 안에서 소세키와 아쿠타가와 류노스케에 관한 부분을 발췌했다(각 장의 숫자는 일기첩을 간행할 때 편의상 구분하기 위한 숫자

로, 여기서는 깊은 의미가 있는 게 아니다). 그대로라고 했지만 인명은 거의 가칭으로 기술되었고, 소세키와 아쿠타가와만은 그대로 되어 있다. 오에 씨, 분야 씨 등의 가칭은 오구라햐쿠닌잇슈(小倉百人一首)[112]에서 따온 것이라고 하는데 그들이 누구인지는 추정할 수밖에 없다. 「소세키 산방의 설날」에 "1919년 내 일기를 보면, 어지간히 재미가 없었는지 그자리에 소세키 선생님의 유령이 나타나면 좋을 것 같았다고 쓰여 있다"라고 나와 있는데 그 전후의 일기는 일부러 이책에 넣지 않았다.

『소세키 전집』, 『나쓰메 소세키 작품집』, 『아쿠타가와 류노스케 전집』의 추천사는 모두 전집을 간행하기 전에 소위 내용을 미리 보기 위한 책자를 위해 쓴 글이다. 본문의 표제는 체제상 당시 책자의 표제 그대로 했지만, 선생 자신이 붙인 제목인지 어떤지는 의문이어서 괄호에 넣었다. 모두 종래의 단행본에는 실은 적이 없는 글이다.

---

[112] 상고시대에서 가마쿠라(鎌倉) 시대 초기까지의 대표적 가인 100명의 와카(和歌) 100수를 후지와라노 데이카(藤原定家)가 선정하여 모은 가집.

＊＊＊

1905년 1월호 〈호토토기스〉에 『나는 고양이로소이다』의 제1회가 게재되었을 때 고향 오카야마에서 현립 오카야마 중학교 4학년이었던 햣켄 선생은 곧바로 나쓰메 소세키 숭배자가 되었다. 이듬해에 『양허집(澨虛集)』이 나왔을 때는 〈산요신포(山陽新報)〉에 '『양허집』을 읽다'라는 제목의 독후감을 발표했다. 1909년 21세 때, 창작 「늙은 고양이(老猫)」를 소세키에게 보냈다. 그 전후 소세키의 서간이 몇 통 남아 있다(『소세키 전집』 제18권 서간집, 1909년 우시고메구 와세다미나미초 7번지에서 오카야마 후루교초古京町 우치다 에이조에게).

우치다 에이조 씨에게

편지는 잘 봤습니다. 「늙은 고양이」 건은 까맣게 잊고 있어 무척 미안하게 생각합니다. 소설 탈고 후 여러 가지 일이 겹친 데다 급성 카타르염을 앓아 병석에 있었기 때문에 이것저것 정신이 없었습니다. 바다와 같은 마음으로 양해해주시기 바랍니다.

잠자리에서 곧바로 「늙은 고양이」를 읽었습니다. 필치가 진지하고 젠체하는 데가 없어 좋습니다. 또 자연의 풍물을 표현하는 것도 재미있다고 생각합니다. 다만 한 편의 작품으로 읽기에는 그다지 흥미를 불러일으키지 못하는 것도 사실입니다. 좀 더 공부를 해야 한다고 할까요. 하지만 글을 쓰는 태도, 관찰 등은 괜찮으니 그 점은 걱정할 필요 없습니다. 다카하마 교시는 재미있지 않다는 식으로 평했지만, 제가 보는 바로는 교시의 평보다는 낫다고 생각합니다. 더욱 분발해서 쓰기를 바랍니다.

보내주신 화문석 한 장은 고맙게 잘 받았습니다. 저는 병이 다 낫는 대로 여행을 떠납니다. 제가 집에 없을 때 도착할 경우에는 답장도 소홀해질 것입니다. 그에 대해서는 나쁘게 생각하지 마시기 바랍니다.

일단 답장을 보냅니다. 그럼 이만 줄입니다.

　-8월 24일 나쓰메 긴노스케(夏目金之助)[113]

『소세키 전집』의 『서간집』(이와나미쇼텐판 18·19권)에는 우치다 에이조에게 보낸 서간 18통이 수록되어 있다. 그런데 위의 서간 이후는 1911년 3월, 도쿄 고지마치구 우치사이와이초에 있는 위장병원에 입원 중이던 소세키를, 제국대학에

---

113) 나쓰메 소세키의 본명.

입학한 직후의 우치다 에이조가 처음으로 병문안을 간 데 대한 소세키의 사례 편지이다. 그리고 그 이후에는 목요일의 면회가 허락된다. 그해 여름 오카야마로 돌아가 아카시로 강연을 하러 간 소세키를 찾아가는데, 도쿄로 올라오고 나서의 서간은 이후 소세키 저작의 교정 문의에 대한 답변이 대부분을 차지한다.

「소세키 선생의 파지」에 쓰인 소세키의 초고는 1941년에 간행된 『소세키 산방기(漱石山房の記)』(이 책과 마찬가지로 편찬한 책이고, 지치부쇼보(秩父書房) 발행)의 권두 사진으로서 『한눈팔기』의 초고 4매가 실려 있다. 그런데 핫켄 선생이 애장하고 있던 소세키 유품은 1945년 5월 말의 도쿄 공습으로 모두 잿더미가 되었다. 현재까지 선생에게는 「소세키 잡담」에 쓰인 초판본 『나는 고양이로소이다』와 소세키의 단자쿠 한 장이 남아 있을 뿐이다. 단자쿠는 은박이 새까맣게 변색되어 판독하기 힘들다.

우치다 에이조에게
봄의 하이쿠, 좋은 단자쿠에 써서 보냈네. 소세키
春の発句よき短冊に書いてやりぬ. 漱石

***

「죽장기」는 1934년 9월호 〈문예춘추〉지에 발표되어 「갓파기」와 함께 단행본 『무현금』에 수록되었다.

「후난의 부채」는 『학』에, 「멧돼지의 낮잠」, 「아쿠타가와 교관의 추억」은 1935년에 간행된 『요철도(凹凸道)』에, 「시라하마카이」는 1937년에 간행된 『북명(北溟)』에, 「거북이 우는구나」는 1951년 6월에 간행된 『실황 소헤이기』에 수록되었다.

아쿠타가와 류노스케와 햣켄 선생의 교우는 언제쯤 시작되었을까. 아쿠타가와 자신이 쓴 연보에 따르면 "1915년 12월 구메 마사오와 함께 나쓰메 소세키의 문하로 들어갔다. 하야시바라 고조의 소개로"라고 되어 있어 그 이듬해부터라고 추정할 수 있다. 그리고 아쿠타가와는 25세, 햣켄 선생은 28세에 육군사관학교 교수에 임관, 육군사관학교 소속이 되었다. 1917년 아쿠타가와는 「라쇼몬(羅生門)」을 발표했다. 우치다 햣켄의 창작집 『명도』는 1921년에 원고가 완성되어 도몬도쇼텐(稻門堂書店)에서 간행되었다. 『명도』는 1923년 간토대지진으로 지형(紙型) 등이 소실되었다. 1927년 잡지 〈문예시대(文芸時代)〉 7월호에 아쿠타가와는 「우치다 햣켄 씨」라는 글을 발표했다(『아쿠타가와 류노스케 전집』 제8권 『인물기』에 수록).

우치다 햣켄 씨는 소세키 선생님의 문하생으로 내가 존경하
는 선배다. 문장이 뛰어나고 아울러 시다류(志田流) 거문고에
도 뛰어나다. 저서로『명도』한 권이 있고, 타인의 처마 밑에
서지 않는 특색이 있다. 하지만 불행히도 출판 후 곧 지진 피
해를 당했기 때문에 널리 세상에 알려지지 않았다. 나는 이를
안타깝게 생각한다. (…) 천하의 출판사가 모두 새로운 작가의
새로운 작품을 시중에 내려고 하는 이때 우치다 햣켄 씨를 돌
아보지 않는 것은 왜인가. (…) 나는 단지 우정 때문만이 아니
라 진지하게 우치다 햣켄 씨의 시적 재능을 믿기 때문에 이런
악문을 쓰는 것이다.

그리고『명도』이후의 작품「뤼순 입성식」과 그 밖의 창
작을 "아주 독창적인 작품"이라고 했다. 1927년 7월 24일에
아쿠타가와는 스스로 목숨을 끊었다. 1929년 〈중앙공론(中
央公論)〉 6월호에 우치다 햣켄은 창작「중산모자」를 발표(「중
산모자」는 야구치라는 가칭으로 아쿠타가와의 만년을 그린 작품으로 읽
는 사람도 있는 것 같지만 작자는 그것을 인정하지 않았다. 이와나미쇼텐
에서 간행한『뤼순 입성식』에 수록)했다. 1933년 가을『햣키엔 수

필』을 간행했다. 아쿠타가와 류노스케가 그 소실을 애석해한『명도』를 다시 새긴 판이 미카사쇼보(三笠書房)에서 1934년 1월에 출판되었다. 그해 가을 10월부터 이와나미쇼텐에서『아쿠타가와 류노스케 전집』보급판이 간행되었다. "내 글이 다소 세상 사람들의 이해와 감상을 받게 되면서 처음으로 생각나는 것은, 이제 아쿠타가와가 없다는 사실이다." 이렇게 쓴 선생의 마음은 이 전집 추천사를 여기에 다시 인용할 필요도 없을 것이다.

***

『햣키엔 하이쿠(百鬼園俳句)』(1943년 세이지샤(靑磁社) 간행)에 다음과 같은 하이쿠가 있으므로 이 책의 「갓파기」에 실려 있는 하이쿠와 중복되지만 흩어지지 않게 하기 위해 실어 둔다.

아쿠타가와 류노스케 기일의 하이쿠 여섯 작품.

갓파기의 밤, 바람 우는 마루 끝인가
河童忌の夜風鳴りたる端居かな

갓파기의 정원석, 어두운 밤비여라

河童忌の庭石暗き雨夜かな

갓파기, 용마루에서 울어대는 밤 매미

河童忌や棟に鳴き入る夜の蟬

해마다 갓파기에서 돌아오는 밤길

歳々や河童忌戻る夜の道

갓파기, 뜰에 노니는 여름 새끼 참새

河童忌や夏仔の雀庭に遊べる

갓파기의 저녁 어스름, 휘파람새 어지럽게 울었네

河童忌の夕明りに乱鴬啼けり

***

「아쿠타가와 교관의 추억」은 구로스 고노스케 씨의 추억을 기초로 쓰인 글이다. 그런데 "글 중에 별도의 원고로 쓴 단장과 중복된 부분이 한두 군데 있는 것은 이 글을 나중에 정리했기 때문이다"라고 첫머리에 쓰인 것처럼, 다른 단장으로서 「관명 출장 여행」, 「수위」, 이 두 편이 있음을 가리킨다. 두 편 모두 『요철도』에 수록되어 있는 2매 정도의 단장이고, 이 책에는 수록하지 않았다. 구로스 고노스케 씨는 최근까지 릿쿄(立敎)대학의 교수였다.

1965년 4월

히라야마 사부로(平山三郎)

나의 「소세키」와 「류노스케」

첫판 1쇄 펴낸날 2021년 6월 8일

지은이 | 우치다 햣켄
옮긴이 | 송태욱
펴낸이 | 박남주

종이 | 화인페이퍼
인쇄·제본 | 한영문화사

펴낸곳 | (주)뮤진트리
출판등록 | 2007년 11월 28일 제2015-000059호
주소 | 서울시 마포구 토정로 135 (상수동) M빌딩
전화 | (02)2676-7117 팩스 | (02)2676-5261
전자우편 | geist6@hanmail.net
홈페이지 | www.mujintree.com

ISBN 979-11-6111-070-7 03830

* 책값은 뒤표지에 있습니다.